LA FEMME DU MAÎTRE TAILLEUR

Michelle Mazoué

Éditions
Terre d'Histoires

Photo de couverture : © Nilufer Barin / Trevillion Images

ISBN : 978-2-8246-2016-9
Code Hachette : 32 1098 5
Catalogues et manuscrits : city-editions.com/terredhistoires

Dépôt légal : Mars 2022

1

Lavandière

30-31 mai 1770

Les arches du pont Neuf résonnent des vigoureux coups de battoirs assénés par les lavandières du bateau-lavoir, immobilisé près des piles du pont. La vaste barge qui flotte sur la Seine et abrite les trois baraques en bois de la laverie n'a de bateau que le nom, affiché fièrement en lettres rouges : « Bateau-Lavoir du pont Neuf ».

Il tangue au gré des allées et venues des lavandières chargées de leurs baluchons de linge, impatientes d'en finir avec cette journée. Ce soir, leur roi Louis XV offre un feu d'artifice pour clôturer les festivités du mariage de son petit-fils, le futur Louis XVI, avec Marie-Antoinette.

Les femmes contiennent leur grogne. En leur annonçant que demain étant un jour férié, elles finiraient plus tard ce soir, le maître des lieux les a mises de mauvaise humeur. Elles passent leur colère sur les beaux draps fins de ces dames qui n'auront qu'à prendre un carrosse pour se rendre à la fête.

Mathilde ressasse sa frustration ; elle attendait avec fébrilité cette soirée qui, elle en est sûre, va lui échapper. Elle lève et abat son bras tel un automate, sa cadence ralentit, elle peine à trouver son aise dans son inconfortable garde-genou bourré de chiffons.

Imperméable aux jérémiades et à la gouaille de ses voisines, elle n'entend pas l'appel du maître des lieux dans son dos. La femme à ses côtés la pousse du coude.

—Mathilde ! Tu dors ce matin ? Le vieux en a après toi.

Surprise, elle sursaute et se relève trop vite. La pièce de drap qu'elle battait dans les eaux courantes de la Seine lui échappe. Le linge glisse, emporté par le flux. D'un geste vif, sa voisine le rattrape. Trop tard ! L'homme a vu l'incident.

Il saisit Mathilde par le bras et la secoue sans ménagement. Son fichu se dénoue et libère son opulente chevelure rousse. Inconsciente de ce qu'elle dégage, elle le défie du regard. Irrité par ses yeux pâles qui le fixent sans expression, il monte le ton :

—Tu as vu ce que tu viens de faire ? Sans ta voisine, tu perdais un drap ! Bouge-toi, je t'ai appelée pour tordre du linge !

Renfrognée, elle s'exécute sans rien dire. Il ne s'est pas trompé en lui disant « qu'elle perdait un drap » ; il l'aurait retenu sur ses gages. La lavandière, qui l'attend pour essorer une lourde pièce, marque son impatience en battant du sabot. Elle se penche pour saisir le linge. Ses vêtements mouillés lui collent au corps, révélant ses courbes graciles. Mal à l'aise, elle sent le souffle de l'homme dans son cou. Cette journée qu'elle avait attendue avec impatience a bien mal commencé.

Elle ne craint pas le renvoi, le printemps est synonyme de grandes lessives pour les lavandières. Elles sont très sollicitées, et en cette année particulière du mariage du dauphin, tous les métiers sont mis à contribution. Alors, le bonhomme peut râler, les candidates aux lessives ne sont pas nombreuses.

Les longues journées de printemps voient souvent les lavandières travailler jusqu'à la tombée de la nuit. Ce soir, elles seront encore à l'œuvre quand les Parisiens se masseront sur la place Louis XV.

Ce travail est éreintant. En fin de journée, elle n'est guère présentable. Échevelée, les vêtements mouillés, les mains et le visage rougis, elle ne peut pas aller à la fête sans prendre le temps de se faire belle. Elle craint aussi le courroux de son ivrogne de père qui l'attend pour le souper. Si elle tarde trop, il s'en prendra à elle. Le père Maulévrier est impatient de lui subtiliser les quelques sols gagnés pour aller les boire au café L'Image Notre-Dame, le plus près de leur logis, place de Grève.

Ce n'est pas la privation du feu d'artifice qui la contrarie le plus. C'est le secret espoir qu'elle avait de *LE* rencontrer. Elle aurait manœuvré pour se trouver sur son chemin. *LUI*, il n'a jamais remarqué cette jeune fille pétillante qui passe matin et soir devant l'atelier. Fripée le matin, souillée le soir avec ses vêtements mouillés qui pendent sur ses épaules et les cheveux défaits, elle n'a rien pour attirer le regard et marche tête baissée pour se fondre parmi les passants.

Ce soir, elle aurait revêtu ses plus beaux habits, aurait joué de sa chevelure et de ses insondables yeux délavés. Elle imaginait leur rencontre, elle lui serait apparue, surgie de nulle part, aurait tendu la main, il l'aurait saisie, et en riant, tous les deux se seraient enfuis en courant ! Rêve de jeune fille touchée par ses premiers émois amoureux… Mais ce soir sera semblable aux autres.

L'atelier qui l'attire, c'est celui de maître Chevallier, le tailleur situé à l'angle du quai de la Mégisserie et de la rue des Bourdonnais. L'innocent responsable de ses tourments, c'est Nicolas. Nicolas l'apprenti. Ce beau brun, grand aux épaules carrées, a fait naître des frémissements et des langueurs qu'elle garde secrets.

La première fois qu'elle l'a aperçu, ses jambes ont flageolé, une main a broyé son cœur. Inquiète de cet émoi nouveau, elle s'est sauvée. Nicolas était en grande discussion avec Jean-Baptiste et Louis, ses compagnons de travail. La tension entre les trois hommes était palpable. Il n'a pas remarqué cette jeune fille qui le dévorait des yeux.

Depuis, elle passe et repasse devant l'atelier, l'aperçoit penché sur son ouvrage. Son curieux regard bleu pâle de rousse n'a jamais croisé les yeux noirs frangés de longs cils.

La fille enjouée qui dissimule ses failles sous un masque de bonne humeur en a perdu le goût des choses.

Le jour a bien décliné quand elle rentre chez elle. Déprimée, elle croise sur son chemin les Parisiens qui se pressent pour rejoindre la place Louis XV, résolus à se poster au plus près du spectacle.

En passant devant la boutique du tailleur, fermée à cette heure tardive, les éclats de voix qui s'en échappent l'intriguent. Curieuse, elle s'approche et surprend le maître en discussion animée avec son épouse ; il passe sa colère sur l'établi encombré de pièces de tissus. Ils sont seuls. Un frisson désagréable remonte le long de son échine. Elle s'inquiète. *Pourvu que l'objet du courroux ne soit pas Nicolas !*

La vitre qui lui renvoie son reflet avec une mine fatiguée aux yeux cernés finit de l'attrister. L'envie d'aller à la fête l'a quittée. Sa soirée va ressembler à toutes les autres. Il est trop tard, son père va l'accueillir avec des reproches, et s'il tient sur ses jambes, il aura la main leste. Morose, elle rejoint le domicile où, il y a quatre ans, sa mère était encore parmi eux. Elle est décédée à l'aube de ses douze ans ; Mathilde a pris sa place au logis auprès du père, et surtout au bateau-lavoir.

Cette mère qui à elle seule faisait bouillir la marmite. Elle ne se rappelle pas avoir décelé la moindre velléité de travail chez son père, mais le verbe haut et le coude levé ne lui ont jamais fait défaut. Elle ne lui a pas connu de gestes d'affection pour cette épouse qui a succombé au mal des lavandières.

Ce mal qui les décime. L'humidité et l'insalubrité les minent à petit feu. Toute la journée, quel que soit le temps, dans l'eau à mi-corps, elles trempent, tordent, frottent, battent, essorent des pièces plus lourdes qu'elles. Ce travail pénible et physique n'est pas le seul à détruire leur santé ; le linge souillé chargé de miasmes et microbes transmet les maladies. La tuberculose a emporté la maman de Mathilde.

Depuis que son regard s'est posé sur Nicolas, sa rage gronde, nourrie par un sentiment d'injustice. Elle ne peut pas réduire sa vie à se glisser dans les sabots de sa mère ! Dévouée au parasite qu'est son père, avec comme seul horizon la lessive de la *haute société,* laver ce linge de coton et de lin, trimer pour en préserver la blancheur… elle qui n'aura droit qu'à du chanvre, et encore ! Tout ça pour en mourir comme sa mère ? Non ! Puis elle n'est pas fière non plus de ce métier et de l'image de femmes aux mœurs légères qu'il véhicule.

En arrivant place de Grève, elle est très remontée. Elle marche tête baissée, d'un pas décidé, prête à en découdre avec quiconque se mettrait en travers de son chemin à cet instant. La place est calme, désertée par l'attrait du feu d'artifice. Seul un petit attroupement anime les marches de L'Image Notre-Dame. À ses pieds gît un corps.

—Mathilde !

Dans son tourment, elle n'entend pas et poursuit son chemin. Une voix d'homme crie :

—Mathilde !

Son nom, qui résonne sur cette place silencieuse, brise son élan. Elle s'arrête, découvre l'attroupement. Inutile de lui expliquer, elle sait que ce soir son père ne donnera pas de la voix : il va gémir.

L'homme qui l'a appelée s'approche d'elle.

—Viens, on va le porter chez vous.

Avec deux gaillards costauds, ils transportent le poivrot à son domicile. Deux pièces insalubres, qu'il partage avec sa fille au rez-de-chaussée d'un immeuble.

Mathilde passe de la rage à l'accablement. Elle ne voit pas le fond de l'abîme qui l'aspire et regarde ce vieil homme allongé sur son grabat. Agité par de puissants ronflements, il est parti pour sa nuit. Rassuré, Hippolyte, l'homme qui lui a porté assistance, prend congé :

—Mathilde, n'oublie pas que je suis là. Si tu as besoin, n'hésite pas.

Elle acquiesce d'un mouvement de tête et, pensive, le regarde s'éloigner. Lui aussi doit affronter ses contradictions : brigand un jour, chevalier le lendemain, il l'attire et l'inquiète en même temps. Il est bien connu des habitants du quartier de la place de Grève, où il fait figure de chef d'un réseau de mendiants et de voleurs à la tire. Décrié par certains, encensé par d'autres, il est toujours prêt à apporter son aide à ses voisins en cas de besoin. Il a toujours été bienveillant à son égard, mais il reste un brigand.

Gamine, combien de fois ne l'a-t-elle pas espionné quand il entraînait ses troupes au combat de rue ? En cachette, elle imitait les exercices qu'il enseignait à ses hommes.

Ses espoirs de croiser Nicolas au feu d'artifice sont désormais anéantis. Et dire que sa tante, la sœur de son père, en froid avec lui, loge dans le même immeuble que celui qui a éveillé ses premiers émois de femme…

Dans l'obscurité, allongée sur sa couche de paille, les vibrations sonores qui émanent du grabat paternel ne font pas bon ménage avec ses tourments et l'empêchent de trouver le sommeil. Au petit matin, si elle n'a pas de solutions à ses problèmes, elle est déterminée à bousculer les choses et à prendre sa destinée en main.

Comme tous les lendemains de fête, ce jour est férié ; elle va le mettre à profit. Son père est encore noyé dans ses vapeurs d'alcool, mais le temps qu'il apprenne à se débrouiller seul est venu.

Elle fait sa toilette, change son jupon, revêt sa jupe et le caraco destinés aux grandes occasions, discipline ses boucles rousses, pince ses joues pour les faire rosir, humecte ses lèvres. Ses yeux pâles brillent. Alerte et enjouée, le sourire aux lèvres, elle traverse la place de Grève d'un pas dynamique.

Ses pensées agitées accompagnent ses pas, les attroupements et le trouble qui règnent sur la place et dans les rues ne l'interpellent pas, elle n'écoute pas les conversations. C'est un lendemain de fête plus bruyant qu'un autre ; pour le mariage du dauphin, quoi de plus naturel ?

Elle va affronter sa tante, Constance Marchand, fripière. Elle n'est pas responsable des querelles de ses aînés. À cette tante qui habite au-dessus de l'atelier de maître Chevallier, elle va demander de l'aide. Pour une fois, elle ne cherche pas à attirer l'attention, et elle se présente en catimini à la porte de sa parente.

La femme qui lui ouvre affiche une grossesse de plusieurs mois. Étonnée et bien qu'un peu réticente, elle la fait entrer.

La porte se referme sur les deux femmes. Elles ignorent que leur accord et les évènements de la veille vont changer bien des destinées.

2

Paris en effervescence

30 mai 1770

En passant devant l'atelier du tailleur, Mathilde, qui a surpris le maître et son épouse sans entendre leurs propos, serait rassurée de savoir que si courroux il y a, il ne touche pas le responsable de ses soupirs. Myriam cherche à apaiser son époux :

—Il n'y a pas lieu de te tourmenter, mon ami. Nous livrons les dernières commandes ce soir. Nos créations paradent dans les rues de Paris. Elles sont de toutes les festivités depuis l'annonce du mariage du dauphin. Nos compagnons ont assumé sans relâche. Pourquoi te tracasses-tu autant ?

—Nos compagnons, dis-tu ? Surtout le compagnon Louis et notre jeune apprenti Nicolas.

—Ne sois pas si sévère, notre fils a aussi fait sa part.

—C'est bien ça : il a fait sa part et rien de plus. J'attends de lui plus d'engagements, qu'il soit créatif et me seconde. Mais non ! Monsieur se pavane, nonchalant, le plus souvent à bayer aux corneilles. Il sera incapable de me succéder.

—Il saura faire le temps venu.

Énervé, maître Chevallier se lève et balaye rageusement les morceaux d'étoffe qui encombrent l'établi, entraînant dans leur chute le porte-chandelier. Les tiroirs s'ouvrent, répandant sur le sol leur contenu de fils, aiguilles, bobines et boutons qui roulent sous les meubles.

—Il ne manquait plus que ça ! Regarde, les ciseaux sont tombés, ils vont être épointés !

—Mais non, ce n'est rien. Laisse, je vais remettre de l'ordre.

—Je vais t'aider.

Pensive, Myriam le regarde relever le chandelier. Il reprend le sujet qui le tracasse :

—Jean-Baptiste se préoccupe surtout de sa toilette. Je me demande quel habit il portera ce soir pour le feu d'artifice. J'ai assuré toutes les coupes avec Louis, alors que c'est le rôle de mon fils, le futur maître tailleur ! Comment crois-tu qu'il se fera respecter quand il prendra ma place ?

—Prendre ta place ? Ne parle pas de malheur, tu as le temps. Jean-Baptiste va acquérir de l'autorité ; laisse-le prendre des responsabilités. Je suis prête à me retirer si tu veux qu'il s'implique dans la gestion.

—Non, ma bonne. J'ai besoin de toi. Tu vois, ce surcroît d'activité n'est pas forcément une bonne chose.

—Que dis-tu là ? Nous avons élargi notre clientèle, avec de nouveaux bourgeois et des aristocrates. Aucun n'a manifesté le moindre mécontentement.

—Justement...

—Dis-moi ce qui te soucie.

—Le paiement. Le mariage du dauphin nous a amené de nouveaux clients. Pourquoi ? Une plus forte demande, certes, mais les bons payeurs n'ont pas eu de difficultés à faire travailler leurs fournisseurs habituels. Les autres ont dû chercher des ateliers qui les acceptent ; c'est ce que nous avons fait pour profiter de l'aubaine. Avec nos clients habituels, je suis confiant, même si l'échéance des billets à ordre est parfois lointaine. Je crains que nous rencontrions des difficultés à nous faire payer par les nouveaux venus. Ma pauvre, tu vas devoir être vigilante.

—N'aie crainte, je saurai m'introduire, pourchasser le mauvais payeur, le harceler.

—Ce n'est pas tout. Louis XV a voulu faire du mariage du dauphin avec l'Autrichienne le plus somptueux de son règne. Depuis quinze jours, les réjouissances n'en finissent pas : à la cour, à l'opéra, dans les jardins de Versailles, avec l'illumination des bassins, les orchestres, les feux d'artifice, les bals, les courtisans qui se pressent. Il faut les nourrir et les héberger. Et ce soir, un grand feu d'artifice de clôture place Louis XV. Crois-moi, ce n'est pas fini. Le bruit court qu'au bas mot, ce sont déjà au moins neuf cent mille livres qui sont parties en fumée. Et qui va payer ?

—Je crains bien que ce soit nous, le peuple.

—Tu comprends pourquoi je suis inquiet pour l'avenir ! Tout cet argent dépensé pour les épousailles de deux jouvenceaux de seize et quatorze ans qui ne se sont jamais vus… ne serait-il pas mieux utilisé pour le peuple ? Mais non. Notre roi préfère paraître, amuser ses courtisans, endormir les foules avec des divertissements éphémères.

—Il est vrai que depuis l'annonce de ce mariage, Paris est en folie, les rues sont en effervescence. Tous se pressent, se bousculent, chacun veut en tirer bénéfice.

—Je reconnais avoir moi-même été porté par cette frénésie de création, d'innovation. Tous les ateliers des métiers liés à l'habillement, les orfèvres, les chausseurs, les chapeliers et bien d'autres ont rivalisé d'imagination. J'ai aussi participé aux pratiques interdites en utilisant des porteurs de billets vantant notre savoir-faire dans les beaux quartiers et usé des crieurs.

Myriam cherche à détendre l'atmosphère pour alléger les soucis de son époux :

—Nous pourrons dire à nos descendants que nous avons aidé à donner du faste à l'alliance des maisons de France et d'Autriche. Nous avons été artisans du mariage de notre dauphin avec Marie-Antoinette, archiduchesse d'Autriche. Crois-tu que notre futur roi Louis XVI nous serait reconnaissant si nous lui envoyions un billet pour ses futurs apparats ?

Cette boutade détend Baptiste, secoué par un rire sonore. Il enlace sa Myriam ; avec sa patience et son écoute, elle a toujours su trouver les bons mots et chasser les nuages qu'il crée bien souvent tout seul.

—Heureusement que je t'ai. Personne d'autre que toi ne sait me faire prendre du recul. Si mes craintes s'avèrent, nous verrons le temps venu. J'ai compris le message, prenons la vie comme elle est.

Émue, Myriam considère que le sujet est clos pour l'instant. Elle se hisse sur la pointe des pieds et effleure les lèvres de son époux.

—Viendras-tu au feu d'artifice ce soir ? Il doit clôturer les festivités, du moins celles consenties aux Parisiens.

—Non, je suis fatigué et j'ai trop d'arrière-pensées. Jean-Baptiste et Louis t'accompagneront. Emmenez aussi notre apprenti.

—Oui, Nicolas l'a bien mérité.

*

Jean-Baptiste a échappé au courroux paternel. Il a entendu l'échange de ses parents et s'est bien gardé de se montrer. Affairé dans l'appentis attenant à l'atelier, il y range des coupes de tissus, chutes des nombreux vêtements qu'ils viennent de réaliser. Il compte bien en utiliser pour son propre compte.

Son père l'étouffe. Juré de sa corporation, il est de la vieille école ; ces anciens enfermés dans des règles ancestrales sont incapables de s'adapter aux temps nouveaux. Avec leurs traditions et règlement, ils sont fermés au souffle de liberté qui flotte sur Paris, porté par des idées nouvelles. Il ne comprendra jamais qu'un tailleur n'est pas seulement un artisan, il se doit d'être à la pointe de la mode.

Il ne l'a jamais encouragé : des critiques, toujours des critiques, ses efforts ne sont jamais à la hauteur. Le seul confident de ses années d'apprentissage, sous le joug d'un père jamais satisfait, est resté le compagnon Louis. Ils ont débuté ensemble. Louis a vite saisi le problème entre le père et le fils, et les deux garçons ont noué des liens forts qui ont résisté au temps.

Jean-Baptiste sait que les temps changent et apporteront plus de liberté. Il fait partie de ceux qui souhaitent l'abolition des corporations. Libre de tutelle, il saura faire prospérer leur atelier. Et ce discours sur les coûts du mariage du dauphin ? S'il croit qu'il va se priver pour les autres, il se trompe ; il est jeune et veut profiter de la vie, prendre ce qui lui est dû.

Ancré dans ses certitudes, il rejoint l'appartement familial au-dessus de l'atelier. Dans l'immeuble de quatre étages situé quai de la Mégisserie, près de l'Arche Marion, la famille occupe le premier. Le deuxième abrite le bureau de leur communauté ; son père y passe beaucoup trop de temps à son goût. Le quatrième, sous les combles, est sous-loué aux Marchand, une famille de fripiers, et le troisième étage accueille les ouvriers. Louis et Nicolas y ont chacun leur chambre, avec le luxe d'un réduit sur le palier, qu'ils partagent pour leurs besoins intimes.

Sa chambre donne sur la rue de l'Arche-Marion ; en se penchant par la fenêtre étroite, il peut apercevoir l'arche de pierre qui fait porte du côté du quai.

Bien que les jours soient longs en cette fin mai, le soleil peine à éclairer ces rues étroites aux maisons tout en hauteur. Sa chambre est sombre, mal éclairée par des bougeoirs posés sur le manteau de la cheminée. Quand il sera maître, il fera installer des lustres, ces appareils d'éclairage, de verre taillé et de cristal, qui illuminent les belles demeures.

Il se hâte pour se parer, le feu d'artifice ne l'attendra pas. Pour beaucoup de Parisiens, ce mariage royal est le seul qu'ils connaîtront, la foule va s'y presser. Jean-Baptiste a prévu de partir tôt pour être bien placé. Ils passeront par les quais du Muséum et des Tuileries, qui longent le palais du Louvre pour rejoindre la place Louis XV. Les carrosses seront nombreux, la prudence sera de mise en se faufilant parmi eux.

Son costume l'attend sur le lit ; il le caresse du regard, impatient de l'endosser. Le grand miroir qui surplombe la cheminée, plus destiné à refléter la lumière qu'à s'y mirer, lui renvoie une image déformée. Il ne s'attarde pas sur cette vision. Il n'aime pas sa silhouette et compense par l'habit ce que la nature lui a refusé. De taille moyenne, rien ne le distingue de ses congénères. À vingt-six ans, un léger embonpoint commence à alourdir sa silhouette, et la calvitie le guette. Seul son regard d'un bleu intense lui confère une singularité, un regard magnétique qui met mal à l'aise ceux qu'il fixe. Il sait en jouer. Ce soir, son bel habit et la perruque que lui a confectionnée le merlan de la rue de Saint-Germain-l'Auxerrois, vont masquer embonpoint et calvitie naissante.

Il enfile ses bas de soie et sa culotte en taffetas jaune uni, resserrée aux genoux par trois boutons dorés. Un long gilet jaune, parsemé de petites fleurs gris clair, souligne son torse et s'évase au niveau de la taille, cachant les bourrelets naissants. Une longue veste jaune en velours fin complète l'ensemble. Une délicate ganse grise borde la veste et le gilet, signant la touche personnelle du créateur. Il est fier des quelques centimètres que lui font gagner ses chaussures à talon. Il ajuste sa nouvelle perruque blanche, qui épouse parfaitement son visage et fait ressortir l'éclat de ses yeux.

L'image que lui renvoie le miroir lui plaît ; ainsi vêtu, il se trouve beau. Un élégant vêtement bien coupé est signe de bon goût et donne de l'assurance. Rassuré par son apparence, il s'apprête à rejoindre sa mère et Louis.

Ils sont en grande conversation avec son père, qui reste bouche bée en le voyant arriver dans un si bel apparat.

—Jean-Baptiste ! D'où sors-tu cette tenue ?

Louis, qui tournait le dos, fait volte-face en souriant. Le regard glacé de Jean-Baptiste le fige, pendant que Myriam, étonnée, s'exclame :

—Mon fils ! Que tu es beau !

Baptiste oscille entre courroux et curiosité ; d'où vient ce vêtement ? Jean-Baptiste attendait cet instant, il a préparé ses arguments.

—Je voulais en faire la surprise. J'y travaille la nuit depuis de longues semaines. Père, je vous présente ce qui est mon chef-d'œuvre. Bien que je n'y sois pas obligé, je compte le soumettre pour accéder à la maîtrise.

Avant que Baptiste n'ait le temps de s'exprimer, Louis sort en claquant la porte derrière lui. Myriam s'inquiète :

—Que lui arrive-t-il ?

—La jalousie, sans doute. Que pensez-vous de mon œuvre, père ?

—Je ne saurais dire. Je suis blessé et surpris que tu ne m'en aies pas parlé, et mené ce projet à bout tout seul…

Jean-Baptiste s'indigne :

—Vous mettez en doute mes compétences ?

—Mais non, voyons… Approche que j'examine.

En connaisseur, Baptiste apprécie la qualité de l'étoffe. La coupe est parfaite : adaptée à la morphologie de son fils, elle masque les imperfections de sa silhouette. Les coutures du montage sont invisibles. Il approuve le choix des boutons, en particulier ceux de la veste, recouverts de passementerie confectionnée avec le tissu du gilet, et la finition élégante des boutonnières, qui à elles seules sont un ornement. Le liseré gris, de la couleur des fleurs qui égayent le gilet, rehausse l'ensemble. Cette petite touche l'interpelle. Ne l'a-t-il point déjà vue ?

—Dis-moi, cet élégant liseré, c'est ton idée ? Il me semble l'avoir déjà vu…

—Insinuez-vous que j'ai fait œuvre de copie ?

—Certes non.

—Quelle est votre appréciation ?

—C'est un bel ouvrage. Je n'aurais pas choisi la couleur jaune, trop efféminée à mon goût, mais le choix des tissus contrastés est judicieux, la coupe et le montage sont parfaits.

—Vous validez ?

—Je serais fort difficile de ne pas le faire. Tu as assez d'années de compagnonnage pour prétendre à la maîtrise en présentant ton chef-d'œuvre, mais…

—Mais ?

—Si c'est ton projet avec ce vêtement, tu ne peux pas le porter avant de l'avoir présenté.

—Comment ça ?

—Tu connais les règles, elles s'appliquent à tous. Notre communauté n'accepterait pas que nous y dérogions. Je te rappelle que je suis juré et que je dois montrer l'exemple.

—Montrer l'exemple ? Quand ça vous arrange. Lorsque je suis entré en apprentissage pour obtenir mon brevet et ensuite en compagnonnage, vous ne vous êtes pas offusqué d'être exonéré des droits redevables à la communauté.

—Je ne te permets pas…

—Père, sauf le respect que je vous dois, les temps changent et nécessitent de s'adapter. Sinon, nous courons le risque de rester en chemin. De toute façon, si un jour je prends votre suite, je n'ai pas d'obligation de présenter de chef-d'œuvre. Je sors avec ce vêtement ce soir, et vous promets de le remiser en attente de sa présentation. Ça vous convient ?

Sans attendre de réponse, il prend sa mère par le bras et l'entraîne.

—Allons-y mère, nous sommes déjà en retard.

—Et Louis ?

—Nous le retrouverons sur place, passons chercher Nicolas.

Elle regarde son fils droit dans les yeux :

—Le liseré ? C'est la marque de Louis, je me trompe ?

—Ne vous occupez pas de ça.

3

Feu d'artifice tragique

Nuit du 30 au 31 mai 1770

L'échange avec son père s'est déroulé mieux qu'il le pensait. Cependant, Jean-Baptiste n'est pas serein. Il n'avait pas prévu la présence de Louis, ni que sa mère, dont la perspicacité n'est pourtant plus à démontrer, fasse le lien entre le fameux liseré gris et Louis. Il craint qu'elle exprime ses doutes à son père.

C'est certain, Louis va lui en vouloir, mais ça passera. Il est accepté dans la famille comme un de ses membres. Si Baptiste est exigeant avec son fils, il agit en bon père de famille avec ses ouvriers, ne leur faisant payer que la part due à la communauté et le droit royal. Pour le reste, il se montre beaucoup plus généreux que ses pairs, et Louis n'a aucun intérêt à dénoncer le fils d'un patron qui s'est toujours montré bienveillant à son égard. Avec sa charge de juré, Baptiste fait partie de l'aristocratie du métier, celle des Bacheliers, le sommet de la hiérarchie.

Si c'est Louis qui a créé le chef-d'œuvre et souhaitait le présenter pour son propre compte, il n'en a pas payé les fournitures, dont le coût est souvent le principal obstacle rencontré par un compagnon qui veut accéder à la maîtrise. C'est Jean-

Baptiste qui a fourni les tissus et accessoires, ce qui n'empêche pas qu'il ait bel et bien volé le chef-d'œuvre de son ami, sans parler de l'origine douteuse de la matière première utilisée. Son père finira bien par s'interroger.

La nuit commence à tomber. Il presse sa mère, la portant presque le long du quai. Il craignait que les nouveaux réverbères à huile qui éclairent les rues de Paris, défaillants ces derniers jours, ne soient pas allumés. Mais ce soir, les quartiers à proximité du feu d'artifice sont illuminés, c'est suffisant pour éviter les ornières et immondices qui jonchent le sol. Bien que les quais soient plus larges que les rues, les voitures lancées à grand trot les rasent. Jean-Baptiste peste, il craint pour son bel habit. Sa mère le sermonne :

—Quelle idée de sortir de nuit, dans la foule, en si bel apparat ! De plus, personne ne le verra.

—Si nous n'avions pas été retardés, nous serions arrivés avant que le jour décline.

—À qui la faute si nous sommes sortis si tard ?

Son fils, qui ne souhaite pas envenimer les choses, se le tient pour dit. Nicolas les suit, ne comprenant rien à cette animosité. S'il s'interroge sur le costume porté par Jean-Baptiste, il s'abstient de faire des commentaires. Cette étoffe, il l'a déjà vue dans les mains de Louis. Il n'est que l'apprenti, tout cela ne le regarde pas, et ce qui l'intéresse ce soir, c'est le feu d'artifice. Il n'en a jamais vu et a du mal à s'en faire une idée. Personne n'a su trouver les mots pour lui expliquer. Il sait que « ça pète » et que le ciel est en feu. La rumeur a fait courir le bruit que trente mille fusées seraient tirées ce soir et que ce serait féerique. Il est impatient de voir cela.

Avec la douceur de la météo, une belle soirée s'annonce pour cet évènement exceptionnel, qui est une première pour les Parisiens. Les feux d'artifice sont habituellement tirés à Versailles, privant le peuple de ce spectacle. Une marée humaine se presse vers la place Louis XV. Les plus fêtards pourront terminer la soirée à la grande foire, qui se tient à côté de la nouvelle église de la Madeleine, en construction.

Aux abords de la place, Myriam avance avec peine, tirée par son fils. Elle s'inquiète :

—Mon Dieu ! Quelle foule ! Je n'ai jamais vu autant de monde !

Ils arrivent par les quais de Seine. La place ne peut pas contenir cette marée humaine, qui déborde sur leur gauche dans la promenade des Champs-Élysées et au nord dans la rue Royale qu'ils peinent à distinguer au-delà de la statue de Louis XV. Sur leur droite, le tourniquet qui permettrait à la foule d'accéder au Jardin des Tuileries est fermé.

Oppressée, Myriam hésite et interroge son fils :

—Tu ne crois pas que nous devrions rebrousser chemin ?

Jean-Baptiste, qui attendait cette soirée avec impatience, se fâche :

—Il n'en est pas question ! C'est une occasion unique, vous n'allez pas me la gâcher !

Vexée, elle ne réplique pas. Nicolas n'ose pas en rajouter et les suit. Ils progressent péniblement. Autour d'eux, des voix s'élèvent, critiquant le manque d'organisation :

—Vous avez vu ces nouvelles constructions autour de la place ?

—Oui, soi-disant pour la délimiter.

—En attendant, elle est bien rétrécie et ils ne l'ont pas nivelée. Il y a des trous qui créent des goulots d'étranglement. On ne peut pas avancer.

—J'ai entendu des policiers, à l'entrée. Ils parlaient de trois à quatre cent mille personnes.

—Plus que la moitié de la ville ? Ce n'est pas possible.

—Si on regarde autour de nous, je crois bien que si !

Myriam, qui écoutait la conversation, s'est bien gardée d'intervenir, mais sa distraction l'a éloignée de son fils et de Nicolas. Elle ne les voit ni l'un ni l'autre. Coincée dans la foule, elle se résigne à attendre.

Jean-Baptiste, dont l'objectif est d'arriver au plus près, sans se préoccuper de sa mère, a joué des coudes pour avancer. Elle saura bien se débrouiller seule, et il a renoncé à chercher Louis. Il veut se rapprocher des nombreux carrosses rangés sur les côtés de la place pour se montrer près des nobles et des riches bourgeois, se faire reconnaître comme un des leurs et exhiber sa tenue.

Soudain, tout s'arrête. Portée par les premières notes de l'orchestre, une première fusée embrase les cieux, suivie de « Oh ! » et de « Ah ! » d'extase sur les couleurs. Les artificiers tirent depuis un temple de l'Hymen : une construction éphémère faite de bois, de stuc et de toile.

Les tirs se suivent à un rythme trop lent pour les habitués. Le temps entre chaque fusée est interminable, la plupart se consument au sol avant d'exploser. Rares sont celles qui se déploient en figures de lumière, laissant les spectateurs déçus.

Le bouquet final est aussi insipide que le reste. Frustrée par ce spectacle, la foule mécontente commence à se disperser quand une fumée s'élève du temple de bois. Une fusée y a mis le feu. Comme une onde montant des profondeurs, lentement au départ pour gagner en puissance, la foule, tel un raz de marée, gronde et se rue vers la rue Royale, la seule issue à ne pas être obstruée par les carrosses.

Attirés par l'incendie, les badauds restés sur le boulevard, à l'extérieur de la place, se frayent un chemin en sens inverse, avec les premiers secours. Ces milliers de Parisiens arrivés dans un flux continu, qui s'est étalé sur plusieurs heures, fuient tous en même temps, se croisent et s'entrechoquent, poussés par la panique. S'ensuit un monstrueux mouvement d'hommes, de femmes, d'enfants, d'animaux qui vont s'enchevêtrer.

Dans les carrosses, les occupants s'impatientent et invectivent cette foule qui, selon les dires de certains, les retient prisonniers. Les esprits s'échauffent, et les quelques gardes, postés pour les maintenir derrière les colonnades, ont du mal à les contenir. Sous la pression de cette caste, le chef du bureau de la ville donne l'ordre de laisser passer les carrosses. Sous les injonctions de leurs maîtres, les cochers se frayent de force un passage avec leur attelage, au milieu du flot de Parisiens, qui déjà se bousculaient en se croisant.

Les chevaux aiguillonnés par leurs cochers foncent dans la foule. Affolés, certains se cabrent, des carrosses se renversent. Apeurés, coincés les uns par les autres, les piétons n'ont pas d'issues. Les gravats qui jonchent le sol et les travaux inachevés provoquent des chutes. Les malheureux qui tombent ne se relèvent pas. Ils sont écrasés par la fuite de ceux qui les enjambent et finissent martelés par les sabots des chevaux et les carrosses qui roulent sur les corps avant de chavirer à leur tour.

Une nuit d'horreur s'est abattue sur la place Louis XV et ses abords. Enfants, vieillards, femmes, hommes qui s'effondrent ne peuvent pas se relever. Les carrosses renversés sont sitôt investis pour chercher refuge, ou s'y hisser pour trouver de l'air. Labourés par les sabots, tassés et serrés les uns sur les autres, beaucoup meurent asphyxiés, se vidant de leur sang par la bouche, le nez, les oreilles.

Pressés par les hurlements de leurs maîtresses terrorisées dans l'habitacle, des conducteurs lancent leurs attelages à pleine vitesse et parviennent à s'extraire par les quais. De nombreux Parisiens, précipités dans la Seine par cette horde sauvage, s'y noient.

Cris d'angoisse, sanglots désespérés, appels déchirent la nuit. Engluée dans cette cacophonie assourdissante et la bousculade, Myriam voit avec horreur le cheval qui se cabre au-dessus de sa tête, son long hurlement s'achève sous le poids de la bête qui s'abat, entraînant son attelage dans sa chute.

Jean-Baptiste s'inquiète enfin de sa mère et la cherche. Il était à quelques pas du drame et n'a rien vu. Il a perdu sa perruque, et une blessure à la tête inonde de son sang son bel habit jaune. Sa veste déchirée pend en lambeaux.

Dans l'impatience de voir le spectacle, Nicolas avait devancé ses compagnons et s'était faufilé au plus près du temple factice. Quand il a vu la fumée s'en élever, il s'est précipité vers les boulevards. Son agilité lui a permis de s'extraire avant que les attelages bougent et que la vague humaine le submerge. Atterré devant le carnage, il est sain et sauf. En état de choc, il a perdu ses repères. Que faire ? Se jeter dans la cohue pour chercher sa patronne et son fils ? Prendre des risques inutiles ? Il fait le choix d'aller quérir son maître, remontant la foule accourue aux nouvelles. Des familles inquiètes, des curieux, des profiteurs, des personnalités et d'autres qui s'estiment prioritaires du fait de leur naissance ou de leur fonction. Les policiers sont dépassés.

C'est dans ces instants dramatiques que les freins de l'éducation ou du vernis social lâchent. Les individus sont seuls, face à leur réalité profonde. Cette nuit verra des actes d'héroïsme pour porter secours, de l'empathie auprès de ceux cruellement touchés, des aides désintéressées et spontanées, mais aussi de la veulerie, du mépris, des profiteurs.

Nicolas, inquiet pour sa patronne et ses compagnons, court chercher assistance.

Jean-Baptiste pleure son beau costume.

Louis est introuvable.

Myriam a disparu sous le cadavre d'un cheval.

Cette soirée marquera un tournant dans leur vie.

Quand maître Chevallier arrive sur les lieux du drame, il fait un malaise ; son apprenti l'entraîne dans le jardin des Tuileries et le fait asseoir sur un banc.

—Attendez-moi ici, maître, je vais voir si je les trouve.

—Fais attention à toi.

—N'ayez crainte, les mouvements de foule semblent calmés et il n'y a plus d'attelages. Je vais chercher dans la zone où je les ai laissés.

Il emprunte le pont tournant qui relie le jardin et la place ; il a été ouvert, mais bien trop tard. Ceux qu'il croise sont affligés. La plupart portent les stigmates de ce qu'ils viennent de vivre. Le spectacle qui s'offre à ses yeux en arrivant sur la place est cauchemardesque. Des corps, une montagne de corps entassés, des chevaux morts pour certains, d'autres qui cherchent dans un dernier soubresaut à se relever. Tous enchevêtrés dans les débris des voitures explosées. Les survivants enjambent les cadavres, cherchent un des leurs, tirent ici un bras, une jambe, une tête, poussent un cri de joie ou de désespoir selon l'identification ou l'état du corps découvert. Des ombres furtives se glissent, remplissent leurs poches ou leurs sacs avec bijoux et objets de valeur qu'ils dérobent à ceux qui sont sans défense.

Les secours sont intervenus, ils font le tri : les morts d'un côté et les blessés de l'autre. Nicolas interroge deux agents qui relèvent des corps :

—Où seront-ils portés ?

—Pour les morts, ils seront exposés au cimetière de la Madeleine, rue de la Ville-l'Évêque.

—Et les blessés ?

—Dans les hôpitaux où il y aura de la place.

—Vous faites quoi ? Vous mettez des numéros ?

—Oui, pour reconnaître les morts avec leur description.

—Vous n'auriez pas trouvé…

—Écoute, mon gars, tu vois, on a du boulot. Si tu n'es pas ici pour nous aider, laisse-nous travailler.

—Excusez-moi, je vous laisse.

Nicolas n'est pas plus avancé, il espère qu'il n'aura pas à aller identifier un des siens au cimetière. Il reprend sa recherche parmi les nombreux corps, quand il aperçoit une silhouette penchée. Elle relève un ou une survivante, de loin, il ne distingue pas, mais avec son habit jaune, cette personne est reconnaissable entre tous. C'est Jean-Baptiste. Il se précipite vers le fils de son maître.

En s'approchant, il reconnaît le blessé. Louis, leur compagnon, enlacé par les bras de Jean-Baptiste, la tête enfouie dans la belle veste qu'il a créée et qui n'est plus qu'une guenille ! Les deux hommes en pleurs s'étreignent. En cet instant, tout est oublié, ils se sont retrouvés. Nicolas est ému par leur spectacle ; Jean-Baptiste, avec ses paradoxes, aurait-il un cœur ? Toute la complexité de la nature humaine lui apparaît dans ces deux hommes qui se regardent.

—Nicolas, tu tombes bien. As-tu des nouvelles de ma mère ?

—Non, hélas ! Je la cherche. Je suis venu avec ton père. Comme il était fatigué, je l'ai laissé dans le jardin des Tuileries ; il attend.

—Quel désastre ! Louis est blessé, il ne peut pas marcher. Je ne sais pas si c'est le genou ou la cheville, je crains des fractures. Je te le confie. Veille sur lui et ne le laisse surtout pas seul. Accompagne-le à l'hôpital. Je continue à chercher ma mère et je m'occupe de mon père.

Jean-Baptiste plonge son regard magnétique dans celui de Louis :

—Tiens le coup, mon ami, tu vas t'en sortir. Je ne te lâcherai pas.

Il s'enfuit sur le charnier sans se retourner. Nicolas le verra longtemps arpenter la place avant que Louis ne soit conduit à l'Hôtel-Dieu.

Jean-Baptiste se tient à proximité d'une équipe affairée à dégager un cheval enchevêtré dans les débris d'un carrosse. Ils soupçonnent la présence de corps sous le cadavre. L'opération se présente mal, ils ont besoin d'aide. Le prenant pour un noble avec sa tenue d'apparat, même en piteux état, l'un des hommes l'interpelle :

—Monseigneur, s'il vous plaît, pouvez-vous apporter votre aide ?

Sans répondre, Jean-Baptiste prend le relais auprès de celui qui vient de l'appeler.

—Merci. Il faudrait que nous dételions les restes du carrosse pour dégager le cheval et relever les corps qui sont dessous. Si je peux me permettre, comme vous étiez à proximité, ce carrosse est-il à votre famille ?

Jean-Baptiste hésite. Non, il ne va pas mentir.

—Non, je suis un simple tailleur. Je cherche ma mère.

Les hommes acquiescent, sans doute soulagés d'avoir affaire à un des leurs. Plus experts que lui en la matière, ils ont vite fait de libérer le cadavre du cheval des harnais qui le maintenaient à la voiture, reste à la dégager. Pour soulever le véhicule, celui qui semble être le chef positionne les hommes, dont Jean-Baptiste, aux points stratégiques.

—Je compte jusqu'à trois et on soulève. Un, deux, trois.

D'un même effort, ils lèvent le véhicule et le déposent sur le côté qui a été libéré au préalable, dégageant les corps de deux femmes accrochées l'une à l'autre. Les occupantes probables du carrosse.

—C'est fini pour elles. Je crains qu'il en soit de même pour ceux que nous allons trouver sous le cheval. Allons-y.

Ils renouvellent la même opération, et le cadavre équin est déposé près du véhicule qu'il tractait. Il y a un seul corps sous le cheval. Jean-Baptiste est blême, il défaille.

—Ça ne va pas ?

—Ma mère…

Ils n'auront pas à subir l'épreuve d'aller reconnaître le corps au cimetière de la Madeleine.

Dans les jours qui suivent, la chasse aux responsables et le décompte des morts et des blessés donnent lieu à d'interminables controverses. Cent trente-deux cadavres sont relevés sur les lieux de la fête. Nul ne connaîtra jamais le nombre exact de victimes décédées des suites de leurs blessures ni des nombreux noyés.

Le futur couple royal s'est uni sous de bien sombres auspices, et dans l'atelier du maître Chevallier, la vie des occupants a basculé en une seule nuit.

4

Coupe-Jarrets

Juin 1770

D'un abord facile, Myriam, petite femme discrète, cachait sous ses rondeurs un fin stratège à la forte personnalité. Elle avait l'art d'anticiper les conflits, et d'une parole juste apaisait les esprits. Sa contribution efficace soulageait son époux des tracas administratifs et financiers de leur activité. Agréable avec les clients et les fournisseurs, elle s'intéressait à chacun, avait toujours un mot aimable et savait retenir leurs noms et ceux de leurs enfants. Présente à l'atelier mais aussi au foyer, jamais elle n'avait failli pour assurer le couvert de sa maisonnée.

S'ils n'ont pas encore mesuré l'étendue de la perte qu'ils viennent de subir, les quatre hommes de l'atelier, fermé pour la première fois un jour de semaine, l'ont accompagnée à sa dernière demeure. Son époux, son fils, Louis, le compagnon qui partage leur vie depuis plus de dix ans, et Nicolas, l'apprenti, qui les a rejoints au début de l'année, se tiennent au bord de sa tombe. Baptiste défaille et se retient à son fils qui n'a jamais vu son père faire preuve de faiblesse. Il se méprend sur son malaise et l'attribue à l'insalubrité du lieu.

—Ce lieu est malsain avec ses odeurs nauséeuses. C'est le gaz des cadavres qui remonte, empoisonne l'atmosphère et rend l'air irrespirable. Je ne voudrais pas habiter à côté ni avoir à le fréquenter !

— Mon fils, n'oublie pas que ta mère repose désormais en ce lieu.

Les mots de réconfort qu'aurait eu Myriam en pareille circonstance lui font défaut. Il se réfugie derrière des considérations matérielles :

— Père, vous lui avez offert une sépulture décente. Vous avez bien fait de débourser les vingt-huit livres lui évitant de finir dans un des charniers.

Baptiste ravale le mépris que provoquent ces paroles déplacées. Il ne répond pas et s'éloigne. Ses compagnons lui emboîtent le pas. Louis, qui n'est pas remis de ses blessures et se déplace avec des béquilles, peine à se frayer un passage à travers la foule venue accompagner ses morts. La plupart sont déposés dans les charniers qui servent de clôtures au cimetière. Charniers ouverts sur des squelettes et corps en décomposition qui dégagent des odeurs pestilentielles. Jean-Baptiste l'interpelle :

— Viens, coupons à travers, il y a moins de monde.

— Oui, mais regarde ces trous, ornières et déchets. Autant de chausse-trappes pour mes béquilles.

— Ne t'inquiète pas, je vais t'aider.

Il soutient Louis sous le bras, le portant à demi. Nicolas accompagne son maître. Depuis six mois qu'il a intégré l'atelier, il a du mal à comprendre le fils de la maison. Il passe d'une humeur à l'autre. Hautain et odieux, il peut être attentionné dans la seconde qui suit. Avec Louis, il a certes à se faire pardonner. Nicolas est persuadé que Jean-Baptiste a volé le chef-d'œuvre de Louis. Désormais, ni l'un ni l'autre ne pourront le présenter, il a trop souffert du carnage. Pourquoi Louis ne se rebiffe-t-il pas ? Et quelle stupidité dans les propos tenus par Jean-Baptiste à son père, incapable de réconforter cet homme très affecté. En une nuit, il a perdu toute son autorité naturelle. Nicolas est inquiet pour l'avenir de l'atelier.

L'animation qui d'habitude agite le quartier, avec ses habitants qui vivent autant dans la rue qu'entre leurs murs, s'est calmée depuis le drame. Beaucoup de familles pansent les plaies de la soirée maudite, avec leurs blessés, leurs morts ou leurs disparus. Pour ces derniers, la peine est lourde, sans nouvelles des leurs, les survivants hantent le cimetière de la Madeleine pour identifier les corps, harcèlent les commissaires désignés pour faire circuler l'information et recevoir les témoignages. Parmi la multitude de vêtements, d'objets divers et variés qui ont été rassemblés, ils cherchent à identifier ceux qui ont appartenu à un être cher, un ami, un patron, un ouvrier, un voisin. La liste des morts et blessés s'allonge, de cent trente-deux cadavres, le chiffre s'envole à six cent quatre-vingt-huit, pour atteindre quelques jours après mille deux cents et plus. La confusion est totale.

Le dauphin et son épouse, touchés par la détresse du peuple, renoncent à leur allocation mensuelle de six mille livres destinés à leurs menus plaisirs. La répartition en est faite sans règles, créant sentiments d'injustice et de jalousie, ravivant rancœurs et indignation avec la prise de conscience du coût des « menus plaisirs ». S'ensuivent des règlements de compte dans la recherche des fautifs. Il faut trouver des coupables sans perdre de vue les enjeux politiques. Une année sera nécessaire pour apaiser les tensions et passer à autre chose. Le climat délétère de cette période n'est guère favorable aux affaires.

Comme dans tous les ateliers, chez maître Chevallier, l'embellie portée par l'euphorie du feu d'artifice n'a pas été transformée. Myriam avait commencé à gérer les profits de cette période faste. Comme l'avait craint Baptiste, les mauvais payeurs sont au rendez-vous. Les clients habitués ont mis quelque temps avant de reprendre le chemin de l'atelier, les ouvriers s'en sont trouvés désœuvrés. Baptiste, affaibli par le décès de son épouse, perd goût à la création et n'a plus le désir d'assurer sa charge de juré.

Déprimé, il tourne en rond, se demande ce qu'aurait fait sa Myriam ? La réponse, il l'a : elle aurait fait rentrer l'argent, aurait tapé du poing sur l'établi. À force de ruminer, son imagination finit par lui jouer des tours. Il croit entendre des voix :

—Mon ami, que t'arrive-t-il ? Je ne suis plus là ? Et alors ? Le monde ne s'arrête pas de tourner. Secoue-toi, remets-moi tout ce monde au travail, fais rentrer ton dû. Tu n'as pas l'habitude ? Tout s'apprend. Prends ta besace et sors traquer le débiteur et bonimenter le client. C'est ce que je faisais quand tu étais occupé par la confrérie.

Baptiste s'est assoupi pendant que son fils et Louis font du tri dans l'appentis, et que Nicolas a pris l'initiative de préparer un portefeuille pour présenter des échantillons d'étoffe. En criant, Baptiste émerge de sa léthargie :

—Myriam ! Elle est là.

—Maître, reprenez-vous.

—Elle m'a parlé.

Reconnaissant Nicolas qui se penche vers lui, il retrouve sa lucidité.

—Pardon, je me suis endormi et j'ai rêvé. Va me chercher le sac que prenait Myriam quand elle allait voir nos débiteurs. Je vois que tu as fait un portefeuille. C'est une bonne idée. Mets-le dans la sacoche. Où sont les deux autres ?

—Dans l'appentis, je crois.

—Encore ? Va me les chercher.

Quand Nicolas pousse la porte du local où se trouvent les deux compagnons, Jean-Baptiste accroupi se relève d'un coup de reins.

—Que veux-tu ? Je remettais l'attelle sur la jambe de Louis. Elle a glissé.

—Votre père vous demande.

Sans commentaires, les deux hommes sortent devant Nicolas qui s'efface pour les laisser passer. Étonné par leur empressement, il se demande pourquoi Jean-Baptiste s'est justifié. Ce n'est pas dans ses habitudes. Que cachent ces deux-là ?

Après l'épisode de la création du costume jaune, volé par Jean-Baptiste, il s'attendait à un règlement de compte, rien ne s'est passé. Il est vrai que Louis est redevable à Jean-Baptiste. Il lui a sauvé la vie en le relevant, coincé sous les cadavres ; sans cela, comme beaucoup, il serait mort étouffé.

Baptiste est prêt à sortir :

—Je vais relancer les mauvais payeurs, et me fais fort de vous ramener de l'ouvrage. Myriam le faisait et apportait une part de travail indispensable à notre activité, sans parler de la tenue de la maison. J'y ai réfléchi, il est urgent de trouver une personne de confiance pour nous soulager dans les tâches qu'elle accomplissait. Nous en parlerons à mon retour. En attendant, travaillez sur des patrons de coupe. Je suppose que l'appentis doit être bien rangé, compte tenu du temps que vous y passez !

Gonflé par ce sursaut d'énergie, il prend le sac que lui tend Nicolas et quitte l'atelier, laissant ses trois ouvriers pantois. Nicolas, qui ne perçoit pas la gêne de ses deux compagnons, le suit du regard :

—Quelle mouche l'a piqué ?

*

Baptiste est satisfait, il ne rentre pas bredouille. Une grande partie de ses débiteurs ont su délier leur bourse. Pour certains non sans peine, mais l'émotion du carnage de la place Louis XV a joué en sa faveur. Grâce à la qualité des échantillons rassemblés par Nicolas dans le portefeuille, il a obtenu des rendez-vous pour prendre des mesures. Il est convaincu que, de là-haut, Myriam veille sur lui.

Bien que fatigué, il décide de faire un détour par le cimetière pour se recueillir sur sa tombe. Ne serait-ce que pour celle qui a partagé sa vie et l'a toujours soutenu, il va se reprendre.

À peine sortis de l'adolescence, de leur union décidée par leurs parents, ils ont eu leurs peines et leurs joies, et l'amour s'y est vite invité. Un seul regret : après leur fils, une fillette n'a pas survécu. À côté de leur lit, le berceau est resté vide.

Dans son cœur, Myriam est irremplaçable, mais l'atelier ne peut pas fonctionner sans une femme à leurs côtés. Absorbé par ses réflexions, il ne remarque pas les deux ombres qui le suivent.

Les abords du cimetière sont calmes. Il y pénètre par le charnier dit des lingères et détourne le regard pour éviter les crânes et tibias qui ont glissé au sol. Ce lieu est malsain, les rumeurs qui courent, sur le lait qui tourne dans les maisons avoisinantes et que les aliments se gâtent, sont fondées. Arrivé sur la tombe de son épouse, il se penche et effleure d'un geste de tendresse la modeste croix de bois qui rappelle que Myriam Chevallier, née en 1725, est décédée en 1770. Dans son recueillement, il est coupé du monde et ne fait pas attention aux rares passants qui ne s'attardent pas.

Un violent coup porté à l'arrière de sa tête le projette en avant ; il s'effondre sur la croix qu'il caressait. La terre fraîchement retournée n'a pas eu le temps de se tasser ; elle lui obstrue les narines et lui brûle les yeux. Il suffoque, cherche à se relever, lorsqu'un coup de pied lui percute les côtes pendant qu'une main commence à le fouiller.

Il se défend, réussit à pivoter face à ses agresseurs, deux hommes, jeunes selon toute apparence. Ils ont pris soin de masquer leur visage et ne parlent pas. Les connaîtrait-il ? Aussitôt, le plus grand lui martèle le thorax avec ses sabots. Baptiste cherche à lui arracher le linge derrière lequel il se cache. Ce qu'il n'aurait pas dû faire, car une pluie de coups lui explose l'arcade sourcilière et brise deux dents déjà fragiles. Assommé, il gît sur la tombe de Myriam. Les deux malfrats le dépouillent et s'enfuient avec la précieuse sacoche qui contient le fruit du travail de l'atelier.

Il n'entend pas la cavalcade ni les interpellations des policiers et de leurs mouches qui poursuivent ses agresseurs. Mêlés aux chalands qui se pressent sous les piliers des Halles à proximité du cimetière, ils se sont éclipsés.

Une fois le danger passé, les passants, qui ont assisté à la scène sans s'interposer, s'approchent des forces de l'ordre qui entourent Baptiste inconscient, le visage en sang. L'inspecteur Poussot, alerté par deux mouches, s'était déplacé sur les lieux, accompagné de policiers. Les deux mouchards, qui flânaient en quête de faits à dénoncer, intrigués par l'attitude suspecte d'individus qui, de toute évidence, préparaient un mauvais coup, n'avaient pas hésité à donner l'alerte, espérant monnayer l'information. Poussot se penche sur Baptiste :

— Il est mal en point. Je ne lui trouve pas de papiers. On va le conduire à l'hôpital, il n'a pas l'air d'un vagabond.

— Si c'en était un, il n'aurait pas été dépouillé…

Agacé, Poussot se retourne vers la mouche[1] qui a osé le reprendre.

— Vous êtes encore là ? Dégagez, je n'ai pas besoin de vous.

L'homme s'éloigne pour s'arrêter à deux pas.

— Chevallier.

— Quoi, Chevallier ?

— C'est le nom sur la tombe.

Vexé, Poussot ne répond pas. Ces deux-là ont perdu une bonne occasion de se taire. Ils ne seront pas rétribués. Il élève la voix :

— Chevallier. Quelqu'un connaît ?

1. Indicateur de police.

Une petite femme s'approche :

—Oui, moi.

Il la toise avec une pointe de mépris. Sa tenue, comparée à celle de l'homme qui gît toujours inanimé, n'augure pas une relation d'égal à égale.

—Et d'où le connaissez-vous ?

—Il nous loue l'appartement au-dessus du sien.

—Vos noms et qualité ?

—Constance Marchand, fripière.

—Je vois. Et ce M. Chevallier ?

—Baptiste est l'artisan tailleur, au rez-de-chaussée.

—Vous allez nous y conduire.

—Mais je…

—C'est une enquête de police ! Vous n'allez pas y faire obstruction ou je vous embarque.

La femme se recroqueville et acquiesce. Avec les femmes comme elles, la police ne prend pas de gants. Elles sont conduites à la Salpêtrière[1], sans savoir quand et comment elles en sortiront.

Poussot se rengorge devant ses hommes :

—Voilà une enquête bien menée et résolue ! Allez aux halles et ramenez-moi une charrette pour transporter le bonhomme chez lui. Il m'a l'air de reprendre ses esprits.

Pendant que l'inspecteur essaie de communiquer avec Baptiste, Constance Marchand attend et réfléchit.

C'est le tailleur qui leur loue l'appartement du quai de la Mégisserie, au dernier étage. En fait, il leur sous-loue. La sous-location est une pratique courante.

Baptiste a lui-même un bail avec le propriétaire et consent un bail de sous-location à la famille Marchand. Chaque partie tient l'autre pour le règlement du loyer. Le sous-loueur est

1. Sous l'Ancien Régime la Salpêtrière était un lieu de punition et d'exclusion pour les femmes.

pressé par le loueur, qui, de son côté, doit payer le propriétaire qui a bien souvent des artisans sur le dos.

En ce début juin, le terme approche. Si elle ne paye pas pour le 8 du mois, Chevallier pourra, dès le lendemain, mettre sa famille sur le trottoir et saisir leurs meubles. Et là, ils n'ont pas le premier sou. Elle ignore comment va réagir le tailleur. C'est son épouse qui gérait les finances. Et maintenant qu'il est mal en point, elle craint le pire si le fils prend la suite.

5

Amours interdites

Jean-Baptiste est nerveux. Il a rassemblé sur l'établi le nécessaire pour la découpe d'un patron. Il travaille avec des mesures prises par son père et peine à les restituer. Il repousse son ouvrage :

—Il a perdu la main, ses mesures sont forcément fausses. Il s'est trompé, impossible de tailler ce patron !

—Donne, je vais voir.

Agressif, Jean-Baptiste rétorque à Louis :

—Si tu es si doué que ça, vas-y, ne te gêne pas !

—Ça ne sert à rien de t'énerver. Ne mélange pas tout et laisse venir.

—Laisser venir ! Ce n'est pas comme ça qu'on se protégera ! Il a bien dit qu'il était urgent de s'entourer d'une personne de confiance ?

—C'est ce que j'ai compris.

Nicolas, qui les regarde à la dérobée, s'attire la colère de Jean-Baptiste :

—Toi, l'apprenti, arrête de nous surveiller. J'ai remarqué ta façon de fouiner. Dégage, file dans l'appentis, tu trouveras bien à t'occuper.

C'est le fils du patron, Nicolas s'exécute. Il laisse la porte entrouverte et ne perd rien de la conversation qui se poursuit entre les deux hommes.

—Il n'a pas dit engager une servante ni parlé de prendre une employée ! Non ! Il a dit : « s'entourer d'une personne de confiance » ! Tu comprends ce que ça veut dire ?

—On peut penser que s'il voulait une simple servante, il n'aurait pas pris de précautions pour nous informer.

—Justement. Et donc ?

—Donc… il pense à une femme qui prendrait plus de place…

—Se remarier ? Déjà ? Il est hors de question d'avoir une belle-mère !

—Non, je n'y crois pas. Ton père était trop attaché à ta mère, vois comme il est affecté. C'est autre chose. À moins que…

Depuis son réduit, Nicolas, qui les écoute en regardant à travers les planches disjointes de la porte, est ahuri par la scène qui s'offre à ses yeux. Louis vient de se lever, il étreint Jean-Baptiste et l'embrasse sur les lèvres. Jean-Baptiste le caresse en l'éloignant un peu de lui.

—Mon chéri, que t'arrive-t-il tout à coup ? C'est mon père qui te met dans cet état ? Dommage, on pourrait nous surprendre…

—Tu n'as pas compris ?

—Que tu m'aimes ? Je le sais depuis tes quatorze ans !

—Arrête ! Si ce n'est pas une épouse pour ton père, c'en est une pour TOI !

Un coup dans l'estomac ne lui aurait pas fait plus d'effet. Jean-Baptiste manque d'air. Hébété, il se laisse tomber sur le banc. Louis se presse à ses côtés. Ils se tiennent la main.

Derrière sa porte, sous l'effet de la surprise, Nicolas recule d'un bond ; un rouleau de tissu tombe dans un bruit sourd.

Il se traite d'imbécile, il n'avait pas compris ! Ses deux compagnons qui s'aiment contre nature encourent la peine de mort. Cette dernière n'a pas été appliquée depuis vingt ans, mais quand même !

Il travaille avec des malades, des pervers. Ils sont possédés. Et s'ils s'en prenaient à lui ? Il n'en mène pas large, mais tout s'éclaire sur la curieuse relation qu'entretiennent Jean-Baptiste et Louis. Le gentil Louis est manipulé par son amant, il ne peut en être autrement. Il ne va pas se mêler de ce qui ne le regarde pas, mais il n'a pas été assez discret. Quand Jean-Baptiste l'appelle en hurlant, il sort en tremblant.

Au centre de l'atelier, Jean-Baptiste brandit un poinçon utilisé pour faire les trous de boutonnières. Il s'avance, menaçant, vers Nicolas, presse la pointe de l'outil sur son cou et l'accule au mur.

—N'oublie pas qu'ici, je suis le futur patron. Imagine que je t'accuse de voler… Un petit séjour au pilori des Halles, ça te tente ?

Les quinze ans de Nicolas et sa terreur devant celui dont dépend son avenir le tétanisent. Il ne sait que répondre. Jean-Baptiste appuie ; une goutte de sang perle, Nicolas sent la sueur couler sur son front, dans son dos. Jean-Baptiste ricane :

—Tu as peur ?

Nicolas n'est pas un couard. Une montée d'adrénaline le submerge. Il serre les poings et plonge son regard dans les yeux de Jean-Baptiste ; deux braises noires et deux abîmes de glace s'affrontent. Bien que plus grand, Nicolas n'est pas en position de force. La tension est à son paroxysme.

Pour calmer le jeu, Louis se lève avec peine, sans ses béquilles. Il s'approche de Jean-Baptiste, lui caresse le cou dans un geste d'apaisement, tout en lui retirant le poinçon des mains. Il l'entraîne, le presse à s'asseoir et s'adresse à Nicolas :

—Viens près de nous.

Hésitant, Nicolas s'approche, mais reste debout.

—Je ne t'apprends rien. Avec Jean-Baptiste nous nous aimons. C'est arrivé comme ça, nous ne l'avons pas cherché. Nous avons commencé notre apprentissage en même temps. Jean-Baptiste a deux ans de plus que moi, fils du patron ; il aurait pu me mépriser et être jaloux de l'attention que son père me portait. Mais non, dès le premier regard, ce fut une évidence, nous l'avons su. Crois-moi, nous étions jeunes, ignorants des choses de la vie, nous ne comprenions pas ce qui nous arrivait. Cet amour qui nous unit ne fait pas de nous des êtres dépravés ni des criminels. Nous nous aimons comme un couple homme et femme, excepté que nous sommes deux hommes. Et alors ? À qui portons-nous tort ? Je ne vais pas te demander de ne pas nous trahir, de ne pas nous dénoncer. Non, je te demande d'agir en ton âme et conscience. C'est vrai, Jean-Baptiste est imprévisible, et personne ne le connaît mieux que moi. Il est comme ça, capable du meilleur comme du pire. Nous avons tous nos zones d'ombre. Ne crains rien de lui. Notre destin à tous les trois est entre tes mains. Je dis bien à tous les trois ! À toi de voir...

Nicolas n'avait jamais entendu Louis s'exprimer aussi longuement. Il vient de se confier sans fioritures, présentant les choses comme elles sont, lui laissant la liberté de les dénoncer ou pas. Le doux Louis est un fin stratège. Il lui a transféré la responsabilité de la situation, sans omettre de faire allusion aux conséquences de son choix pour lui. Et si, dans ce couple contre nature, Louis était le dominant ?

L'effet de surprise passé il recouvre la raison : si Louis et Jean-Baptiste ont une relation condamnée par la société, ça ne le regarde pas. C'est une situation bizarre, mais qui, après réflexion, ne le heurte pas. Maintenant qu'il est au courant, c'est plus simple pour lui.

—Je préfère le savoir. C'est aussi mieux pour vous. Le reste ne me concerne pas.

—Entendu. On se remet au travail.

Jean-Baptiste s'exécute, mais ne dit mot. Nicolas sait que leur relation ne sera jamais apaisée.

Un brouhaha venant de la rue les interrompt. Une charrette à bras, poussée par un homme aidé de trois policiers, s'arrête devant leurs vitres. Aussitôt, l'un d'eux, suivi par la mère Marchand, leur locataire du dernier étage, s'introduit dans l'atelier.

—Inspecteur Poussot. Cette femme prétend que l'homme que nous amenons dans la charrette est le maître tailleur Chevallier et qu'ici se tient son atelier. Vous confirmez ?

Les trois hommes le suivent, laissant sur place la femme Marchand qui ne sait que faire.

Baptiste a repris ses esprits et se soulève pour descendre de la charrette. Saisi d'un vertige, il se rattrape à son fils pour ne pas tomber.

—Holà, père, que vous arrive-t-il ?

—Votre père a été agressé et dépouillé. Il m'a dit ne pas vouloir porter plainte. Si cette femme ne l'avait pas reconnu, je le faisais conduire à Bicêtre.

—Avec les vagabonds et les mendiants ?

—Pas d'autres solutions, quand on ne sait pas à qui on a affaire. Vous pouvez remercier votre voisine. À l'avenir, évitez de le laisser sortir seul avec des valeurs sur lui. Les vols et agressions dans le quartier explosent depuis la nuit du feu d'artifice. Je vous le laisse. N'oubliez pas de donner quelques sous au charretier pour le dédommager.

Pendant cet échange, Louis et Nicolas ont installé Baptiste à l'intérieur. Plus habitués à tailler, monter, coudre, repasser, ils sont encombrés de leur blessé et ne savent qu'en faire. Jean-Baptiste s'approche :

—Vous sentez-vous mieux ?

—Pas vraiment, j'ai la tête qui tourne.

Sans ambages, son fils l'interroge :

—C'est vrai ce que l'inspecteur a dit ? Vous vous êtes fait voler ?

—Sans doute...

—C'est tout ce que ça vous fait ?

Fragilisé, Baptiste garde les yeux dans le vide et ne répond pas. Jean-Baptiste le secoue :

—Vous vous en rendez compte ? On a travaillé pour rien !

Louis s'interpose :

—Laisse-le, tu vois bien qu'il se sent mal. Ce qui est fait est fait. Le plus important est de lui apporter des soins.

Sous les yeux médusés de Nicolas, une fois de plus, Jean-Baptiste retrouve du bon sens et son côté sombre s'efface :

—Pardon, père. On va vous porter sur votre lit. Vous avez une vilaine blessure à la tête, du sang a taché votre habit. Vous avez besoin de soins. Ah ! si mère était encore là, elle saurait faire.

Constance Marchand, qui était restée à l'écart, s'approche :

—Laissez, je vais m'en occuper si vous permettez.

Jean-Baptiste, qui n'avait pas pris garde à elle, la découvre :

—C'est vous qui l'avez fait ramener ? Vous êtes la fripière.

Le ton employé marque la différence qui existe entre les professions de tailleur et de fripier, et blesse Constance qui le toise :

—Constance Marchand, votre voisine et locataire. Votre père n'a pas fait la fine bouche en nous accordant cette location. Vous voulez de mon aide ou pas ?

Il hésite et se reprend aussitôt :

—Oui. Elle est la bienvenue.

—Apportez-moi des linges propres et de l'eau chaude. Vous devez bien avoir un petit remontant quelque part ?

—Nous avons une bouteille d'absinthe de la mère Henriot.

—Ça fera l'affaire. Donnez, avec deux verres.

—Deux verres ?

—Un pour lui, l'autre pour moi. J'en ai bien besoin. Laissez-nous.

—Père ?

—Fais ce qu'elle dit.

Il n'ose pas s'opposer et se retire, pas mécontent de transférer la charge à la voisine.

Constance est une femme plantureuse, de la même génération que Jean-Baptiste. Ils se côtoient peu. Ce dernier ne cache pas son mépris pour les fripiers, ces recycleurs accusés d'empiéter sur le noble métier des tailleurs. Les Marchand sont chambrelans, ils œuvrent dans leur logement. Elle porte son premier enfant, ce qui ne l'empêche pas de vider son verre d'absinthe avant de faire boire Baptiste.

—Tenez, ça va vous faire du bien.

—De l'absinthe ?

—Mais oui, c'est un médicament. Je vais nettoyer cette plaie au front. Elle a beaucoup saigné, mais ce n'est pas profond.

Après avoir lavé la blessure, elle lui bande la tête et rit de bon cœur devant l'effet produit.

—Avec ça, vous n'avez pas besoin de perruque ! Dites-moi, il semblerait que vous avez des difficultés pour respirer…

—Oui, j'ai mal.

Elle dégrafe son habit et appuie sur ses côtes, provoquant un cri.

—Je m'en doutais, les côtes sont sans doute fêlées. Je ne suis pas médecin, mais il va falloir rester allongé. Je vais vous bander, ça vous soulagera.

Une fois le bandage terminé, Baptiste ressemble à un gros paquet avec la tête et le buste enveloppés dans les linges.

—Je crois que ça va aller comme ça.

Constance n'ose pas lui parler du terme. Il penserait qu'elle profite de la situation. Elle espère qu'il n'enverra pas son fils le réclamer. Avec ce dernier, elle craint de ne pouvoir obtenir de report.

—Je vais être immobilisé longtemps ?

—Je ne sais pas. Vous le saurez quand vous n'aurez plus mal.

Il marque un temps de réflexion.

—Nous sommes quatre hommes à l'atelier. Tenir la maison et faire les repas, ce n'est pas notre fort. J'avais pensé trouver une solution, mais maintenant…

Il hésite. Constance est en alerte. Elle réfléchit vite et attend la suite.

—Je vois que vous attendez un bébé. Ce n'est pas le moment pour vous, mais sinon, je vous aurais demandé de venir nous aider. Connaissez-vous quelqu'un de confiance ?

—Je ne sais… Enfin, peut-être…

—Oui ?

—J'ai une nièce qui doit venir m'aider pour la naissance. J'ai confiance en elle. Si je lui demande, elle pourrait se rendre disponible avant.

—Vous voyez cela avec elle ? Elle pourrait loger chez vous ?

—C'est ce qui était prévu.

—Bien. Pour ses gages, vous en pensez quoi ?

—Le tarif.

Constance hésite, se demande si elle peut lui parler du terme ; elle n'aura pas d'autres occasions.

—Si je peux me permettre, comme elle sera logée chez moi…

—Bien sûr, un petit dédommagement peut s'envisager.

—C'est que… Bon, de toute façon, il faudra bien vous le dire. Avec ma grossesse, je n'ai pas beaucoup aidé mon mari, puis les charges qui augmentent et le prix du pain aussi… On ne peut pas payer le prochain terme. Voilà.

— Je vois. Ça fait beaucoup…

— Si vous ne pouvez pas, on partira…

— Vous êtes une maline ! C'est d'accord. De toute façon, je vous suis redevable. Allez topez là !

Ils se tapent la main, avec de larges sourires qui illuminent leurs visages, suivis d'une grimace de douleur pour Baptiste.

— Ça va ?

— Oui. Elle peut arriver quand, votre perle ?

— Dès demain, elle habite Paris.

— Parfait. Elle a bien un nom ?

— Mathilde, elle a seize ans.

— Dites à Mathilde que je l'attends. Si vous voulez bien, je vais me reposer.

— À demain.

6

Mathilde

Juillet 1770

Elle est arrivée le soir, sans bruit, protégée de la fraîcheur inhabituelle de cet été pourri par une courte cape de gros drap marron, dissimulant sa frêle silhouette qui se glisse le long des vitres de l'atelier. L'humidité ambiante accentue le frisottis de sa chevelure de feu, dont les boucles s'échappent de la capuche, encadrant un regard bleu pâle et pétillant de malice.

Regard qui croise celui de Nicolas, affairé à chauffer deux carreaux sur la braise du foyer à proximité de la fenêtre. Il n'a jamais vu de tels yeux, délavés comme un ciel de printemps après l'averse, l'horizon sans fin.

Jean-Baptiste, qui relève avec une craquette de fer les boutonnières d'un justaucorps commandé par un de leurs gros clients, attend que Nicolas lui approche le carreau. L'opération est délicate et nécessite une juste température des outils. Le carreau doit être plus chaud. Louis attend aussi le sien pour aplanir les coutures de la veste assortie.

Énervé Jean-Baptiste s'emporte :

—Il vient, ce carreau ? Je ne vais pas maintenir ma craquette jusqu'à la fin des temps. Elle est déjà trop froide !

—Oui, oui, le voilà !

Nicolas, foudroyé par ce regard bleu pâle encadré de boucles rousses, en perd ses moyens. Il tend le carreau à son compagnon, sans s'être assuré au préalable qu'aucun dépôt de fumeron ne s'y trouvait. Ce qui n'échappe pas à Jean-Baptiste.

—Espèce de crétin ! Tu as vu l'état de ton carreau ? Si je l'avais appliqué sur mon ouvrage, il serait fichu.

De rage, il lance le lourd outil à travers l'atelier. Nicolas n'a que le temps de se baisser. En se relevant, ses yeux se posent sur la divine apparition qui vient d'entrer. Devant l'air ahuri de Nicolas, Jean-Baptiste et Louis se détournent. Bien que n'étant pas attirés par la gent féminine, ils ne peuvent que remarquer la grâce de celle qui se tient au milieu de l'atelier. Ses vêtements de fille du peuple les renseignent sur sa condition : sa mise n'est pas celle d'une employée de grande maison. Qui est-elle ? Que fait-elle ici ? Les trois hommes la fixent sans mot dire, ce qui déclenche le premier des rires cristallins qui vont désormais résonner dans l'immeuble.

—Eh bien, messieurs, en voilà un accueil ! D'abord, je vous souhaite le bonsoir.

Louis reprend ses esprits le premier :

—Bonsoir, mademoiselle. Que pouvons-nous faire pour vous ?

—Vous, peu de choses à ce que je vois. Je viens prendre soin de maître Baptiste, et sans doute de vous tous. Je suis la servante embauchée par votre patron.

—La nièce de la Marchand ?

—Oui. Pouvez-vous me conduire à maître Chevallier ?

Jean-Baptiste s'empresse d'affirmer qu'il est le maître en second.

—Nicolas, accompagne cette personne auprès de mon père.

—Mathilde, je m'appelle Mathilde.

Rougissant, Nicolas s'exécute :

—Suivez-moi, mademoiselle.

—Appelez-moi Mathilde.

Ils s'éclipsent, laissant les deux acolytes perdus dans leurs pensées.

—T'en penses quoi ?

—Que ton père a saisi l'opportunité qui s'est présentée pour assurer ses soins et nos besoins courants.

—Tu as raison, mais ça ne règle pas le problème de l'atelier.

—Il ne va pas en rester là. Plus j'y pense, plus je suis convaincu qu'il a dans la tête l'idée de te chercher une épouse.

—Il n'en est pas question !

—Réfléchis, tu n'as pas le choix. Il n'y a pas d'ateliers qui fonctionnent sans la femme du maître. Elles y sont plus présentes que leur mari. Regarde ; ta mère s'occupait de la gestion, elle était affable avec les clients et toujours à nos côtés, pendant que ton père était par force le plus souvent à l'extérieur. Sa disparition a créé un vide. Depuis qu'elle n'est plus là, l'atelier ne tourne plus aussi bien.

—C'est passager. Il y a eu cet accident…

—Non ! Tu sais que j'ai raison, et ton père n'est pas éternel. Tu vas prendre sa suite, il va falloir y songer.

Jean-Baptiste s'emporte :

—Qu'est-ce que tu cherches à me dire ? Tu veux me caser avec une bonne femme ? Tu en as assez de moi ? Il y a quelqu'un d'autre ?

—Arrête ! L'atelier avec la profession de tailleur, c'est tout ce qu'on sait faire. On est déjà mariés avec ! Tu nous vois confier les responsabilités de ta mère à une inconnue ? Non. La personne doit être impliquée dans l'affaire. Vois le bon côté des choses : une épouse serait une protection pour nous deux. Si l'un de nous est marié, nos risques d'être découverts et d'être envoyés à Bicêtre s'éloignent.

—La consommation du mariage ne te pose pas de problème ?

—On avisera. Depuis que Nicolas est au courant et garde le secret, tu peux me retrouver sans risque dans ma chambre. On continuera. Tu n'auras qu'à faire un gamin, et on sera tranquilles.

—Si tu le dis ! Tu as vu comment Nicolas regardait la fille, cette Mathilde ?

—Oui. Elle pourrait être une candidate, qui sait ? Tu devrais aller voir ce qu'elle trafique avec ton père.

—J'y vais.

—Attends !

Louis se lève et entraîne Jean-Baptiste dans l'appentis. Cet endroit sans fenêtre abrite leurs étreintes furtives. Ils sont interrompus par les rires de Mathilde et de Baptiste qui arrivent jusqu'à eux.

—Va voir ce qu'il se passe là-haut.

—Je me demande ce qu'ils fabriquent.

Louis a besoin d'être seul pour réfléchir à la situation, rien ne doit lui échapper. Il a appris à anticiper pour canaliser Jean-Baptiste, cet être imprévisible avec ses sautes d'humeur. Au fil des ans, dans l'ombre, il a su dompter la bête, même si son emprise reste fragile. Louis n'oublie jamais que Jean-Baptiste est appelé à devenir son patron. Il veille sur cet amant aux bouffées délirantes qui le conduisent à des excès. Combien de fois l'a-t-il ramené de ses sorties nocturnes dans les bouges ? Combien de fois a-t-il passé l'éponge sur ses amants d'un soir ? Il est celui qui panse leurs blessures.

Les pairs de Jean-Baptiste, futur maître tailleur et successeur de son père, commencent à s'interroger sur son célibat. Une épouse servirait d'écran à leur relation et, il l'espère, ferait obstacle aux amants de passage. Il est convaincu d'avoir là une carte à jouer.

*

Mathilde, à l'exclusion de l'atelier, a investi la maisonnée. Les quatre étages de l'immeuble faisant l'angle avec le quai de la Mégisserie et la rue des Bourdonnais n'ont, de mémoire d'hommes, jamais connu semblable animation. Du matin au soir, un feu follet rapide tel l'éclair en illumine les murs, dissout les recoins sombres, se glisse d'un étage à l'autre, surgit là où on l'attend le moins, produit cascades de rires et chants mélodieux qui bruissent dans l'escalier, s'infiltrent sous les portes closes, ne laissant indifférent aucun des occupants. Elle est heureuse.

Ses rêves, encore inaccessibles il y a quelques jours, se réalisent. Fini le joug du père, les lessives au bateau-lavoir. Quels chantages ou pressions sa tante a-t-elle exercés ? Elle ne veut pas le savoir, convaincue que Constance doit y trouver son compte. Sa condition s'est améliorée, le sort ne peut plus lui être contraire.

Le trouble de Nicolas ne lui a pas échappé. Chaque jour, elle prend grand soin de sa toilette, impatiente de l'instant où elle le croisera. Cet instant merveilleux et terrible, avec le cœur qui s'affole, les mains moites, les mots qui restent bloqués dans la gorge, unis par leur maladresse dans une bulle où seuls les yeux parlent, le regard éperdu, espérant et redoutant la magie du premier pas, avec la peur de le faire.

Inconscient de ce qui se trame contre elle, Louis l'imagine en candidate possible. Intimidé par les quelques mois qui le séparent de Mathilde, son aînée, Nicolas cache son trouble sous un air bougon, en proie à des tourments qu'il ne sait nommer. Le besoin de la voir, de l'entendre, l'obsède tout le jour. Le soir venu, il appréhende la nuit qui l'éloigne et perturbe son sommeil.

Si Jean-Baptiste accepte Mathilde comme la servante qui gère leur vie domestique, il la trouve envahissante auprès de son père, qui ne jure que par elle. Il l'appelle « ma fille, celle que je n'ai pas eue ». Il est le seul à ne pas voir que son père périclite.

Baptiste ne surmonte pas le traumatisme de la soirée du feu d'artifice et de ses conséquences. La perte de sa femme, l'agression dont il a été victime aggravant leurs difficultés financières et la hausse des prix avec la pression royale qui appelle sans cesse à remplir ses caisses, tout contribue à fragiliser l'atelier.

Il a fini par accepter la venue du médecin, qui a conforté le diagnostic de la Marchand : côtes fêlées et repos. Ce qui a le plus inquiété le praticien, c'est le moral de son patient. Il a cherché à le secouer, sans résultat :

—Mon ami, vos côtes vont se consolider. Vous êtes en bonne santé. Votre principal ennemi, c'est vous. Vous nous avez habitués à plus d'ardeur, vous, un maître et un juré reconnu et apprécié de ses pairs.

—C'est du passé. Dans quelques mois, ma charge de juré arrivera à son terme. Je ne serai pas réélu et ne le souhaite pas. Sans mon épouse à mes côtés, rien n'a de sens. Je suis fatigué. Je pense à préparer ma succession.

—Allez, vous nous enterrerez tous !

Contents de se décharger des tâches domestiques sur Mathilde, ils avaient fini par oublier que sa présence parmi eux était provisoire. Le maître avait convenu avec sa tante qu'elle quitterait son service aux premiers signes de naissance imminente.

Par une nuit d'août, la délivrance s'annonce enfin. Constance met au monde son premier enfant. Elle a beaucoup grossi ces dernières semaines et a du mal à se déplacer, ce qui ne facilite pas la naissance. Mathilde est dépassée et n'a d'autre choix que d'envoyer Maurice, le papa, chercher de l'aide. De jour, il aurait été facile d'en trouver, mais de nuit, de plus sans lune, le pauvre homme, déjà affolé par les cris et la souffrance de son épouse, ne sait vers qui se retourner. Mathilde ne rit plus et tance son oncle sans ménagements :

—Bougez-vous ! Vous n'avez eu besoin de personne pour semer la graine ! Allez chercher la matrone qui habite en haut de la rue des Bourdonnais. Elle a promis de venir.

—Il fait nuit noire, je ne sais même pas où c'est !

De rage, Mathilde lui envoie une chaussure sur la tête.

—Bougre d'incapable ! Ça ne m'étonne pas que les tailleurs méprisent les fripiers. Allez taper à la porte de Nicolas. Il saura vous y conduire.

Maurice, vexé, ne se le fait pas dire deux fois, pas mécontent de sortir chercher de l'aide.

Le vacarme régnant au dernier étage a depuis longtemps mis en alerte les occupants de l'immeuble qui sont sortis sur leur palier, à l'exception de Baptiste resté dans sa chambre. Il appelle pour savoir ce qui cause tant d'émoi. Désorienté par la nuit, il réclame Mathilde.

Dans sa panique, Maurice n'a pas remarqué que Jean-Baptiste et Louis sont sortis de la même chambre. Hagard, il attrape Nicolas et le secoue :

—Vite ! Mathilde dit que tu peux me conduire chez l'accoucheuse.

—Rue des Bourdonnais ?

—C'est ce qu'elle dit.

—Venez.

L'accoucheuse, réticente pour s'aventurer avec des inconnus en pleine nuit, finit par céder après de longs palabres, sans doute rassurée par la présence de Nicolas, qu'elle sait être l'apprenti de l'atelier de maître Chevallier.

Les trois hommes restés à demeure, ne sachant que faire d'eux-mêmes et incapables de porter de l'aide, convaincus qu'ils ne pourraient plus dormir, se sont réfugiés dans l'atelier.

Jean-Baptiste et Louis sont assis, en chemise de nuit, sur leur établi de travail.

Sur un inconfortable tabouret, Baptiste peine à se réchauffer malgré une température douce. La naissance le ramène à la réalité, il s'inquiète de savoir ce qu'ils vont faire sans Mathilde. Son idée de préparer sa fin, et de trouver une femme honnête pour seconder les hommes, le taraude. Ces dernières semaines, il s'est reposé sur la présence joyeuse et efficace de Mathilde, qui, malgré son jeune âge, tenait la maison et se faisait respecter des garçons. Cette nuit, elle fait preuve d'une maîtrise que beaucoup pourraient lui envier. Le sérieux et l'énergie de cette jeune femme efficace l'impressionnent. Elle lui rappelle son épouse au début de leur mariage.

Quand Nicolas et Maurice font irruption à l'étage, suivis de l'accoucheuse qui peine à gravir les marches, ils entendent un cri reconnaissable entre tous : celui d'un bébé qui inhale de l'air pour la première fois. La femme les bouscule et se précipite.

—Restez dehors.

Mathilde a su couper le cordon, et a commencé à laver le bébé qui se tord comme un ver et hurle pour marquer sa venue au monde.

—Eh bien, mon gaillard ! Quelle vigueur ! Ça promet…

—Assez joué, ce braillard a besoin de sa mère.

L'accoucheuse lui retire l'enfant et le pose sur le sein de Constance, qu'il attrape d'instinct et tète avec avidité. Devant ce poupon tout en rondeur, qui, tout juste venu au monde, se jette sur le sein maternel, Mathilde éclate d'un rire libérateur des tensions de la nuit. Attendrie, elle s'assied près de sa tante pendant que la matrone termine les soins et donne ses conseils avant de se retirer :

—Bon, je vais y aller…

—Nicolas va vous raccompagner.

—Je vais y aller.
—Oui, bien sûr.
—Je vous dis que je vais y aller.
Sa tante réagit :
—Mathilde, elle attend que tu la payes.
—Moi ?
—Eh bien oui, nous n'avons pas le premier sol.
—Je ne le savais pas. Je m'en charge.

Nicolas, qui a entendu la scène, lui emboîte le pas.
—Tu as le nécessaire pour la payer ?
—Je ne sais pas combien donner.
—Moi non plus. Quelques sols. Je vais t'aider.
—Voyons Nicolas, il n'y a pas de raison.
—Ce sera mon cadeau de bienvenue pour… Il a un nom ?
—C'est vrai, ma tante n'a rien dit. Attends… Camille ! Je vais l'appeler Camille !
—Ce n'est pas à toi de lui donner un nom.
—Si personne ne le fait, c'est mon droit ! Tu vas voir, je vais m'occuper de mon cousin. Je l'adore déjà, ce petit Camille.

Cette naissance les a rapprochés. Ils ont agi de concert. Chacun a rempli son rôle et l'action a eu raison de leur timidité. Fatigués, des étoiles plein les yeux, ils se souhaitent une bonne nuit.

7

Une visite place de Grève

Cette naissance a sonné comme un glas pour Baptiste et l'a ramené à l'accord passé avec la Marchand : Mathilde va quitter son service. Il s'est attaché à la jeune fille, sa joie de vivre et sa douceur illuminent ses journées. En quelques semaines, elle s'est rendue indispensable. La facilité l'a bercé. Il a reporté ce qu'il avait en tête : trouver une épouse pour son fils. Après une nuit sans sommeil à ressasser des idées noires, il a pris une décision.

Pour un dimanche matin, il se lève tôt, choisit son meilleur habit et s'apprête à sortir pour la première fois depuis son agression. Il n'est pas le seul à avoir eu une nuit agitée ; Nicolas, hanté par les évènements nocturnes qui l'ont rapproché de Mathilde, n'a pas pu trouver le repos. Il a pensé à elle toute la nuit et est impatient de la retrouver. Baptiste l'aperçoit sur le pas de la porte :

—Bonjour, Nicolas. Je cherche mon fils, tu ne l'aurais pas vu ?

Nicolas, qui n'a aucun doute sur l'endroit où se trouve Jean-Baptiste, cherche à détourner l'attention de Baptiste.

—Bonjour, maître. J'ai entendu du bruit en descendant. Il a dû sortir.

—De si bon matin ? Bien, je vais demander à Louis de m'accompagner.

Il s'apprête à monter à l'étage où dort le compagnon, ce qui affole Nicolas.

—Attendez ! Il a été malade cette nuit après l'agitation de la soirée. Je l'ai entendu à plusieurs reprises. Si vous avez besoin d'un accompagnateur, je suis à votre disposition.

—Tu crois, mon garçon ? Après tout, tu as raison, tu es devenu un solide gaillard. Les marauds n'auront qu'à bien se tenir ! Ce n'est pas plus mal que ce soit toi qui m'accompagnes. Si ma démarche ne remporte pas le succès escompté, j'ai confiance en toi pour être discret. De plus, depuis la soirée maudite, Louis boite.

Attirés par les voix, derrière la fenêtre de l'étage, Jean-Baptiste et Louis suivent du regard les deux hommes qui remontent la rue déjà animée. Le travail est à l'arrêt, sur le quai où œuvrent les ferrailleurs ; les outils et matériaux sont toujours entassés pêle-mêle, attendant le retour des ouvriers. La plupart pratiquent le Saint Lundi, parfois le Saint Mardi ; ils ne reviendront pas de sitôt. En plus du repos dominical, la veille et le lendemain des nombreux jours fériés sont chômés. Le dimanche n'est guère le jour du Seigneur, mais plutôt celui des tenanciers des gargotes, guinguettes et cafés nombreux dans la capitale. Fréquentés par toutes les couches de la société, les plus pauvres y dépensent les quelques sous gagnés la semaine ; les bourgeois et nobles vont s'y encanailler. Le lundi est bienvenu pour se remettre des excès de la veille, ou les poursuivre, d'où le Saint Lundi !

Ce matin, les esprits sont embrumés par les vapeurs d'alcool de la veille, la rue est bruyante, les badauds s'invectivent et parlent fort. On échange les nouvelles de la nuit, les projets du jour. On reprend les différends avec les voisins. On se plaint les uns des autres. Bref, tout ce monde a l'habitude de vivre dans la rue, faisant fi de toute intimité, et quand on ne travaille pas, on commère.

La naissance dans l'immeuble où logent les tailleurs Charrier et les fripiers Marchand fait l'objet de toutes les conversations, et maintenant le maître Baptiste, qu'on n'a pas vu depuis son agression, qui sort en bel apparat avec son apprenti ; rien de tel pour nourrir l'agitation et ouvrir la porte à tous les ragots.

—Maître, où allons-nous ?

—Place de Grève. Je dois voir quelqu'un.

Nicolas ne fait pas de commentaires et masque son inquiétude. Un jour férié, la place de Grève n'est pas un lieu recommandé pour un homme comme le maître tailleur. Quelle mouche l'a encore piqué ? Aller dans ce quartier vêtu comme un bourgeois ! Son Maître n'a plus toute sa tête. Nicolas est sur ses gardes.

En arrivant sur la place, il y a peu de monde. Les poivrots de la veille doivent cuver. Il en aperçoit plusieurs, endormis près du fleuve, sur la plage de sable qui borde la place. Aujourd'hui, les nombreux bateaux qui assurent le transport des marchandises par voie fluviale sont à quai. Ils reprendront leur activité au mieux mardi, voire mercredi. Les hommes à la recherche d'un emploi viendront proposer leurs services, pour les charger ou les décharger. Ceux qui dorment aujourd'hui seront aux premières loges pour trouver un travail et récolter quelques sous qu'ils dépenseront à la taverne.

Le calme apparent est de courte durée ; des voix s'élèvent, suivies d'un grand fracas. Deux individus s'éjectent d'un estaminet, puis roulent aux pieds de Baptiste. Nicolas a juste le temps de s'interposer et de faire reculer son maître. Excités, les consommateurs du café sortent en riant et criant, invectivant les deux combattants qui continuent à s'asséner coup sur coup.

Des curieux, sans s'être consultés, sortent de toutes parts et envahissent la place. Les spectateurs, déjà bien échauffés par l'alcool, s'embrasent ; plusieurs prennent parti, pour ou contre, et entrent dans la mêlée. Les coups pleuvent, des objets volent dans tous les sens. Un pot de bière atteint Nicolas à l'épaule. Son contenu rejaillit sur le bel habit de Baptiste, quand un des belligérants s'avise de la présence des deux hommes et les interpelle d'une voix pâteuse :

—Mon beau monsieur, vous aurez bien une petite pièce pour un brave père de famille.

Chancelant, il s'accroche à Baptiste, exhalant des relents fétides de bière. Nicolas craint que la situation ne dégénère. Il s'interpose et veut repousser l'homme, sans succès. Le mieux serait de lui donner satisfaction. Sans attirer l'attention de ceux qui sont toujours acharnés dans une bagarre généralisée, il s'adresse à Baptiste :

—Maître que cherchez-vous ici ?

—Je veux rencontrer M. Maulévrier, qui demeure à proximité de la place.

Nicolas s'adresse poliment à l'individu qui hoquette sur Baptiste.

—Monsieur, mon maître cherche un dénommé Maulévrier, qui habite dans le quartier. Si vous l'aidez, je ne doute pas qu'il vous donne quelques sols en remerciements.

L'individu, sentant l'aubaine, retrouve ses esprits et, d'un geste qui pourrait être comique, lisse son vêtement et remet de l'ordre dans ses cheveux. Il se redresse, tout signe d'ébriété ayant disparu :

—Messieurs, je suis votre homme. Vous êtes sous ma protection.

Aussitôt, les curieux qui se rapprochaient avec hostilité détournent le regard et reprennent leur pugilat.

L'appât d'un gain facile a dû dessaouler le poivrot, qui semble avoir autorité sur ses pairs.

—Suivez-moi.

Nicolas reste circonspect. Il craint un traquenard, d'autant plus que l'individu les entraîne dans des rues sombres, où circule une population peu engageante. Ils pénètrent dans une cour desservant plusieurs logements. Des enfants dépenaillés jouent bruyamment. Deux mégères s'invectivent et des cris se font entendre des fenêtres ouvertes. Des hommes désœuvrés sont accoudés à une table, déjà garnie de pots de bière.

—Il doit être chez lui, là-bas, à gauche au fond du couloir.

—Attendez-moi ici.

—Maître, il est hors de question que je vous laisse y aller seul.

—Nicolas, je n'ai besoin de personne.

Il interroge leur guide du regard.

—Il ne craint rien. À l'heure qu'il est, le père Maulévrier doit cuver de sa soirée. Ce n'est pas un nerveux, sauf quand il s'agit de la bouteille ou de lever la main sur sa fille. Une brave petite… Ça fait plusieurs jours qu'on ne l'a pas vue dans les parages. Il lui veut quoi, ton patron, au père Maulévrier ?

—Je ne sais pas, il ne m'a rien dit. C'est qui, ce père Maulévrier ?

—T'es bien curieux.

—Pas plus que toi.

Soudain, il se souvient qu'il a déjà entendu ce nom. C'était la première fois où il l'a vue, le jour où elle est entrée dans sa vie, dans leur vie. Mathilde. Il a besoin d'en savoir plus.

—Il travaille dans le coin ?

Ce qui fait rire son compagnon.

—Travailler ? Ça ne fait pas partie de son vocabulaire. D'ailleurs, si sa fille est partie, il va bien falloir qu'il s'y mette s'il veut assurer sa boisson.

—Tu es un curieux gars.

—Pourquoi ?

—Je ne sais pas. Je t'écoute, et je ne vois plus le même personnage que le poivrot qui nous a harponnés sur la place.

—Un apprenti perspicace.

—Qui te dit que je suis un apprenti ?

—Facile ! Tu n'es pas son fils, ça se voit, et tu viens de l'appeler maître. Il n'est ni un noble ni un bourgeois ; il ne serait pas venu seul avec toi et à pied. C'est sans doute un artisan. Bien vêtu. Je dirais un tailleur. Je me demande pourquoi il vient voir Maulévrier dans un si bel apparat. Il ignore ce qu'il va trouver.

Baptiste n'est pas resté longtemps, il ressort soucieux.

—On rentre. Pouvez-vous nous accompagner jusqu'à la sortie de la place ?

—À votre service, mon bon monsieur.

Pilotés par leur accompagnateur, ils se frayent un passage à travers les nombreux acolytes plus ou moins agités. Nicolas est impressionné, convaincu que sans leur guide, ils se seraient fait dépouiller. Ce dernier semble bénéficier d'un certain respect.

Quand Baptiste le remercie et lui glisse dans la main la monnaie promise, le regard surpris du bénéficiaire renseigne Nicolas : son maître s'est montré généreux.

—Merci, maître. Si vous avez besoin d'un service ou d'une protection, demandez Hippolyte. N'oubliez pas : Hippolyte.

—Je n'y manquerai pas.

En silence, ils rejoignent l'atelier.

Baptiste réfléchit. Le père de Mathilde n'avait pas les idées claires. Il semble en vouloir à sa fille qui, selon lui, est une catin qui l'a abandonné. Il lui a demandé de se débrouiller avec sa sœur, la Marchand. Pourtant, avant de sortir, il l'a interpellé : « Vous avez l'air d'être un riche bourgeois... » Il craint que l'homme ne lui crée des soucis.

Nicolas est inquiet. Il est persuadé que ce Maulévrier est le père de Mathilde. Mathilde, si belle, si gaie, si douce, n'a pas pu grandir dans ce milieu... Il n'a pas vu l'homme ni le logement, mais l'environnement et les allusions d'Hippolyte sont éloquentes sur ce qu'elle a dû vivre.

À leur retour, l'atelier est désert. Ce qui n'est pas étonnant pour un dimanche, mais Baptiste s'attendait à trouver son fils aux abords, dans la rue ou bien dans l'appartement. Il n'y a personne, ils sont sortis. Baptiste en est contrarié. Il hésite à monter chez ses locataires ; avec la naissance de la nuit, les femmes doivent se reposer ou s'occuper du bébé. Pourtant, cette affaire lui tient trop à cœur pour ne pas la régler sur-le-champ. Le bonhomme Maulévrier lui a dit de traiter avec sa sœur Constance. Il ne veut pas lui laisser le temps de se raviser, il a senti la vénalité de l'homme. Qui sait si, l'esprit plus clair, il ne ferait pas monter les enchères ?

—Nicolas, peux-tu aller demander si Mme Marchand peut me recevoir ?

Trop content de voir Mathilde, il se précipite. La Marchand est un peu réticente. Certes, elle est fatiguée, mais elle craint que le maître tailleur ne revienne sur leurs accords et réclame son loyer, maintenant que l'emploi de Mathilde est arrivé à son terme.

—Je suis alitée. Qu'il monte !

Baptiste commence à être bien fatigué. Avec peine, il arrive au dernier étage où Mathilde l'introduit dans la chambre de sa tante.

—Maître Baptiste, vous ne me semblez guère en forme ce matin. Je vous l'ai déjà dit, économisez-vous ! J'ai un reste de gruau d'avoine, je vous porte ça. En attendant, restez assis.

—Laissez, mon enfant. On verra plus tard. Je voudrais m'entretenir avec votre tante.

—Ne perdez pas de temps, sinon Camille vous rappellera à l'ordre.

—Camille ?

—Oui, mon petit cousin qui est arrivé hier soir dans la vie avec force cris ! Il est adorable, mais toujours affamé ! Vous voulez que je vous laisse avec ma tante ?

—Merci, Mathilde. Je vous verrai après.

Elle retrouve Nicolas qui était resté sur le palier.

—Tu m'attendais ?

Hésitant, le regard rivé sur ses brodequins, il balbutie :

—Je me demandais si on ne pouvait pas faire une promenade, comme c'est dimanche.

—Ne sois pas si timide ! C'est une bonne idée, ça nous changera les idées de cette nuit agitée. Mais après le repas. Ton maître a dit qu'il voulait me voir. Je me demande ce qu'il me veut. Et je dois m'occuper de Camille avant de sortir.

—Entendu. Tu heurteras à ma porte dès que tu seras prête.

—Tu ne déjeunes pas ? J'ai préparé votre repas. Déjà que les deux compagnons sont partis et ne reviendront pas de la journée, je ne voudrais pas qu'il se gâte.

—J'attends maître Baptiste pour manger. Tu dis que Jean-Baptiste et Louis ne prendront pas leur repas avec nous ?

—En partant, Louis m'a dit à demain. Je te laisse, je vais attendre le maître. J'espère qu'il ne sera pas long.

Il va se promener avec Mathilde ! Il n'y croit pas. Mais où l'emmener ? C'est la première fois qu'il ose proposer une sortie à une fille, de plus avec *ELLE*, une presque femme à ses yeux.

Il fait beau, il va lui suggérer une balade champêtre aux Champs-Élysées. En cette saison, les maisons avoisinantes qui bordent ce vaste espace sont fleuries, les cafés ouvrent leurs terrasses, il pourra l'y inviter sans risques.

Le dimanche, si le lieu est fréquenté par toutes les couches de la société, de nombreuses familles viennent y flâner. Il imagine l'emmener sous les galeries du palais Royal pour découvrir les figurines de cire exposées par Curtuis. Cet artiste allemand fait fureur avec ses figures de fantaisie et ses héros, que l'on reconnaît immédiatement, et qui, de la tête aux pieds, sont costumés avec la plus grande vérité.

Il est impatient de la retrouver.

8

Chez Ramponneaux

— Qu'est-ce qu'il mijote ? Je le comprends de moins en moins.

—Tu veux qu'on les suive ?

—Bonne idée. Dépêche-toi.

—Je suis prêt.

—En haillons ?

—C'est ma tenue de travail. Je te conseille d'en faire autant si tu veux que l'on se fonde dans la masse. Pas d'excès de toilette aujourd'hui !

—Ça va, j'ai compris.

Jean-Baptiste et Louis ont eu vite fait de rattraper Baptiste et Nicolas. Ils progressent derrière eux, masqués par leur tricorne rabattu sur leur visage. Ils se faufilent entre les Parisiens, qui désertent leurs logements exigus et insalubres. Aux abords de la place de Grève, il y a moins de monde. Ils descendent se cacher sur la plage et se dissimulent derrière un volumineux tas de cordages restés sur le sable, quand ils voient les deux poivrots atterrir aux pieds de Baptiste. Louis réagit :

—On y va ?

—Non ! Il fait des cachotteries, qu'il se débrouille. On va voir si le gamin a du cran.

Ils assistent à toute la scène sans bouger.

—Le type qui se rapproche de ton père, on le connaît !

—Tu as raison. Il traîne chez Ramponneaux, on l'y a déjà vu.

—Oui, il est à la tête d'une bande malfamée.

—On laisse faire ?

—On observe. Regarde, Nicolas lui parle.

—On dirait qu'ils le suivent.

—C'est quoi ce bordel ?

—On y va ?

—Non, on est à découvert. On attend.

Louis est nerveux. Il n'est pas dupe, Jean-Baptiste n'est pas si indifférent qu'il l'affiche ; partagé entre colère et inquiétude, il est agressif et vocifère après son père :

—Depuis la mort de ma mère, il est incontrôlable. Il est temps qu'il passe la main, que je prenne sa suite.

—Et ton chef-d'œuvre ?

—Ne reviens plus là-dessus ! On a dit que l'incident était clos ! De toute façon, étant fils de maître, je peux m'installer, avec ou sans chef-d'œuvre.

—Tu oublies que je ne peux pas en dire autant !

—Peut-être. Attention, ils reviennent !

En grande conversation, Nicolas et l'homme qui les accompagne précèdent Baptiste, qui a l'air soucieux. Sous leurs yeux stupéfaits, l'homme qu'ils tiennent pour dangereux se rapproche de Baptiste et, après un bref échange, se retire avec un geste qui ne trompe pas. Ils se topent la main !

—Hippolyte !

—Quoi ?

—C'est son nom ! Tu as vu ? On dirait qu'ils viennent de sceller un accord.

—Oui. Je me suis trompé. C'est Nicolas.

—Nicolas ? Quoi ?

—C'est lui ! Il manipule mon père. Il est de mèche avec cette bande.

—Ce gamin ? Tu dis n'importe quoi mon pauvre Jean-Baptiste.

—Non ! Je sais ce que je dis. Viens, on va passer la journée chez Ramponneaux. Peut-être qu'on y verra Hippolyte.

—Pourquoi pas ?

*

Les tenanciers des guinguettes des hauteurs de Belleville sont en plein coup de feu. C'est l'heure du repas, et les amateurs de matelote de poissons ou de friture se mêlent aux assoiffés. Louis et Jean-Baptiste se frayent un chemin pour rejoindre Le Tambour royal, l'un des plus célèbres cabarets, où ils ont leurs habitudes.

Coiffé de son éternel tricorne, le coin de son tablier, toujours blanc, attaché à sa ceinture, Jean Ramponneaux, le visage réjoui et le nez monté en couleur, se tient près de la cheminée qui flambe et contribue à faire grimper la température. Son regard rusé ne perd rien. Il a l'œil partout et surveille ses serveurs qu'il a eu l'idée de coiffer d'un bonnet en pain de sucre, pour amuser la galerie, et surtout pour les repérer dans la foule.

Les tables et les bancs de bois blanc sont tous occupés par une clientèle bigarrée mélangeant le peuple et les grands ; même des femmes aristocrates, déguisées en soubrettes, viennent s'encanailler avec la roture. Le niveau sonore est élevé, il est impossible de s'entendre sans crier. Louis entraîne Jean-Baptiste. Un tonneau servant de table haute vient de se libérer ; ils seront debout, mais peu importe, ils pourront être servis. Ramponneaux les a repérés. À peine sont-ils accoudés à leur tonneau qu'il leur envoie un serveur.

—Mes seigneurs, on mange ? On boit ? Qu'est-ce qui ferait plaisir à deux gentilshommes ?

—Garde tes ronds de jambe pour d'autres. On a le gosier sec.

—Alors, ce sera deux guinguets, notre petit vin de Paris.

— Oui, on connaît la chanson, meilleur que le Bourgogne et le Bordeaux.

— Surtout le moins cher de la capitale ! Je vous amène ça, mes beaux messieurs.

Si le vin blanc de Ramponneaux est apprécié, c'est qu'il vend la pinte de quatre-vingt-treize centilitres trois sols et demi, contre quatre sols et demi chez ses concurrents. Il s'en boit beaucoup plus, et l'ambiance monte vite ! La fête embrase tout le quartier.

Après plusieurs pintes, ils peuvent vérifier le bien-fondé d'une des devises inscrites sur le mur face à eux, sous le portrait de Ramponneaux déguisé en Bacchus chevauchant un tonneau : *Bonum vinum laetificat cor hominis* (« Le bon vin réjouit le cœur de l'homme »). Le tenancier n'a pas omis de rappeler, à côté, que *monoye* (« monnaie ») fait tout et que crédit est mort ! Tout ça leur a ouvert l'appétit. Ils sont prêts pour déguster une volaille rôtie dans la grande cheminée.

L'après-midi est bien avancé quand un groupe bruyant fait irruption dans le cabaret. À grand renfort de cris, les nouveaux arrivants bousculent tout sur leur passage, le niveau sonore s'élève d'un cran. Un jeune homme assis se fait éjecter de son banc pour libérer sa place. Mauvaise pioche pour l'agresseur : sa victime, debout, le dépasse d'une tête et sait jouer des poings. Le premier coup part, explosant un nez déjà bien rouge. Il n'en faut pas plus pour déclencher une bagarre générale. Des tables sont renversées, les assiettes et pichets volent ; beaucoup, ne tenant déjà guère sur leurs jambes, s'écroulent une fois allongés, ils choisissent de rester sur le sol, soit pour cuver, soit parce qu'ils ont oublié ce qu'ils faisaient là ! Entre « échappé de Bicêtre » et « marionnette du pilori », les injures fusent de toutes parts.

Jean-Baptiste, qui n'a plus les idées très claires, est toujours à l'aise quand les esprits s'échauffent. C'est l'occasion pour lui de libérer ses tensions. Le vernis social qu'il entretient sous la coupe de son père se fend, ses pulsions prennent le dessus. Il entre dans la bagarre. À ce stade, Louis sait qu'il n'y peut rien. Il surveille les arrières de son compagnon, d'autant plus que c'est la bande d'Hippolyte qui a provoqué la rixe. Il n'est pas dupe : c'est lui que Jean-Baptiste cherche à affronter. Ce qui finit par arriver.

Jean-Baptiste, même s'il n'est pas de taille face à l'homme beaucoup plus aguerri que lui, n'hésite pas un instant. L'alcool et la colère ne font pas bon ménage. Il a réussi à se rapprocher d'Hippolyte, dont la forte musculature en impressionne plus d'un, sauf Jean-Baptiste en ce jour. Il l'attrape par-derrière. Hippolyte pivote sur lui-même puis son poing puissant percute son agresseur. Jean-Baptiste gît au sol, maculé de sang, la lèvre fendue et le nez explosé. Louis se précipite à son secours, ce qui n'a pas l'air de plaire à son ami qui le repousse. La scène n'échappe pas à Hippolyte, qui éclate de rire :

— Des sodomites ?

Réflexion qui attise la haine de Jean-Baptiste et décuple ses forces. Il saute à la gorge d'Hippolyte, qui a baissé la garde et, surpris, tombe à la renverse. Jean-Baptiste le chevauche et le roue de coups de poing. La scène en est comique, car à côté d'Hippolyte, il fait figure de freluquet. Ce qui nourrit le rire de celui-ci. Il se dégage et attrape Jean-Baptiste par le collet.

— Bon, tu commences à m'agacer, vermisseau. T'as quelque chose contre moi ?

— Mon père.

— Quoi, ton père ?

— Qu'est-ce que tu faisais avec lui ce matin ? Je vous ai vus, avec Nicolas. C'est un gars de ta bande ?

Les pièces se mettent en place dans la tête d'Hippolyte, et compte tenu de ce que le père Maulévrier lui a révélé quand il l'a questionné après la visite de Baptiste, il a du mal à retenir son fou rire.

Il prend le temps de la réflexion, car il a devant lui le gars qui est censé épouser Mathilde. Mathilde, c'est une brave petite, une fille de son quartier sous sa protection. Il était content de savoir qu'elle allait pouvoir échapper à son ivrogne de père pour vivre dans un milieu au-dessus de sa condition. Pour elle, devenir femme d'un maître tailleur, avec l'atelier et le logement qui vont avec, c'est une chance. Il a éprouvé de la sympathie pour le maître et son apprenti, mais le futur mari qu'il a sous les yeux ne lui inspire que du mépris.

—Ton père est un brave homme. Je l'ai rencontré par hasard, je n'ai fait que l'accompagner à un rendez-vous.

—Ne te fous pas de moi. C'est ton sbire, Nicolas, qui te l'a amené. Vous voulez quoi ? Le dépouiller ? D'ailleurs ce sont sans doute les gars de ta bande qui l'ont agressé et volé au cimetière.

—Je ne comprends rien à ce que tu racontes. Je les ai vus tous les deux ce matin pour la première fois. Des personnes respectables. Tu me fais perdre mon temps. Dégage ! Tu as de la chance que j'aie du respect pour ton père.

Il l'attrape par le bras et le jette dehors, où Louis le retrouve et l'entraîne sans demander son reste.

Hippolyte, songeur, les regarde s'éloigner. Ces deux-là ne sont pas clairs. Et s'il avait vu juste ? S'ils étaient amants ? Mathilde ne sera pas heureuse avec ce type. Et cette histoire d'agression au cimetière ? Il espère que ce ne sont pas ses gars qui ont fait le coup.

Il va se rapprocher de Nicolas pour en savoir plus, le garçon lui semble fiable.

9

Accordailles

La Marchand n'était pas rassurée de voir le maître tailleur. Ses craintes qu'il lui réclame le terme qu'elle ne peut pas honorer l'ont mise sur la défensive. Elle ne s'attendait pas à ce que son bailleur vienne lui demander la main de sa nièce !

Futée, les avantages qu'elle peut en obtenir lui sautent aux yeux. L'agressivité ressentie à l'approche du maître disparaît sous un masque de lamentations.

Elle feint d'être plus fatiguée qu'elle ne l'est, et avec un visage crispé de souffrance, se penche sur le berceau où Camille repose. Elle le saisit sans douceur, ce qui déclenche ses pleurs. Et quoi de plus angoissant qu'un bébé qui hurle ? Constance en joue et fond en larmes, elle se lamente :

—Comment vais-je faire si Mathilde nous quitte ?

Elle hoquette et renifle. Baptiste, désarçonné, ne sait quelle contenance prendre. Il reste assis, ne sachant que dire.

—Il n'arrête pas de pleurer ! Vous saviez bien que Mathilde devait venir pour m'aider !

Elle se répète :

—Comment vais-je faire ? Comment on va faire, si vous nous l'enlevez ?

—Elle viendra vous aider.

—J'ai besoin d'elle en permanence ! Si vous me la prenez, comment pourrai-je travailler ? Comment pourrai-je gagner notre vie ? Vous l'avez bien compris, ce n'est pas mon bonhomme qui fait bouillir la marmite ! D'abord, Mathilde, pourquoi voulez-vous Mathilde ? Pourquoi elle ?

Cette litanie de comment et pourquoi agace le tailleur, qui prend sur lui et essaie de la rassurer :

—Je vous l'ai expliqué, c'est une jeune fille de qualité. Elle a gagné ma confiance. Elle sera une épouse parfaite pour seconder un maître tailleur. Je n'avais pas saisi que vous teniez tant à elle.

Faisant semblant de ne pas avoir compris, elle enchaîne :

—Un maître tailleur ? Votre fils ? Vous allez vous retirer ?

—Bien sûr. Aussitôt le mariage prononcé.

Puis, feignant l'innocence :

—Ma petite Mathilde, dans votre atelier ? Comme l'était votre épouse ? Je serais une bien mauvaise tante si j'y faisais obstacle ! Vous êtes sûr que votre garçon est d'accord ?

—Il le sera. Pourquoi cette question ?

—Rien, je demandais comme ça…

Elle s'était imaginé que ce garçon n'était pas porté sur les femmes. Après tout ce n'est pas son problème. Elle reprend ses lamentations :

—Comment vais-je faire ? Comment on va s'en sortir ?

Baptiste, habitué aux manœuvres des mauvais payeurs, n'est pas dupe : il sait que la Marchand cherche à le manipuler. Il se doute de ce qui la travaille ! Le terme, voilà où la femme veut en venir. Il est disposé à étudier la question, à condition qu'elle en fasse la requête. Il se lève :

—Pardonnez-moi, je ne pensais pas que cette demande en mariage vous poserait autant de soucis. Considérez que je ne vous en ai rien dit. Vous en rendrez compte à votre frère et lui présenterez mes regrets.

Il se lève. Elle craint d'être allée trop loin, et surtout la réaction de son frère si elle fait obstacle au mariage. Le bonhomme n'est pas fin et a la main lourde, elle en sait quelque chose, et ce n'est pas sa lavette de mari qui la défendrait. Elle compte bien tirer quelques bénéfices de ce mariage.

—Attendez ! Ne partez pas !

—Vous aviez des suggestions ?

—On peut s'entendre... Si Mathilde n'est plus là pour m'aider, je ne vais pas pouvoir faire rentrer de sous !

—Oui, et...

Elle s'énerve :

—Vous le savez bien ! On n'arrive déjà pas à payer le loyer ! D'ailleurs, pour le prochain, ça ne va pas être possible. Vous allez nous mettre à la rue avec le bébé ?

—Madame Marchand, vous frisez l'insolence. Il me semble vous avoir prouvé que je ne suis pas ce genre d'hommes. J'attends de vous que vous me disiez ce que vous voulez pour consentir à cette union, bien que je serais plutôt en droit d'attendre une dot.

La bonne femme l'a énervé, il n'a pas pu retenir cette pique. Elle doit comprendre que comme tout un chacun, il a ses limites. Elle hésite, mais n'a plus le choix.

—Voilà, une juste compensation serait l'abandon des loyers.

—Rien que ça ? Vous n'êtes pas idiote, je ne peux pas m'y engager sans limitation.

—Ça serait bien...

—Vous imaginez quoi ? Que je fabrique les sols ? Que je suis éternel ? Après moi, ce serait une trop lourde charge pour ce jeune couple. Je peux être d'accord, mais pour une durée limitée. Mathilde était censée rester près de vous combien de temps ?

Elle s'aperçoit que rien n'était prévu : quelques semaines, un mois ou deux tout au plus. Elle improvise.

—Jusqu'aux premiers pas de l'enfant.

—Ça me paraît bien long. Qui me dit que vous n'allez pas l'empêcher de marcher ?

—Je serais une bien mauvaise mère !

— Qui sait ? On va dire un an maximum, ce qui représente un gros effort financier, car de mon côté, le propriétaire ne me fait pas de cadeau.

C'est mieux que rien, et quand Mathilde sera la maîtresse, elle ne doute pas qu'elle l'aidera, ne serait-ce que pour Camille auquel elle a commencé à s'attacher.

— C'est d'accord, mais avec un contrat.

— Vous ne perdez pas le nord. On le mettra dans l'acte de mariage.

Baptiste ne s'était pas imaginé qu'il devrait autant ferrailler. Maintenant, il lui faut l'accord des intéressés. Pourquoi donc la Marchand a-t-elle manifesté de la surprise ? Elle ne voyait pas Jean-Baptiste prendre une épouse. Il chasse l'idée, c'est une histoire de bonne femme.

Quand il part à la recherche de Mathilde, il ne trouve personne. Elle s'est volatilisée, Nicolas aussi. Impatients de profiter d'une sortie improvisée en tête à tête, ils ne l'ont pas attendu. Jean-Baptiste et Louis n'ont pas donné signe de vie. Il guette leur retour toute la journée. Aussi, quand les deux compagnons se présentent, l'haleine chargée de vapeurs d'alcool, tuméfiés et maculés de sang, il n'est pas d'humeur à se montrer conciliant.

— Vous voilà enfin ! Et dans quel état ! Jean-Baptiste, je te laisse cinq minutes pour paraître devant moi dans une tenue digne. Louis, tu voudras bien nous laisser. Je dois parler à mon fils.

Ni l'un ni l'autre ne sont en position de discuter devant un maître qui a retrouvé l'autorité qui lui faisait défaut ces dernières semaines.

De mauvaise grâce, Jean-Baptiste s'exécute. Malgré son esprit embrouillé, il sait que son père va enfin lui révéler ses cachotteries, et qu'elles ne vont pas lui plaire. Sur la défensive, il se présente devant un Baptiste toujours remonté.

—Assieds-toi. Je voulais parler avenir avec toi, mais à voir ton comportement et tes probables fréquentations, je ne suis pas d'humeur à discuter. Aussi, sache que mes décisions sont prises.

—Mes fréquentations ? Vous voulez qu'on parle des vôtres ?

—Que me racontes-tu ?

Jean-Baptiste fait marche arrière, il a failli trahir leur filature du matin.

—Non, rien…

—Bien. J'arrive à un âge avancé. Depuis le décès de ta mère et l'agression dont j'ai été victime, j'ai bien réfléchi. Je ne me sens plus la force de tenir un atelier. En fin d'année, mon mandat de juge arrivera à son terme. Je ne souhaite pas en solliciter le renouvellement. Le temps de passer le relais est venu. Mon problème, c'est toi.

—Moi ? J'ai les années de compagnonnage requises pour prétendre à la maîtrise !

—Certes. De plus, en qualité de fils de maître, tu n'as pas besoin de présenter un chef-d'œuvre. Ce qui, à mon sens, est regrettable.

—Je vous ai prouvé que j'en étais capable.

—Je ne sais… peut-être. Ce chef-d'œuvre m'a laissé un goût amer, exécuté en dehors des règles. En étais-tu l'auteur ? Je ne le saurai jamais.

Jean-Baptiste s'échauffe :

—Nous y voilà ! Vous m'accusez de mensonge, d'incompétence ! Vous ne m'avez jamais fait confiance.

—J'aurais aimé, mais tu as grandi dans la facilité. Les ouvriers que j'ai formés se sont tous battus pour réussir, ils se devaient d'être parmi les meilleurs, comme j'ai dû l'être moi-même pour créer mon atelier. Ce n'est pas ton cas. Tu vas prendre ma succession sans mérite.

Jean-Baptiste voit rouge :

— Écoutez-vous, tout en reproche pour la chair de votre chair. Et si vous étiez vous-même responsable de ce que vous critiquez chez-moi ? L'enfant que j'étais ne demandait qu'à être aimé, guidé par le grand maître, le juge impartial, l'homme exemplaire qui ne regardait pas son propre fils. Celui qui formait de futurs maîtres. C'était plus valorisant que de rester dans son foyer et veiller sur son enfant. Vous reprochiez même à mère sa tendresse envers moi. J'ai dû trouver de la reconnaissance ailleurs.

Baptiste en est bousculé. Il ne s'est jamais interrogé sur ses méthodes éducatives et ne trouve pas d'autre porte de sortie que de balayer les arguments de son fils.

— Les jeunes, à toujours remettre en cause leurs aînés... Ce n'est pas comme ça que vous trouverez plus de justice. Prêts à révolutionner le monde, détruire ce qui a fait ses preuves. Votre génération ne respecte plus rien : ni la religion ni le représentant de Dieu sur terre, et encore moins vos parents ! Ce sont dans les tavernes enfumées, parmi les poivrots et les mendiants que circulent les idées de ces Voltaire, Rousseau et compagnie. Tu viens de renforcer mes convictions. Il n'y aura pas à discuter. Si tu n'es pas capable de comprendre et d'accepter ce que j'ai à te proposer, tu n'auras qu'à prendre ton baluchon et débarrasser le plancher !

Jean-Baptiste accuse le coup, il craint d'être allé trop loin. Son père est prêt à le déshériter, il ne se voit pas à la rue. Et Louis ? Que deviendrait-il ? Il s'attend au pire, et pense avoir percé les plans de son père. Louis avait raison : il va lui imposer une épouse, c'est dans la logique de ce qui vient d'être dit. À bientôt quarante-sept ans, son père porte un âge déjà avancé. Il ne va pas compromettre son avenir. S'il se soumet, il avisera dès que l'horizon sera plus clair. Il baisse la tête en signe de soumission.

— Je vois qu'on s'est compris. Je vais être bref. Je me retire, tu me succéderas. Tu te doutes bien qu'il y a une condition...

Pour marquer ses propos, Baptiste s'interrompt, attend que son fils le regarde et le fixe dans les yeux.

—La condition est que tu prennes femme. Une épouse dévouée et surtout compétente, comme l'était ta pauvre mère. Ne t'inquiète pas, j'ai trouvé l'élue.

La mine ébahie de son fils et sa pâleur qui a fini par faire disparaître les stigmates de sa journée alcoolisée pourraient le faire rire si sa colère s'était apaisée. Ce qui n'est pas encore le cas. Il enchaîne :

—J'ai conclu un accord avec le père et la tante de Mathilde. Après toutes ces semaines de présence à mes côtés, je l'apprécie et j'ai confiance en elle. C'est l'épouse parfaite pour l'atelier. Il n'y a plus qu'à valider son accord, qui est acquis du fait que ses parents ont donné le leur. Crois-moi, je veillerai à ce qu'elle soit heureuse ! Des questions ?

—Non.

—Bien. À compter de ce jour, j'attends de toi un comportement irréprochable. Celui d'un maître responsable de ses compagnons et de son atelier. Nous irons ensemble préparer ta validation à la confrérie, visiter nos principaux clients, prendre contact avec les fournisseurs, préparer le mariage. Autant dire que la gaudriole et les visites chez Ramponneaux sont terminées ! Tu peux disposer.

Il est assommé. Sa vie facile et frivole vient d'en prendre un coup. Il relativise. Dès que son père sera passé dans l'autre monde, il deviendra le maître absolu. Pour Mathilde ? Il verra. Les moyens de se libérer d'une épouse encombrante ne manquent pas.

Louis avait vu juste. Il doit l'informer sans attendre ; le principal, c'est qu'ils ne soient pas séparés.

10

Manipulations

— Nicolas, on la fait, notre balade ?

Mathilde vient de surgir derrière lui. Surpris, il sursaute et se retourne, découvrant ses boucles rousses qui s'échappent de la coiffe blanche et flamboient au soleil. Elle a revêtu une nouvelle robe du bleu de ses yeux ; le bustier ajusté souligne sa taille fine. Elle est belle à couper le souffle, et laisse Nicolas pantois.

—Holà, Nicolas ! Reviens parmi nous. Tu ne veux plus aller te promener ?

—Si, excuse-moi. Tu n'attends pas le maître ?

—Ils n'en finissent pas. Je ne sais pas ce qu'il trame avec ma tante, mais il sera toujours temps de le voir. L'heure tourne, je préfère passer mon dimanche au soleil avec un jeune homme. On y va ?

Il saisit sa main et l'entraîne en courant.

—Où m'emmènes-tu ?

—On va aller voir les Champs-Élysées. J'espère que les travaux de nivellement de la montagne du Roule sont terminés. De toute façon, on peut toujours se promener dans les allées. Si tu es d'accord, bien sûr.

—Quelle question !

La soirée de la veille a dissipé leur gêne, ils ont pris de l'assurance. Nicolas serre cette main qu'il emprisonne et qui n'a pas envie de s'échapper.

Le soleil, qui était bien timide ces derniers jours, a repris du service, incitant de nombreux Parisiens à faire comme eux. Beaucoup de familles se sont réunies pour pique-niquer sur l'herbe. Les enfants s'approprient les grands espaces et courent joyeusement dans tous les sens.

Ils en prennent aussi plein les yeux en admirant les nombreux véhicules des bourgeois et des nobles, qui se pavanent sur le milieu de la chaussée réservé aux carrosses et aux cabriolets. Ils rivalisent de magnificence et attirent les regards. Nicolas, passionné par ces véhicules, partage ses connaissances avec sa compagne :

—Regarde, un Phaéton. Et là-bas, le rose, je crois que c'est un whisky.

—Un seul cheval ! Et c'est une femme qui conduit !

—Oui, il paraît que ça vient d'Amérique.

—D'où te vient ce savoir ?

—J'avais un oncle qui était cocher. J'aurais aimé faire comme lui, m'occuper des chevaux, conduire les carrosses et les faire briller. Mon père en a décidé autrement.

—Il a eu raison. Sinon, je ne t'aurais pas rencontré…

—Et on ne serait pas ici, tous les deux, main dans la main.

Il plonge son regard sombre dans ses yeux. Cette fois, c'est elle qui rougit, se trouble et oriente de nouveau la conversation sur les attelages.

—Oh, celui-ci ! Tout blanc avec ses peintures en guirlande de roses. Il y a aussi des myosotis !

—C'est un diable !

Son rire cristallin attire les regards sur eux. Il l'entraîne plus loin.

—Tu veux aller voir les sculptures au palais Royal ?

—Une autre fois, on est bien ici.

—Tu as raison. Allons voir les joueurs de longue paume.

Ils s'arrêtent devant le grand terrain aménagé pour les amateurs, et s'enthousiasment sur les échanges de balles quand une musique entraînante leur parvient.

—On dirait un orchestre.

—Je pense que ça vient du Colisée, juste derrière. On peut danser dans les jardins.

—Oh, Nicolas ! Je veux y aller !

—Si ça te fait plaisir… Mais je ne sais pas danser.

—Moi non plus ! Il suffit de copier les danseurs. C'est comme ça qu'on apprend.

—Donnez-moi le bras, mademoiselle. Nous y allons de ce pas.

À la nuit tombée, les pas de danse n'ont plus de secrets pour eux, ni eux l'un pour l'autre. Leur retour à l'atelier n'est pas passé inaperçu : leurs rires résonnaient dans l'escalier, et leur complicité n'a pas échappé à Louis qui a surpris leur premier baiser.

Mathilde, étourdie par cette folle journée et le tumulte de ses sentiments, n'est pas fière quand elle pénètre dans le logement de sa tante. Elle se sent coupable de l'avoir laissée seule avec Camille et s'attend à une volée de reproches, qui ne viennent pas. Au contraire, Constance est tout miel, ce qui ne lui ressemble guère.

—Pardon, ma tante, j'aurais dû vous assister. Vous étiez avec maître Baptiste et vous n'en finissiez pas. J'ai accepté l'invitation de Nicolas et…

—Ne t'inquiète pas. Je me suis reposée, et Camille a été calme. Tu as passé une bonne journée ?

—Oh oui ! Nous nous sommes promenés sur les Champs-Élysées et avons appris à danser au Colisée ! J'ai hâte d'y retourner dimanche prochain. Si vous m'y autorisez, bien sûr.

—Ce Nicolas, l'apprenti...

—Oui ?

—Il est bien jeune...

—Il est... il est merveilleux ! Pas beaucoup plus jeune que moi... c'est un garçon très responsable. Je me sens en sécurité avec lui. Enfin, c'est un ami.

—J'espère, car je ne sais pas si le maître apprécierait.

—Pourquoi ? Bien sûr, Nicolas est son apprenti, il fait partie de sa maison. Mais croyez-moi, ma tante, nous ne faisons rien de mal. Dites-moi, il voulait quoi, maître Baptiste ?

—Il m'a demandé de te parler.

—À cause de Nicolas ?

—Non, mais...

Elle hésite. Cette histoire avec l'apprenti ne fait pas son affaire. Elle a déjà remarqué le penchant qu'éprouvent les deux jeunes l'un pour l'autre. Elle joue avec finesse en choisissant la corde sensible. Peu importe si elle égratigne l'image du tailleur.

—Maintenant que Camille est né, l'accord que j'avais avec lui n'est plus. Nous avions convenu que tu étais à son service en attente de la naissance.

—Et alors ? Je l'aidais bénévolement, sauf pour la nourriture qu'il m'a fournie. C'est vous qui m'avez logée. Il est vrai qu'il m'a offert quelques cadeaux. Je ne lui dois rien. Et maître Baptiste est un brave homme ; je doute qu'il voie à y redire, d'autant plus qu'il va mieux. Il trouvera une autre femme pour son ménage. Sauf s'il m'engage et que vous acceptiez de vous passer de moi !

—Tu te rends compte ? Sans toi, je ne peux pas reprendre le travail, et sans travail, pas de sous !

—Je sais ma tante. Pour moi, c'est pareil. Vous comprenez bien que je ne pourrai pas rester trop longtemps sans gagner ma vie, même si j'ai le gîte et le couvert. Vous ne m'avez toujours pas dit ce que voulait Baptiste.

—Notre accord prévoyait l'annulation du terme pour le loyer, en contrepartie de ton aide.

—C'est comme si vous aviez perçu mes gages à ma place !

—En contrepartie, tu as été logée et nourrie !

—En fait, par maître Baptiste ! Et maintenant ?

—C'est simple, le tailleur n'a plus de raison de me faire crédit.

—Vous n'avez pas l'argent ? Mon oncle n'a pas arrêté de travailler, je pense.

—Pour arrêter, il faudrait qu'il ait commencé un jour ! Sans moi, le Maurice, il ne fait pas grand-chose. Non, je ne peux pas payer le terme.

—Que vous a dit le Maître ?

—Que veux-tu qu'il dise ? Pas de paiement et c'est la rue.

—Avec un bébé ? Je ne le vois pas faire ça.

—Détrompe-toi ! Il m'a bien dit qu'il avait d'autres candidats pour le logis et que son propriétaire le pressait pour régler sa part de loyer. Surtout s'il doit engager une personne pour te remplacer. Il ne pourra pas la payer, en plus du loyer à notre place.

Devant l'angoisse perceptible de sa nièce, elle se tait, renifle, fait semblant de s'essuyer les yeux, se penche sur le berceau et réveille Camille qui hurle.

—Tu vois, ce petit bonhomme, il comprend qu'il va finir sur le trottoir, parmi les mendiants. Il ne passera pas l'hiver !

Mathilde a un haut-le-cœur, elle ne comprend pas. Le maître Baptiste qu'elle connaît ne peut pas faire ça, ce n'est pas lui. Elle a une folle envie de se confier à Nicolas, d'échapper au spectacle de cette femme et de ce bébé qu'elle imagine dans la rue, dans le froid, sous la pluie, voués à une mort certaine.

Elle se dirige vers la porte. Elle a besoin de sortir pour cacher son désespoir et de retrouver Nicolas. Il connaît le maître, il saura la conseiller. Ce qui ne fait pas l'affaire de Constance.

—Attends, il y a peut-être une solution.

—Dites-moi.

—Maître Baptiste se sent vieux, il veut céder son atelier à son fils Jean-Baptiste. Un futur maître tailleur, tu te rends compte !

—Et alors ? En quoi ça nous concerne ?

—Un maître tailleur avec un compagnon et un apprenti, sans épouse, ça ne peut pas bien fonctionner.

—Il en trouvera une.

—C'est déjà fait.

Le regard scrutateur de sa tante, qui plisse ses petits yeux sournois en la fixant, l'éclaire.

—Non ! Ne me dites pas que…

—Si, ma belle, tu es l'heureuse élue ! Épouse de maître, à la tête d'un atelier avec un logement où tu seras la maîtresse, tu ne pouvais pas trouver meilleur parti. Quelle chance tu as !

—Je n'en veux pas, moi ! Ce Jean-Baptiste est vieux, et je ne le sens pas honnête. Je me méfie de lui.

—Tu n'as pas le choix, ton père a donné son accord.

Elle se garde bien de lui révéler que c'est elle qui a négocié.

—Je ne l'aime pas ! Je ne l'aimerai jamais.

—Qui te parle d'aimer ? Tu crois que je l'aimais le Maurice, quand je l'ai épousé ?

—C'est Nicolas que j'aime. Je vais le dire de ce pas au Maître.

—À mon avis, il doit dormir. Tu n'as pas demandé quelle était la solution à nos problèmes. Ça ne t'intéresse donc pas ?

—Nos problèmes ? Plutôt les vôtres… Je vous écoute.

—Voilà, il accepte de nous loger jusqu'aux premiers pas de Camille. Et après… comme tu seras la patronne quand il sera mort, tu pourras continuer.

—Mais moi, je ne veux pas ! C'est injuste !

—Tu crois que c'est plus juste de nous condamner à mort avec Camille ? Si tu refuses, c'est ce qui va arriver.

—Je parlerai à maître Baptiste, il doit bien y avoir une solution. C'est ça, je vais lui proposer de le servir sans rien lui demander.

—Tu sais bien que ça ne peut pas se faire. Il veut préparer sa suite. C'est un patron, les affaires avant tout. Allez, laisse-nous dans notre misère, si tu ne veux pas nous aider. Retourne chez ton père si c'est ce que tu veux !

Elle s'effondre en pleurs aux pieds de sa tante.

—Mais non, vous savez bien que je ne peux pas vous abandonner. La misère, je sais ce que c'est. Mon père, cette brute avinée. Et Camille…

Elle sanglote sans retenue, elle a besoin de fuir et de réfléchir. Sa tante a réussi à lui instiller sa mauvaise conscience. Elle sort et se heurte à Louis, qui ne se cache pas d'avoir écouté à la porte.

—Louis ! Que fais-tu là ?

—J'ai entendu des sanglots. Inquiet, je suis monté voir si quelqu'un avait besoin d'aide. Ça va ?

—Oui. Enfin, non… Je veux voir Nicolas.

—Écoute, je crois savoir ce qui t'inquiète. Jean-Baptiste m'a confié que son père voulait vous marier.

—Il est d'accord ?

Louis, qui n'avait pas espéré une telle opportunité pour manipuler Mathilde, saisit l'occasion. Depuis longtemps, il s'attendait à ce que le maître tailleur veuille marier son fils. C'est dans l'ordre des choses, surtout pour un artisan. Il craignait que le choix se porte sur une femme plus mature, une marâtre du style à tout régenter.

Mathilde, il la connaît, est jeune et douce, encore naïve ; gagner sa confiance est facile. Elle a quelque chose qui l'intrigue et le dérange, entre attirance et rejet. Jamais une femme n'a provoqué chez lui un émoi quelconque. Elle le perturbe. Si les sentiments qu'il porte à Jean-Baptiste sont toujours aussi forts, son trouble envers Mathilde est physique. Et Nicolas, ce gamin qu'elle a embrassé ? Elle semblait heureuse de leur journée quand il les a surpris. C'est le grain de sable qui risque d'enrayer ses plans. Il va semer le doute dans l'esprit de la belle.

—Si Jean-Baptiste est d'accord ? Bien sûr, il ne se montre pas toujours sous son meilleur jour, mais c'est un bon fils. Il est pudique. Il sait être responsable.

—Pourtant, je ne l'ai pas souvent vu sous cet angle. Surtout quand il rentre de ses sorties de beuverie. Il a de la chance que tu veilles sur lui. Je me trompe ?

—Non, c'est sa fragilité. Si Baptiste est un bon maître, il n'a pas toujours été un bon père. Jean-Baptiste a souffert de son manque d'affection, il compense.

—Je ne vais pas pleurer sur son sort ! S'il avait grandi dans la misère… Bref, je vais parler avec Nicolas.

—Justement, Nicolas…

—Quoi ?

—C'est ton ami. Je ne veux pas avoir l'air de parler dans son dos.

Mathilde est en alerte, elle pousse Louis :

—Tu en as trop dit. Raconte.

—Tu as bien dû remarquer que Nicolas a la maturité d'un homme plus âgé.

—Oui, j'apprécie cette responsabilité.

—Et à quoi est-elle due à ton avis ?

—Je ne sais pas. Très jeune, il a pris en charge sa maman et sa sœur qui sont, hélas, décédées. Lui aussi a eu un père sévère. La preuve que l'on peut s'en sortir.

—Oui, mais il ne t'a pas parlé de ses fréquentations ?

—Quelles fréquentations ?

—Je le soupçonnais depuis quelque temps. J'en ai eu la confirmation ce jour. Il fréquente une bande de malfrats qui sévissent dans le quartier de la place de Grève.

Place de Grève ! Mathilde se garde bien de dire qu'elle a grandi dans ce quartier. Louis semble l'ignorer, ou alors il est bon acteur.

—Tu ne peux pas en être certain.

—Si. C'est simple : aujourd'hui, cette bande nous a attaqués. Jean-Baptiste a été bien molesté, leur chef l'a martelé de coups en lui disant que c'était de la part de Nicolas, son apprenti, que soi-disant il maltraite. De plus, à demi-mot, nous avons compris que Nicolas pourrait ne pas être étranger à l'agression de Baptiste au cimetière.

—Impossible !

—Ça expliquerait que les agresseurs savaient que Baptiste avait de l'argent sur lui. Quelqu'un de l'atelier les a renseignés.

Mathilde est désarçonnée, ce n'est pas possible. De plus, elle n'a aucune raison de ne pas croire Louis. Quel serait son intérêt ? Il s'est toujours montré respectueux à son égard, attentionné auprès de Jean-Baptiste malgré les sautes d'humeur de celui-ci. Il a la réputation d'être un homme serviable. Elle n'a pas pu se tromper à ce point sur Nicolas. La bande de la place de Grève, elle la connaît : c'est celle d'Hippolyte, son voisin. Lui et ses hommes, s'ils ne sont pas fréquentables pour tous, sont de fervents défenseurs et protecteurs des habitants du quartier.

Tout bien réfléchi, elle ignore beaucoup de choses sur Nicolas. Tout à leurs émois, elle non plus n'a pas tout révélé. Elle ira voir Hippolyte.

Louis sait qu'il a marqué un point. Il pousse son avantage :

—Je ne devrais pas te le dire, mais notre avenir est entre tes mains. Jean-Baptiste m'a confié que sans une épouse telle que toi, il ne se voyait pas capable de tenir l'atelier quand son père ne sera plus là.

—Il y a toi.

—Oui, en tant que compagnon. Le rôle de l'épouse est tout autre.

—C'est vrai.

Il s'engouffre dans la faille :

—Tu as prouvé ton savoir-faire, tu es capable d'assurer ce rôle à l'atelier. Sinon, il n'y aura pas que ta tante et le petit Camille à la rue, on y finira tous. On a besoin de toi, Mathilde.

Rien de tel que de responsabiliser Mathilde et de faire vibrer sa corde sensible pour la convaincre. Elle ne pourrait pas vivre avec la culpabilité d'être responsable de la déchéance de ceux dont le devenir dépend de ce mariage. Et retourner vivre chez son père ? Dans ce cloaque ? Subir son alcoolisme, ses insultes, ses coups ? Retourner au bateau-lavoir pour finir ses jours comme sa mère ? Impossible, trop de personnes dépendent d'elle.

Si son père a donné son accord et que le Maître n'est pas aussi humain qu'elle le pensait, ils ne lui demanderont même pas son avis. Elle doute de tout, de Nicolas aussi, puisqu'il s'est moqué d'elle. Elle ne va pas aller frapper à sa porte.

—Mathilde, quoi que tu décides, tu pourras compter sur moi.

Louis est celui qui connaît le mieux l'atelier et ses occupants. Et si c'était à lui qu'elle devait faire confiance ? Malgré tout, la relation qu'il entretient avec Jean-Baptiste l'intrigue. C'est vrai, ils ont appris le métier ensemble, comme deux frères.

—Je vais me reposer. Je donnerai ma réponse demain.

—Bonne nuit, Mathilde.

11

Mariage

Nicolas n'en revient pas. Il a entendu ses compagnons descendre de bon matin ; ils ne font pas le Saint Lundi ? Pourtant, hier soir, il lui a semblé qu'ils étaient bien fatigués. Il se presse pour les rejoindre. Arrivé dans l'atelier silencieux, la morosité est palpable. Inquiet, il les salue et s'attelle à l'ouvrage.

Pendant une bonne heure, ils œuvrent sans échanger une seule parole. C'est alors que Baptiste les rejoint. Il s'adresse à Louis et à Nicolas :

—Les garçons, j'ai pris une décision importante. Je vais me retirer.

Seul Nicolas marque son étonnement :

—Vous retirer, maître ?

—Oui, Nicolas. Mais ne crains rien. Jean-Baptiste va me succéder ; il aura la qualité de maître tailleur. Je me charge des démarches.

Nicolas cherche le regard de Louis qui esquive. Il attend la suite.

—Jean-Sébastien vous l'a peut-être annoncé, du moins à toi, Louis : j'y ai mis la condition qu'il se marie. Un atelier de cette dimension ne peut pas fonctionner sans une épouse compétente et dévouée.

Nicolas ne pipe mot. Il se contente de jeter un regard interrogateur à Louis. À sa surprise, ce dernier se montre très détaché.

—Votre future maîtresse vient de me donner son accord. Je peux vous annoncer que Jean-Baptiste va épouser Mathilde.

La foudre ne l'aurait pas davantage pourfendu. Nicolas est anéanti. Son cœur cesse un instant de battre, pour repartir au rythme de celui d'un cheval emballé, pris dans un piège sans issue de sortie. Il suffoque ; s'il n'était pas assis sur l'établi, il se serait effondré.

—Nicolas, mon petit ! Vite, il fait un malaise !

Louis intervient :

—Non, c'est la fatigue d'hier. Ce jeune homme a fait des excès, un peu d'air lui fera du bien.

Il l'entraîne à l'extérieur.

—Ressaisis-toi, Nicolas. Nous sommes dans la même galère. Ceux que nous aimons vont s'unir. Nous n'y pouvons rien.

—Toi, peut-être, mais je doute que Mathilde soit d'accord. Elle a été forcée. Je veux lui parler.

—Je vais te le dire par solidarité. J'ai vu Mathilde hier soir, qui m'a confié être très satisfaite de cette union. En arrivant chez le maître, elle a compris avoir une carte à jouer et a fait ce qu'il fallait pour arriver à ses fins. Ce mariage, c'est la sécurité pour elle, et elle assure aussi celle de sa tante et de Camille. De toute façon, son père ne lui laisse pas le choix. Je crois aussi qu'il est violent. On ne peut pas lui en vouloir.

—Mais, je l'aime. Je croyais qu'elle m'aimait aussi.

—Si elle t'aimait, crois-tu qu'elle aurait accepté ce mariage ?

—Et toi ? Si Jean-Baptiste t'aimait, crois-tu qu'il aurait accepté ce mariage ?

—Un point pour toi. Je vais dire qu'ils n'ont pas le choix. Si nous les aimons, nous devons nous effacer. C'est la meilleure preuve d'amour à leur donner.

Nicolas n'est guère convaincu par les arguments de Louis. Cette sagesse le surprend. Il s'est bercé d'illusions. Mathilde ne lui a rien promis ; elle a passé une bonne journée après sa nuit mouvementée et l'a remercié avec un baiser, c'est tout. Ses propres sentiments l'ont trompé. Stupide, il les a crus partagés.

Il se remémore le fil de la journée, chacun de leurs gestes, de leurs mots, de leurs rires, de leurs regards, le frisson de leurs corps qui se sont frôlés sur la piste de danse, Mathilde n'a pas feint d'être heureuse. Elle ne lui a pas dit avoir des sentiments ; lui non plus.

Pourquoi avoir donné son accord pour ce mariage ? Même si c'est pour de mauvaises raisons, elle aurait pu lui en parler. Ils sont amis. C'est sa faute à lui, il aurait dû lui confier ses sentiments. Il se ravise, il est égoïste, il n'a rien d'autre que son amour à lui offrir, alors que Jean-Baptiste lui assure la sécurité. Son père et sa tante ont dû faire pression. Il se sent ridicule et malheureux, mais ça ne regarde que lui.

Il est convaincu que le lien qui unit Louis et Jean-Baptiste n'en est pas rompu pour autant et que, d'une manière ou d'une autre, ils y trouvent leur compte. Mathilde est déjà trahie avant d'être épousée. Il va éviter le plus possible de la croiser, et se promet de veiller sur elle, convaincu que cette union contre nature ne peut que lui apporter des désagréments.

Les semaines qui précèdent le mariage s'écoulent sans heurts. Sans s'être concertés, les deux tourtereaux s'évitent avec soins, jusqu'au jour où Nicolas remarque un mendiant qui semble avoir pris racine en face de l'atelier depuis quelque temps. Il a vu que l'homme, toujours masqué par la capuche de son manteau rabattue sur son visage, lève la tête à chaque fois qu'il le voit sortir. Il ne lui semble pas le connaître, mais il décèle en lui quelque chose de familier. Intrigué, il finit par s'approcher et lui donne quelques sols.

—Merci, jeune homme.

L'homme murmure, il se rapproche.

—Quand je partirai, en fin de journée, suis-moi.

Il le reconnaît enfin :

—Hippolyte ?

—Chut !

Hippolyte avait repéré leur rythme de travail. À l'instant où l'atelier fermait, il se levait sans précipitation pour remonter avec nonchalance la rue des Bourdonnais. Ce soir, Nicolas lui emboîte le pas. Peu avant d'arriver place de Grève, Hippolyte se glisse sous une porte cochère et s'assied sur le sol, reprenant son rôle de mendiant. Il fait signe à Nicolas de le rejoindre, puis lui glisse un haillon entre les mains. Nicolas s'en revêt et s'assied près de lui. Ils chuchotent :

—Que de précautions ! On conspire ?

—On n'est jamais assez prudent. J'ai plusieurs choses à voir avec toi. D'abord, tu remettras ce paquet à ton maître de ma part.

—C'est quoi ?

—Première leçon : ne jamais être trop curieux, ou du moins ne pas le montrer. C'est une partie de ce qui a été volé à ton maître au cimetière. Ce sont mes hommes qui ont fait le coup. Je ne peux rien leur reprocher, ils n'ont fait que leur travail.

—Si on veut… Et pourquoi le restituer ?

—L'honneur, mon ami. Se servir là où il y a excès pour redistribuer aux nécessiteux, d'accord, mais jamais sur les hommes d'honneur. Maître Baptiste a mon respect.

—Bien. Et quoi d'autre ?

—Mathilde.

Nicolas se fige, aux aguets. Il attend la suite :

—Si le père est respectable, le fils est loin de le valoir. Veule, faible, un pauvre type, sans dire que je suis persuadé qu'il a un mignon et que son père ne sait rien de tout ça.

Ces paroles inquiètent Nicolas. Il est persuadé que, pour le bien de tous, la liaison entre Jean-Baptiste et Louis n'a pas à être divulguée.

—Tu te trompes.

—Peut-être… Mais ce ne sera pas un bon mari. D'un autre côté, c'est un bon parti qui peut la sortir de la condition de misère où elle vit avec son père, dans leur taudis et sous les coups de ce poivrot !

—Pourquoi tu me dis ça ? Et Mathilde, qu'as-tu à faire avec elle ?

—Mathilde est la plus belle et la plus vive fille que nous avons jamais eue dans le quartier. Un rayon de soleil, ça, tu en sais quelque chose. Tu vois, pour beaucoup, je suis un brigand non fréquentable. Mais pour autant d'autres, peut-être même plus, je suis leur protecteur, et Mathilde a grandi à côté de chez moi.

—Et moi, dans tout ça ?

—Tu as bien compris, tu es loin d'être un nigaud. Tu es fou amoureux de Mathilde. Elle l'ignore, mais je sais que tu serais un bien meilleur époux. Mais ça, oublie-le. Du moins, pour l'instant…

—Je dois faire quoi ?

—Tu seras mes yeux et mes oreilles. Surveille ce qui se passe, si elle est malheureuse, si son mari la maltraite ou pour tout problème, tu me fais signe.

—Et pour te contacter ?

—C'est simple, tu viens sur la place, et au premier venu, tu demandes Hippolyte pour Mathilde. Je saurai et je viendrai. Maintenant, va-t'en, qu'on ne nous voie pas trop longtemps ensemble.

Nicolas se lève et le salue d'un signe de tête, Hippolyte le retient :

—Prends soin de toi, petit.

—Et pour la deuxième leçon ?

Hippolyte lui décoche un grand sourire avec un clin d'œil.

Les futurs époux se côtoient sans que rien ne laisse penser qu'ils vont s'unir. Jean-Baptiste continue à se glisser dans la chambre de Louis chaque soir. Nicolas, témoin de leur manège, s'inquiète de l'avenir. Le malentendu avec Mathilde perdure. Elle a appris qu'il a remis à Baptiste la quasi-intégralité du vol dont il a été victime. Ce qui amène de l'eau au moulin de Louis sur les prétendues mauvaises fréquentations de Nicolas et sa duplicité. Elle en souffre, mais se prépare à son futur mariage. Baptiste passe de longues heures avec elle, la formant à l'essentiel des tâches qu'assumait Myriam de son vivant. Comme il l'avait fait pour Nicolas, il tient à ce qu'elle sache lire, écrire et tenir les comptes. Elle retrouve l'homme affable qu'elle connaît ; il lui donne de l'assurance et, à ses côtés, elle ne doute pas qu'elle saura seconder son époux. Elle se rassure, se disant que s'il continue à l'ignorer, il ne sera pas un mari exigeant.

Pour sa part, Nicolas affiche un visage maussade. Il se fait une raison, convaincu qu'il s'est illusionné sur les sentiments de Mathilde, et qu'elle n'éprouve rien pour lui. Tous les deux continuent à s'éviter.

Baptiste a consacré toute son énergie pour aplanir les difficultés. Il s'est retiré, et Jean-Baptiste a obtenu sans effort le titre de maître tailleur. Constance savoure sa réussite. Elle est exemptée de loyer jusqu'aux premiers pas de Camille, aussi surveille-t-elle de près la santé de son bailleur, ne doutant pas un instant que sa nièce saura proroger leur accord bien au-delà.

Quand le grand jour est arrivé, la pluie et le vent se sont invités, déversant des trombes d'eau et balayant les rares convives de la noce, qui se résument aux compagnons de l'atelier et à la famille proche : Baptiste, Constance et son mari. Le père de Mathilde n'a pas jugé utile de se déplacer. Tous n'ont qu'une hâte : se mettre à l'abri et se sécher. La cérémonie à peine terminée, ils se retrouvent à l'auberge proche pour prendre un repas. Baptiste y a tenu, convaincu que ce sera le dernier qu'il partagera avec les siens. Repas pris sans entrain ni joie, augurant bien de ce que sera cette union. L'atmosphère pesante a incité les participants à s'échapper au plus tôt, laissant les époux en tête à tête pour la première fois. Louis et Nicolas sont tout aussi nerveux. Pour des raisons différentes, ils ont du mal à contenir leurs inquiétudes.

Jean-Baptiste et Mathilde sont deux individus pris dans un piège qui vient de se refermer sur eux. Jusqu'à ce jour, ils en ont repoussé l'échéance, leurs échanges se sont limités aux considérations matérielles et à l'activité de l'atelier. Mais là, ils sont au pied du mur. Tous les occupants de l'immeuble se sont retirés pour la nuit. Seuls, ils se tiennent dans la pièce de vie, à proximité de Baptiste qui dort dans la chambre qui jouxte la leur. Les cloisons sont si minces qu'aucun bruit ne se perd.

Mal à l'aise, Jean-Baptiste invite Mathilde à prendre place à la grande table centrale. Le logement est confortable. Comparé à celui insalubre qu'elle partageait avec son père, il lui apparaît luxueux. Elle s'est imaginée apportant la vie entre ces murs, posant des tentures, des rideaux, arrangeant des bouquets de fleurs. Elle se voit courir de l'atelier aux Halles pour faire les provisions, préparer le repas des hommes de la maison. À défaut d'amour, elle œuvrera pour la réussite de l'atelier.

Devant cet homme inconnu qui pose un pichet de vin sur la table avec deux gobelets et la sert avec maladresse sans oser la regarder, elle prend conscience du piège dans lequel elle est enfermée. Elle regarde avec horreur la porte de la chambre ouverte dans le dos de son époux et les ronflements de Baptiste qui montent de la pièce attenante.

—Bois. On doit parler.

Tremblante, elle porte son pichet à ses lèvres et son regard croise celui de Jean-Baptiste. Elle n'a jamais remarqué ce bleu métallique et froid. Ce magnétisme glacial l'enveloppe et la fait frissonner.

—Tu as froid ?

—Non, je suis juste fatiguée.

—Nous voilà mari et femme. Contre mon gré, et je n'en doute pas contre le tien. Il va falloir s'entendre.

Elle se demande où il veut en venir et attend.

—Tu ne réponds pas ? Tu es devenue la nouvelle maîtresse de l'atelier et de la maison. Mon père t'a formée, il n'est pas éternel. Je ne veux pas te voir à l'atelier. Avec Louis, on se débrouillera très bien.

—Mais…

—Il n'y a pas de mais, chacun sa place.

Devant les yeux froids qui la scrutent, son cœur s'emballe. Elle manque de répartie et balbutie :

—Euh…

—Bien, on s'est compris. J'ai besoin de me vider la tête après cette maudite journée. Je sors. Tu peux aller dormir dans le lit.

Il s'apprête à sortir quand il se ravise :

—Si Louis me demande, dis-lui que je dors.

Elle est soulagée. Elle avait peur de cette première nuit. Elle n'a jamais dormi avec un homme et craint cet instant, magique aux dires de certaines et maudit pour d'autres. Elle ne doute pas que pour elle, avec Jean-Baptiste, ce sera la seconde catégorie.

Fugacement, Nicolas s'impose dans ses pensées. Non ! Pas lui ! Elle chasse cette vision et fond en larmes. Elle s'étend sur son lit et, de fatigue, sombre dans le sommeil.

12

Au pilori

Au petit jour, ils sont tirés du lit par des coups frappés aux portes. Mathilde, seule dans son lit, jette un châle sur ses épaules et sort de la chambre en chemise de nuit, quand Baptiste ouvre sa porte.

—C'est quoi ce tumulte de bon matin ? Où est ton mari ?

—Il n'est pas là, maître.

—Il n'a pas dormi ici ?

—Non, il est sorti.

—Sorti ?

Il s'apprête à appeler Louis, quand celui-ci surgit, suivi de Nicolas. En voyant Mathilde seule avec Baptiste, Louis comprend aussitôt. Jean-Baptiste a découché et il n'est pas étranger au bazar qui agite le rez-de-chaussée.

Pour éviter Mathilde, Nicolas descend à l'atelier. Sur le seuil de la porte, Jean-Baptiste, éméché, débraillé, l'habit déchiré, du sang séché au coin des lèvres, est soutenu par un gaillard à la musculature saillante.

—Nicolas, tu tombes bien. Regarde ce que j'ai trouvé dans le caniveau. Il a de la chance d'être tombé sur moi, même si je ne l'aime pas beaucoup.

—Merci, Hippolyte. Je m'en charge.

Louis et Mathilde déboulent dans son dos.

Louis bouscule Hippolyte pour se saisir de Jean-Baptiste :

—Dans quel état tu t'es mis ! Ah, je m'en doutais, je n'aurais jamais dû te laisser seul.

Sous les yeux ahuris de Mathilde, devant une scène qu'elle ne comprend pas, Louis enlace Jean-Baptiste qui se laisse aller dans ses bras :

—Je te monte chez toi. Mathilde, accompagne-moi. Viens soigner ton mari.

Baptiste, qui arrivait, s'écarte pour les laisser passer. Il se laisse tomber dans la première chaise qu'il trouve. Le buste penché, la tête entre les mains, il se balance en se lamentant :

—Mon Dieu, mon Dieu…

Dans un râle, il tombe en avant et s'écroule. Le bruit de sa chute alerte Nicolas et Hippolyte qui s'entretenaient dans la rue.

—Maître Baptiste !

Nicolas, agenouillé près du tailleur, le secoue en criant son nom, quand une main se pose sur son épaule :

—Laisse, il a trouvé la paix. Ça vaut mieux pour lui… avec ce qu'il n'aurait pas tardé à comprendre. C'était un brave homme. Veille sur Mathilde, je compte sur toi.

La panique est à son comble. Louis a fini par chasser Mathilde pour rester seul avec Jean-Baptiste. Inquiète des cris qui montent de l'atelier, elle s'y précipite. Elle aperçoit la silhouette d'Hippolyte qui s'éloigne dans la rue, et comprend aussitôt le drame qui vient de se jouer en voyant le corps qui gît sur le sol. Nicolas, toujours près de Baptiste, sanglote ; elle le rejoint. Tous les deux, en grande souffrance, pleurent le seul être de la maison qui leur inspirait respect et confiance. Constance, alertée à son tour, descend, tenant Camille dans ses bras. Elle les surprend, épaule contre épaule, partageant leur douleur.

Le Maître n'est plus. Sa succession déjà préparée, Jean-Baptiste prend la suite. Si Louis y trouve son compte, il n'en va pas de même pour Nicolas, en butte à la vindicte de son nouveau patron.

Jean-Baptiste ne lui pardonne pas sa jeunesse. Avec sa stature, sa maturité, son aisance naturelle, l'adolescent est apprécié de tous. Il est surtout détenteur du secret de sa relation avec Louis. Il aimerait se débarrasser de ce témoin encombrant, quand un contrôle, qui en d'autres temps l'aurait fait sortir de ses gonds, vient opportunément lui rendre service.

*

Un matin d'automne, peu de temps après le décès de Baptiste et la reconnaissance de son fils en tant que maître tailleur, deux hommes, hautains et bien vêtus, se présentent à l'atelier. Nicolas est seul, ses deux compagnons se sont retirés dans l'appentis.

—Bonjour. Nous désirons voir le nouveau maître Chevallier.

Avant de répondre, Nicolas marque un temps d'hésitation qui n'échappe pas à son interlocuteur.

—Je crois qu'il est sorti…

—Tu crois ou tu es sûr ? J'entends du bruit à côté.

Jean-Baptiste, qui a entendu, ne s'y trompe pas, ce sont des jurés de la corporation des Maîtres tailleurs qui viennent faire un contrôle. Il se doutait qu'ils allaient profiter du décès de son père, pour venir mettre leur nez dans l'atelier, mais ne les attendait pas de sitôt. Il ne s'est pas préparé, et n'a pas d'autre choix que de les affronter. Il se réajuste et intime à Louis de rester dans l'appentis.

—Je suis bien là.

—Bonjour, maître.

—Bonjour, messieurs. Que puis-je pour vous ?

Les deux hommes se présentent.

—Je ne vous connaissais pas dans la jurande.

—Le décès de votre père a provoqué un remaniement avec de nouvelles élections. Votre atelier n'ayant pas été contrôlé de longue date, c'est une de nos premières missions.

Nicolas n'est pas dupe : si son père était apprécié, il était aussi très jalousé et sa droiture en contrariait beaucoup dans leurs petits trafics. Ceux-là ne vont pas lui faire de cadeaux.

Ils se font présenter les ouvrages en cours, qu'ils comparent avec les bons de commande, vérifient tous les détails, jusqu'au moindre fil ou bouton. Ils s'assurent que chacune des créations est exécutée selon les règles du métier, comparent pour chaque ouvrage les quantités de matière utilisée ou stockée avec les mesures prises. Ils vérifient la qualité des tissus, des laines, des fils, le respect des procédures, ils demandent les livres de comptes. Pour chaque client, traquent la surfacturation.

Louis qui les a rejoints s'entretient en aparté avec Jean-Baptiste :

—Ils ont l'air de chercher quelque chose de précis. Tu en penses quoi ?

—Je ne sais pas trop. Ils n'ont pas demandé les contrats de travail et ne se sont pas non plus attardés sur la conformité de l'exécution de nos créations. Ils doivent bien savoir qu'avec mon père, la qualité primait.

L'un d'eux s'approche :

—On peut voir vos chutes ?

—Bien sûr ! Suivez-moi dans l'appentis.

—Vous en faites quoi ?

—Selon la charte, elles sont conservées pour des réparations éventuelles. Ce qui n'arrive pas souvent, car nos clients préfèrent acheter un nouvel habit.

—Vous m'en voyez convaincu. Je suis étonné de constater qu'au cours des mois qui précèdent mai, vos commandes de tissus ont flambé.

—C'est normal. Avec le mariage de notre futur roi, notre activité a progressé.

—Bien sûr, bien sûr… Vos clients ont dû forcir, aussi…

—Que dites-vous ?

—Regardez, j'ai une liste des clients pour lesquels vous avez confectionné un habit pour les fêtes royales et qui vous avaient passé commande peu de temps avant pour un autre habit.

—Oui, et alors ?

—Vous ne remarquez rien ?

—Pas vraiment.

—En moyenne, vos métrages pour un même individu sont majorés de quinze à vingt pour cent, surtout dans les largeurs. Si nous allons voir ces messieurs, vous croyez qu'ils nous confirmeront une prise de poids ? J'ai vérifié, pour ces clients, il y a très peu de chutes, donc tous les tissus ont été utilisés. Sauf…

—Sauf ?

—Sauf pour un tissu jaune à fleurs grises. Du velours pour lequel je n'ai retrouvé aucun client. Ça vous parle ?

Jean-Baptiste pâlit et reste sans voix.

—Vous voulez savoir ce que j'en pense ? Vous, enfin l'atelier, avez falsifié les mesures pour surfacturer. Le profit ? À vous de me le dire… Vous offrir un habit, peut-être…

—Comment osez-vous ?

—Je n'ose rien, je constate.

La consternation règne sur les trois compagnons de l'atelier, ils savent tous à qui était destiné l'habit jaune. Si Louis n'ignore rien du financement, ce n'est pas le cas de Nicolas, qui s'aperçoit que son nouveau maître est encore plus malhonnête qu'il l'avait imaginé. Il se trouble, ce qui n'échappe pas au juré.

—Tu es l'apprenti, je suppose.

—Oui, monsieur.

—Il semblerait que tu as quelque chose à me dire.

Devant le silence de Nicolas, Louis réagit vite.

—C'est lui.

Ébahi, Nicolas reste sans voix. Louis insiste :

—Oui, c'est toi. Je me rappelle, nous avions beaucoup de travail. Myriam était débordée, et le maître t'a demandé de l'assister pendant que Jean-Baptiste et moi assurions le montage. Il prenait les mesures et tu recopiais. Il t'avait demandé de faire les calculs. C'est toi !

—Mais non, tu sais bien que ce n'est pas possible ! Quel intérêt pour moi ? Je n'ai pas accès aux commandes, et encore moins à la cassette !

Jean-Baptiste s'engouffre dans la brèche ouverte par son complice :

—En plus, tu nous accuses de mensonges. Voleur ! Tu n'es qu'un voleur ! Saisissez-le.

Le juré, qui craint que la situation ne lui échappe, intervient.

—Il sait écrire et compter, le garçon ?

—Oui, hélas ! Mon pauvre père y tenait, il disait « Chez-moi, chacun se doit de savoir lire et écrire. » De plus, il lui a appris à compter ! Il disait « Nicolas est le plus intelligent des apprentis que j'ai eus. Il ira loin. » En plus, tu as berné mon père. Tu l'as trahi. Tu nous as trahis ! Si ça se trouve, il avait découvert tes vols. Quand il est mort, tu étais près de lui avec ton ami, ce malfrat d'Hippolyte. Qu'est-ce que vous lui avez fait ? Au pilori ! Au pilori ! C'est tout ce que tu mérites.

Devant la flambée de colère qui monte, le juré soustrait Nicolas à la vindicte de Jean-Baptiste et l'entraîne.

—On va le remettre à la police.

—Au pilori, je vous dis !

Les jurés ne sont pas mécontents. Ils souhaitaient apporter du discrédit sur l'atelier, persuadés que le fils n'était pas à la hauteur du père. Une délation avait attiré leur attention sur l'apprenti, ils en sont convaincus, la piste était la bonne. En trouvant une faille, ils ont fait du bon travail. Les clients vont se méfier. Ils reviendront. Pour l'heure, ils n'ont qu'à appeler la maréchaussée pour se saisir du gredin.

Nicolas n'a pas le temps de comprendre ce qui lui arrive ; il est embarqué sous les yeux effarés de Mathilde qui, attirée par les éclats de voix, vient de les rejoindre.

Deux jours après un simulacre de justice, Nicolas est exposé au pilori. Les jurés ont pesé sur la sentence : il est condamné à trois jours. C'est la double peine pour Nicolas, car le pilori de Paris se tient aux Halles, au centre de la place, à deux pas de l'atelier, et dans le quartier, tous le connaissent.

Il est conduit sans délai à la tour où trois des six places sont disponibles. Il ne veut pas donner l'image d'un malfrat rebelle ou apeuré. Digne, il gravit les marches menant à l'étage et laisse le bourreau lui passer la tête et les bras dans les trous de la roue prévus à cet effet. Chaque demi-heure, pendant deux heures, jour et nuit, la roue tournera pour qu'il soit vu de tous côtés, par les grandes fenêtres ouvertes sur les six faces.

Il sera exposé aux regards, quolibets et insultes pendant trois jours de marché consécutifs. Il sait que les malveillants ne se gêneront pas pour lui jeter de la boue et des ordures. Le pire pour lui est qu'un affichage, cloué sur la tour, informera la population de ses méfaits : vol au détriment de son employeur et des clients de celui-ci.

La peine de mise au pilori peut être suivie d'une plus forte, avec un membre tranché. Ce qui est souvent le sort des voleurs qui sont amputés de la main. Quoi qu'il en soit, sa carrière de tailleur vient de s'achever.

Tout a été si vite qu'il est persuadé que l'intervention des jurés est une mauvaise farce, ourdie par son nouveau maître et Louis pour se débarrasser d'un témoin gênant.

Malgré l'animation qui règne aux Halles, les premières heures sont assez calmes. Les chalands n'ont pas pris le temps de découvrir le nouvel arrivant.

Quand les habitants du quartier apprennent qu'il s'agit de l'apprenti des Chevallier, la nouvelle se répand comme une traînée de poudre. Nombreux sont ceux qui se précipitent pour voir, juger, critiquer.

Personne ne sait ce dont il est accusé, mais il est coupable. Du gars serviable, en qui ils avaient confiance, il est relégué au rang de malfrat, de traître à sa communauté. Ils ne s'interrogent pas sur le bien-fondé de la condamnation ; non, ils se sentent trahis, et l'effet foule échauffe les esprits, même ceux des plus modérés. Dès le soir, outre les quolibets, des immondices et déchets de toutes sortes sont projetés sur Nicolas dès que sa tête apparaît à une des fenêtres.

Mathilde est bouleversée par cette arrestation et par le sort réservé à Nicolas par ceux qui hier encore le traitaient en ami. Si elle a douté un instant de l'honnêteté de Nicolas, dans l'adversité, ses sentiments sont là, encore plus forts. Quand elle arrive en vue du pilori pour lui porter nourriture, elle est catastrophée par la scène qu'offrent les Parisiens déchaînés contre un homme dont ils ignorent tout. Elle ne peut pas s'approcher et s'enfuit en courant.

Tard dans la nuit, Nicolas a perdu connaissance, la foule, fatiguée et démotivée par leur cible effondrée, s'est retirée. Un filet d'eau fraîche lui coule sur le visage. Des mains puissantes le relèvent, d'autres le libèrent de ses entraves.

— Vite, nous n'avons que peu de temps.

Les autres condamnés s'agitent. Ils ont bénéficié de la présence de Nicolas qui a concentré sur lui toutes les colères :

— Et nous ? Délivrez-nous…

— Taisez-vous ou on vous fend le crâne !

Ils se le tiennent pour dit en voyant deux hommes enlever leur codétenu, d'autant plus qu'ils peuvent apercevoir leur gardien, le bourreau, qui gît en contrebas.

13

Les Halles

Automne 1770

Depuis une semaine, ils sont trois, sales et dépenaillés. L'un est aveugle, un autre bossu et le troisième cache son visage. Aux dires de certains, une vilaine excroissance purulente mange une partie de sa joue droite. Personne ne l'a vue et personne ne veut la voir. Assis sur le sol, rien ne semble les déranger : ni la gouttière qui déborde sur leurs têtes, ni l'eau croupie qui stagne dans les creux de la rue, ni les chiens errants qui viennent les renifler. Ils attendent en silence, la main tendue et le regard rivé sur la façade de l'atelier du nouveau Maître Chevallier.

—Ils sont encore là.

—Que veux-tu que j'y fasse ? On ne va pas passer notre temps à appeler la police ! De toute façon, du pont Neuf en passant par le quai de la Mégisserie et autour des Halles, il y en a partout. Avec l'esclandre des jurés, Nicolas au pilori et son évasion, on fait assez l'objet de toutes les conversations. Il ne se dit pas que des choses aimables sur notre compte, alors ces trois-là, je m'en moque.

—Comme tu veux, mais tu ne m'enlèveras pas l'idée que leur présence est curieuse. Ils sont attentifs à tous les mouvements de l'atelier.

— Tu dis n'importe quoi ! Je crois plutôt que la place doit être bonne, c'est tout. D'ailleurs, comme on parle de choses curieuses, et si tu me racontais comment tu t'y es pris avec les jurés…

Louis sourit ; il attendait cet instant. Dans les jours qui ont suivi l'arrestation de Nicolas et son évasion, Jean-Baptiste n'a guère eu de temps à lui consacrer, aussi il rongeait son frein.

— C'est banal. Les jurés m'ont approché. Ils étaient trop curieux, il m'a fallu peu de temps pour les percer à jour. Ils étaient décidés à te créer des ennuis pour des motifs fallacieux. Les mettre sur la piste de Nicolas m'a semblé être une bonne idée.

— Tu peux même dire efficace, je me sens mieux depuis qu'on ne l'a plus dans les pattes. Mais on n'est que tous les deux pour faire tourner l'atelier.

— Il y a Mathilde.

— Je t'ai déjà dit que je n'en veux pas ici. C'est une domestique, un point c'est tout ! Moins je la verrai, mieux je me porterais.

— Et… elle ne demande rien de plus…

— Nigaud ! Tu es bien placé pour savoir avec qui je passe mes nuits.

— Oui, mais je me demandais…

— Jaloux ? C'est nouveau.

Jean-Baptiste l'attrape et l'embrasse. C'est vrai, Louis est jaloux. Jaloux et bouleversé. Mathilde a provoqué chez lui des tourments qu'il ne pensait jamais avoir pour une femme. Tenaillé par un désir et des pulsions qu'il ne maîtrise pas, il lui en veut de s'être glissée entre lui et Jean-Baptiste.

Ces derniers jours, elle s'est très peu montrée, accaparée par Camille qui était terrassé par une fièvre qui leur a fait craindre le pire. Sa tante, ne sachant que faire d'autre que de se lamenter au chevet de son fils, s'est davantage plainte de son propre sort que de celui de son enfant. Mathilde lui a prodigué des soins, le rafraîchissant, changeant son linge plusieurs fois par jour, le massant et lui faisant boire des décoctions de simples. La température est enfin tombée et son cousin commence à manifester de l'appétit. Ce petit lui doit la vie.

Épuisée par ces jours de garde-malade, elle ressent un besoin irrésistible et pressant de prendre l'air et de voir du monde. Elle a porté soin à sa toilette et, malgré la pluie menaçante, a décidé de sortir. Elle traverse l'atelier où Jean-Baptiste et Louis reçoivent un client.

— Je vais aux Halles, faire quelques achats.

Les trois hommes, avec des sentiments divers, la suivent du regard. Ils ne sont pas les seuls, les mendiants postés dehors s'agitent. Mathilde rabat sa cape sur sa tête pour se protéger du crachin, elle remonte la rue en direction des Halles sans remarquer qu'elle est suivie. Ce qui n'échappe pas à Louis, dont les yeux étaient toujours braqués sur sa gracile silhouette.

Comme chaque jour, les étals débordent de marchandises, légumes, volailles, poissons, viandes, même dans les Halles aux fleurs et aux fruits. En ce début d'automne, le printemps et l'été s'invitent en une seule saison. Mathilde en est étourdie. Depuis qu'elle vit chez les Chevallier, elle a appris à négocier les produits du marché. Quand elle vivait avec son père, ils se contentaient de peu ; de ce fait, ils payaient trois fois plus cher ce que les maîtres d'hôtel obtenaient à bas prix en achetant de grandes quantités. Aujourd'hui, si elle passe toujours après eux, elle est mieux servie et sait repérer les bons produits. Il n'en reste pas moins vrai que se nourrir à Paris pour le peuple est une gageure. Plus le Parisien est indigent, plus il lui en coûte, et bien souvent, il n'a accès qu'aux produits avariés. C'est dire que pour elle, son nouveau statut lui offre des portes dont elle n'a pas encore toutes les clés.

Si les poissardes l'ont effrayée avec leurs harangues et leur vocabulaire coloré, elle commence à s'en accommoder, surtout avec la mère Simon qui l'a prise en amitié. Ce matin, c'est vers elle qu'elle se dirige pour remplir son panier. Elle n'a toujours pas repéré le mendiant qui la suit. En l'apercevant, la mère Simon l'interpelle de loin sur un ton à nul autre pareil :

—Holà, Mamzelle Mathild' ! C'te jour d'pluie vous a mis dehors ? Ou c'est vot' mari ?

Mathilde se presse pour s'approcher de son étal. Les quolibets de la mère Simon ne sont pas toujours de son goût.

—Bonjour, avez-vous des légumes frais ? Il me faudrait aussi du gigot.

—Pour vous, l'meilleur. V'nez ma belle.

Elle s'empresse de lui présenter la marchandise qu'elle garde cachée sous son banc et, d'un tour de main, l'emballe dans un journal.

—Pour vous ce s'ra dix sous la livre.

Ce qui provoque le mécontentement des commères autour, qui viennent de payer dix-huit sous la livre.

—Silence ! C'est moi qui fixe les prix.

Elles se le tiennent pour dit, sachant qu'elles n'ont pas le choix et risquent d'en subir les conséquences. Ce qui met Mathilde mal à l'aise et la presse à s'enfuir.

—Merci, madame Simon. À bientôt.

Elle se faufile parmi les chalands de plus en plus nombreux, quand un corps se presse contre elle et lui prend son sac. Elle pousse un cri d'effroi, qui se noie dans la cacophonie ambiante. L'homme qui la suivait l'entraîne derrière un pilier.

—Tu as peur de moi, maintenant ?

—Nicolas !

—Chut !

Ils sont proches l'un de l'autre, trop proches. Nicolas n'ose pas l'enlacer. C'est elle qui se blottit dans ses bras, plonge son regard pâle dans les yeux noirs.

—Oh, Nicolas, j'ai eu si peur… Je n'avais plus de nouvelles.

—Mathilde, depuis que je vais mieux, chaque jour j'ai guetté devant l'atelier. Ne te voyant pas sortir, j'ai cru que

Jean-Baptiste te séquestrait, et j'ai appris pour Camille. Il va mieux ?

—Oui, Dieu merci. Mais toi, raconte.

—Tu m'as sauvé la vie, Mathilde. Sans l'intervention d'Hippolyte et de ses hommes, je ne serais peut-être plus là.

—Ne dis pas de bêtises, je n'ai rien fait d'autre que d'aller le chercher. Moi qui craignais que tu fasses partie de sa bande. C'est quand même un voleur.

—Un voleur au grand cœur et qui t'aime bien.

—Je sais, comme il protège tous les indigents de la grève. Et maintenant ? Que vas-tu faire ?

—Je l'ignore. Je suis sous sa protection, mais je veux voler de mes propres ailes. J'aimerais réaliser mon rêve, m'occuper de chevaux, peut-être devenir postillon pour conduire des véhicules de poste, voyager, t'enlever…

—M'enlever ? Mon sort est scellé.

—Ne dis pas ça. Raconte-moi plutôt comment vont les choses pour toi.

Mathilde hésite, sa pudeur et ses sentiments pour Nicolas la mettent sur la réserve. Elle rougit, elle biaise :

—Depuis que tu es parti, je me suis occupée de la maisonnée et beaucoup de Camille.

Nicolas la brusque malgré lui. Il a besoin de savoir.

—Et avec Jean-Baptiste ?

—Il m'interdit l'accès à l'atelier. Il pense que Louis peut très bien le seconder et envisage de prendre un apprenti, voire un autre compagnon.

—Un autre compagnon ? L'atelier n'en a pas les moyens ! Peu importe. Dis-moi, et avec toi ?

—Rien d'autre.

Nicolas n'y tient plus.

—Il passe ses nuits dans ton lit ?

—Non, Dieu m'en garde !

Ses joues sont brûlantes. Elle ne peut pas prononcer les mots qui délivreraient Nicolas, bien qu'il n'ignore pas où Jean-Baptiste passe ses nuits. Il la presse contre lui et murmure à son oreille :

—Il les passe dans les bras de son amant, Louis.

—Tu savais ?

—Oui, et c'est sans doute la raison pour laquelle ils m'ont envoyé au pilori.

—Tu crois qu'ils ont l'âme si noire ?

—Ces deux-là sont soudés. Ils ne laisseront jamais quiconque se mettre entre eux. Depuis que maître Baptiste n'est plus, ils ont les coudées franches.

—Peut-être. Je ne sais que penser de Louis…

—Je crains que ce soit le plus retors des deux et qu'il soit l'artisan de ma condamnation. Mais pourquoi as-tu des doutes ? Il a fait quelque chose ?

—Pas vraiment. Je n'aime pas sa façon de me regarder.

—Prends garde à toi, sa mine chafouine ne me trompe pas. Je le crois capable de tout.

—Ne t'inquiète pas, je suis forte.

—Je n'en doute pas, mais face à la filouterie, tu n'es pas armée. Au moindre incident, alerte Hippolyte. N'oublie pas.

—Je sais, mais toi, reste caché. Tu prends déjà des risques en étant avec moi.

—Il n'y a pas de meilleure cachette que dans la foule, et je suis près de toi.

Troublés, ils se regardent avec intensité. Leurs lèvres se frôlent pour s'unir en un long baiser.

—Je t'aime Mathilde, je ne veux pas que tu restes à l'atelier. Enfuis-toi, rien ne te retient depuis que Baptiste est mort.

—Ne crois pas ça…

—Quoi ?

—Constance, Camille… Sans moi, ils seront à la rue, car ma tante ne peut pas payer le loyer. Le contrat de mariage prévoit de les loger gratuitement jusqu'aux premiers pas de Camille.

—Tu ne peux pas te sacrifier ainsi…

—Je ne peux pas non plus les abandonner.

—Tu n'es pas responsable de la paresse de ton oncle ni de ta tante qui profite de toi.

Un mouvement dans la foule le met en alerte ; il aperçoit les deux acolytes avec lesquels il mendiait devant l'atelier qui se querellent. C'est le signal convenu en cas de danger imminent.

—Je dois me sauver, je reviendrai.

Sa dernière vision, c'est le visage de Mathilde inondé de larmes. Elle murmure :

—Je t'aime aussi. Oublie-moi.

Ni l'un ni l'autre n'ont vu Louis qui les surveillait. Il emboîte le pas à Mathilde, et la suit quand elle pénètre le cimetière des innocents et s'arrête pour se recueillir sur la tombe de Myriam.

—Elle te manque ?

Mathilde se retourne en sursaut et se retrouve nez à nez avec Louis :

—Je ne la connaissais pas, mais maître Baptiste la vénérait. Ce devait être une belle personne.

—Sans aucun doute.

Il s'approche d'elle, le visage fermé et le regard dur. Elle recule, trébuche et tombe sur le dos, la jupe relevée dévoilant son intimité. Elle n'a pas le temps de la rabattre que Louis est sur elle, glisse sa main entre ses cuisses, remonte jusqu'à effleurer son sexe. Elle le repousse avec violence, se relève et s'enfuit.

Louis est furieux. Furieux contre lui-même, contre Mathilde, contre le monde entier. Morose, il retourne à l'atelier.

14

Un soir d'hiver

Décembre 1770

Nicolas n'a pas repéré l'homme qui l'épiait. Près de Mathilde, il a fait fi de toute prudence et découvert son visage. Ses boucles brunes ont poussé, sa barbe naissante et encore clairsemée trahit le tout jeune homme qu'il est encore, mais ses yeux de braise ourlés de longs cils recourbés n'ont pas trompé l'homme qui le dévisageait, prêt à bondir quand ses comparses ont fait diversion.

Celui-ci s'approvisionnait sur le marché, faisant main basse sur légumes, viandes et poissons sans bourse délier. Il exerçait son droit de havage. Ironie du sort, le supplice infligé à Nicolas au pilori est un des états de service qui lui ouvre ce droit de se servir sur les étals. C'est le bourreau qui a été molesté lors de l'évasion de Nicolas. Blessé, humilié il s'est juré de retrouver le condamné qu'il a laissé échapper. Il en fait une affaire personnelle.

S'il a reconnu Nicolas, il a aussi identifié un de ses comparses, le mendiant aveugle qui vient de recouvrer la vue. C'est Hippolyte, jamais pris en défaut par la maréchaussée, mais connu de tous. Il sait où le trouver.

Dès qu'Hippolyte a repéré le bourreau, il a simulé une altercation avec son compère, créant un mouvement dans la foule toujours prompte à s'enflammer et à chercher querelle. Ils se sont enfuis, non pas vers la Grève, mais sur les hauts de Belleville, au-delà du mur « murmurant » qui ceint Paris. Ils se retrouvent dans l'auberge d'Eugénie, une proche d'Hippolyte.

La belle Eugénie, voyant ces trois mendiants pénétrer dans son établissement, se saisit du torchon qui est toujours pendu à sa ceinture et l'agite comme si elle chassait des mouches :

—Messieurs, ici, c'est un relais pour voyageurs. Je ne saurais vous servir.

Les arrivants ne pipent mot. Elle les observe, et son regard se pose sur celui qui semble être le chef. Pas très grand, sa musculature tend l'étoffe de ses hardes. Il relève la tête vers elle, dévoilant un grand sourire, et surtout le regard d'un homme qui n'a rien de l'aveugle qu'il semblait être en arrivant. Elle le reconnaît aussitôt.

—Si vous voulez m'attendre à l'extérieur, je vous porte des quignons de pain et un pichet d'eau.

—Merci, ma bonne dame.

Nicolas s'étonne de l'endroit où son ami vient de l'amener.

—Eugénie, c'est la fille d'un frère de ma mère. Nous avons grandi ensemble. Elle a perdu récemment son mari, de l'aide lui sera bienvenue.

—Tu veux dire qu'elle peut m'héberger et me donner du travail ?

—Oui. Ici, tu peux te cacher dans les granges, dans les box…

—Mais… c'est un relais de poste !

—Ne voulais-tu pas être postillon ?

—M'occuper de chevaux… mon rêve ! Hippolyte, je ne pourrais jamais te remercier à la hauteur de ce que tu fais.

—Attends de voir si Eugénie sera d'accord.

Eugénie, qui a entendu la conversation, intervient :

—Et pourquoi elle ne serait pas d'accord, Eugénie ? Tu m'amènes un jeune gars, un grand garçon qui m'a l'air costaud, en bonne santé… De quoi je me plaindrais ?

—Il te faudra le cacher de la maréchaussée.

Son regard s'assombrit :

—Qu'a-t-il donc fait, celui-là, avec ses airs de sainteté ?

—Une longue histoire. Il a faussé compagnie au bourreau des Halles.

Cela déclenche le rire de la belle. Elle s'adresse à Nicolas :

—C'est donc toi ! Les échos sont parvenus jusqu'ici. Et je suppose qu'Hippolyte n'est pas étranger à cette évasion. Tu es accusé d'avoir volé ton maître.

Hippolyte intervient :

—Rassure-toi, c'est une histoire compliquée, mais je te garantis qu'il n'y est pour rien. C'est pour ça que je ne peux pas le garder avec moi, ce serait une trop mauvaise recrue ! Et ce garçon est passionné par les chevaux, et aussi par une belle rousse…

—Si c'est mon cousin qui t'amène à moi, c'est qu'il sait que tu feras l'affaire. Et j'ai besoin de quelqu'un. Tu pourras t'occuper des animaux et te cacher parmi eux. Tope là !

Nicolas ne se le fait pas dire deux fois et scelle l'accord. Sur une accolade fraternelle, Hippolyte s'esquive.

—Ne t'en fais pas, nous veillons sur ta belle.

Sa belle. Il est inquiet pour elle. Il commence à la connaître, elle ne se soustraira pas à son devoir.

De son côté, Mathilde nourrit des craintes pour Nicolas, qui a pris trop de risques en cherchant à la voir. S'il n'accepte pas son union avec Jean-Baptiste, il n'aura de cesse de la convaincre de s'enfuir. Elle ne peut pas. Elle s'est mariée en toute connaissance de cause, même si Baptiste n'est plus. Non seulement elle veut respecter son engagement, mais surtout, elle n'abandonnera pas Camille. Elle refuse que Nicolas se mette en danger pour la voir, c'est à elle de l'en dissuader et de le protéger. Aujourd'hui, la surprise et le bonheur de le voir l'ont fragilisée ; elle s'est montrée trop faible avec lui et le tiendra désormais à l'écart.

La fuite de Nicolas a été protégée par les siens. Le bourreau n'a pas insisté dans sa poursuite, il avait un autre atout : Mathilde. Il l'a suivie, convaincu que c'est grâce à elle qu'il coincera son fugitif. Elle n'a pas été la seule à repérer le manège de cet homme, peu discret, qui se postait devant l'atelier et la suivait dès qu'elle sortait. Tout à sa surveillance, il n'a pas porté attention aux mendiants en faction, qui ont vite reconnu le bourreau du pilori. Une bonne leçon l'a convaincu de se tenir à l'écart de Mathilde, mais a attisé sa haine contre Nicolas, toujours recherché par la police qui passe régulièrement à l'atelier.

Mathilde a beaucoup hésité, convaincue qu'elle représente un danger pour la sécurité de Nicolas. La mort dans l'âme, elle lui a fait parvenir un billet expliquant qu'elle s'est trompée sur ses sentiments. Elle est l'épouse d'un maître tailleur et tient à le respecter. Elle lui demande de l'oublier et de prendre soin de lui.

C'est un Nicolas dévasté qu'Eugénie trouve dans un box, près des chevaux. Trois mois déjà qu'il travaille pour elle. Elle a eu le temps d'apprécier ce garçon discret et travailleur qui aime les chevaux, sur lequel elle peut compter. Elle se précipite vers lui et le prend dans ses bras :

—Nicolas, mon petit ! Qu'est-ce…

Il lui tend le billet.

—Je vais partir. Je vais m'engager… Aller le plus loin possible !

*

Depuis longtemps déjà, les murs de l'immeuble de la rue des Bourdonnais ne vibrent plus des rires cristallins de la maîtresse de maison. Chacun se cantonne à ses tâches. Petit à petit, l'atelier perd de son lustre. La seule joie de Mathilde, c'est Camille. Sa tante a fini par se désintéresser du petit bonhomme, soi-disant pour travailler. Ombre blafarde, elle rase les murs et se réfugie dans le travail, évitant le plus possible de croiser les autres habitants de l'immeuble.

Comme l'avait prévu Nicolas, l'atelier ne peut pas prendre un nouveau compagnon. Jean-Baptiste n'a pas la carrure de son père. Il perd des clients ; sans parler de la pression fiscale, de nouvelles taxes ou d'anciennes qui auraient dû être supprimées, comme le vingtième, maintenu par Louis XV malgré la fin de la guerre de Sept Ans, sans parler des prix qui s'envolent. L'avenir de l'atelier est sous de sombres auspices. Louis, qui a pris en charge la gestion, ne cache pas son inquiétude à Jean-Baptiste, qui survole les problèmes, convaincu que l'avenir de la profession est dans le libre exercice.

—S'il n'y avait pas les Corporations, si on travaillait sans toutes leurs contraintes, leurs obligations, on s'en sortirait mieux.

—Peut-être, mais tu oublies les aides de la confrérie.

—Ouais, pour les nécessiteux !

—De toute façon, tu n'as jamais supporté les règles !

—Plains-toi !

—Non, mais en attendant, il faut gérer.

—C'est pour ça que je compte sur toi.

C'est un fait, Louis a développé des compétences de gestionnaire dont il ne se serait pas cru capable. Peut-être dues à toutes leurs années vécues dans la clandestinité, l'obligation de surveiller leurs faits et gestes, d'anticiper, d'être en permanence à l'affût. Il a pris de l'assurance, s'impose petit à petit comme un maître, et franchit des limites.

Un maître. Mathilde n'oubliera jamais la première fois. Après les inondations de novembre, en ce mois de décembre 1770, l'hiver précoce s'installe avec des températures négatives. Jean-Baptiste les a laissés seuls. De temps à autre, pour se tenir informé, il assiste à des réunions de la confrérie. Mathilde a couché Camille, qui dort désormais près d'elle, dans la chambre nuptiale. Elle a fini par comprendre où son époux passe ses nuits.

Deux hommes ensemble, comme mari et femme ! Elle avait bien entendu quelques allusions sur ces comportements contre nature dans des sphères auxquelles elle n'avait jamais imaginé être confrontée. Elle ne se sentait pas concernée, convaincue qu'il fallait au moins être fou pour s'adonner à une pratique passible de la peine de mort. Naïve, elle s'était imaginé que son époux entretenait une femme de mauvaise vie. Le matin où elle l'a surpris sortant en chemise de nuit de la chambre de Louis, elle a juste eu le temps de se glisser dans le cabinet de toilette resté ouvert sur le palier. Louis est sorti, et le baiser langoureux échangé par les deux hommes était sans équivoque. Le cœur battant à tout rompre, elle est montée chez sa tante pour se calmer, mais ne lui en a rien dit. Petit à petit, les choses se sont éclairées, les mots et les gestes échangés entre son époux et Louis ont pris sens. Glacée, son instinct lui a dicté de n'en rien dire : sa sécurité en dépend et, en définitive, la situation lui convient, car elle la protège de Jean-Baptiste. Mais que penser du comportement étrange de Louis à son égard ?

Ce soir, elle est transie et ne se résout pas à se glisser entre les draps froids. Elle a besoin de chaleur, et pense se réfugier dans l'atelier où le foyer chauffant les carreaux et les craquettes a été alimenté toute la journée. Elle sait y trouver encore une braise réconfortante.

Un châle jeté sur sa chemise de nuit, elle se tient devant le feu, les bras croisés sur ses épaules, inconsciente du spectacle qu'elle offre. En contre-jour, éclairée par le foyer, la transparence de sa chemise dévoile ses formes...

C'est alors que deux mains saisissent ses fesses. Elle sursaute dans un cri.

—Tais-toi, tu vas réveiller l'immeuble !

—Va-t'en ! Jean-Baptiste va rentrer, et s'il te voit...

—Tu sais aussi bien que moi qu'après sa réunion il va traîner dans les bouges. On n'est pas près de le voir.

En parlant, il remonte le mince tissu et frotte son sexe dur sur ses fesses. Elle se débat, le repousse, et lui fait face, le regard dur.

—Laisse-moi, Louis. Tu ne peux pas.

—Tu crois que je n'ai pas vu tes regards provocants ? Tu as besoin d'un homme. Entre Jean-Baptiste et moi, je suis le seul à pouvoir te satisfaire. Ne t'y trompe pas, des gueuses, j'en ai connu quelques-unes. Tu vas aimer.

Il l'attrape par les cheveux, la fait tomber sur le sol. Il est sur elle, arrache son vêtement et lui mordille les seins.

—Bien que j'aime les hommes, aucun ne peut rivaliser avec vos seins. Ce moelleux, ce galbe unique...

Tout en lui suçant les tétons, il délace la cordelette qui retient ses culottes. Elle a beau se débattre, il est plus fort qu'elle. Énervé par sa résistance, il lui assène un formidable coup de poing. Il profite de son étourdissement pour enfouir son visage en haut de ses cuisses et la goûter en humidifiant son sexe. N'y tenant plus, d'un violent coup de reins, il la pénètre et la besogne jusqu'à l'extase.

Satisfait, il se réajuste, et dit d'un air goguenard :

—Si tu parles, pour toi c'est fini. Pense à Camille.

Bouleversée, elle s'enfuit en pleurant. Réfugiée dans sa cuisine, elle se lave avec frénésie, redoutant que cet assaut ait des conséquences.

Contrairement à ce que Louis a dit, Mathilde est la première femme qu'il connaît. Depuis qu'elle est l'épouse de Jean-Baptiste, son imagination n'a fait que s'enflammer et son désir en est devenu torture. Il fantasmait sur elle, sur eux, se voyait la prendre avec Jean-Baptiste, ensemble et à tour de rôle. Il y avait renoncé devant l'absence totale d'intérêt que son compagnon portait à sa femme.

Depuis qu'il l'a possédée et a découvert ce corps féminin, offrant une autre palette de plaisirs, il n'a qu'un seul désir : la prendre encore et encore. Il en souffre, écartelé entre ses pulsions et son amour pour Jean-Baptiste. La pécheresse, c'est Mathilde, la rousse, la sorcière, le diable. C'est plus fort que lui, il ne peut plus s'en passer.

Mathilde vit un calvaire et n'en voit pas le bout. Elle a peur de ses menaces, de sa violence, et ne doute pas qu'il saura les mettre à exécution. Elle garde sa honte pour elle, afin que Nicolas n'en sache surtout jamais rien.

15

Arrestation

Décembre 1770 – janvier 1771

Eugénie agite le billet que Nicolas vient de lui donner :

— Il dit quoi ce billet ? C'est Mathilde ? Tu sais bien que je ne sais pas lire.

— Elle ne veut plus me voir. Je croyais qu'elle m'aimait.

Il s'énerve, tourne en rond, lance des coups de pied dans les ballots de paille qu'il avait préparés pour refaire les litières dans les box. Il s'approche d'une belle jument à la robe blanche tachetée de noir, lui flatte l'encolure, presse son visage sur la joue de l'animal.

— Dis-moi avec précision ce qu'elle te dit.

De mauvaise grâce, Nicolas s'exécute et déchiffre dans les yeux d'Eugénie une profonde réflexion.

— Alors ?

— Elle est pleine de bon sens, cette petite ! Ceux qui te cherchent t'ont vu avec elle. Ils vont la surveiller, et si tu l'approches, ils te captureront.

— Je suis assez grand pour savoir ce que je dois faire !

— Tiens-toi à l'écart quelque temps. Fais-toi oublier.

— De toute façon, elle ne m'aime pas !

— Lis entre les lignes, nigaud ! Ça ne m'a pas l'air d'être une fille à t'aimer le lundi et t'oublier le mardi ! Elle veut te protéger.

—Je veux la voir !

—C'est ça, fais-toi attraper !

—Je vais me déguiser. Je ne veux pas rester dans l'ignorance.

—Mets-toi à sa place, elle est mariée. Je te rappelle que le lien du mariage est indissoluble.

—On se sauvera, on emmènera Camille.

—Camille ?

—Oui, son petit cousin. Elle s'en croit responsable.

—Et vous vivrez de quoi ?

—Des chevaux ! J'ai appris grâce à vous à m'en occuper. Je les aime et je sais monter.

—Inconscient !

Rien ni personne ne peut le retenir. S'il veut bien attendre quelques jours en espérant se faire oublier, il est décidé à voir Mathilde. Il mûrit son plan sans en parler à Eugénie, et surtout pas à Hippolyte qui chercherait à l'en empêcher.

Il approche peu les voyageurs, mais observe tous les mouvements générés par le relais de poste, situé à l'extérieur de l'enceinte de Paris. Les Fermiers généraux encaissent un octroi sur l'entrée de toutes marchandises. Il craint que son signalement ne leur soit connu et guette l'opportunité pour passer les barrières du mur.

La chance lui sourit début janvier. La neige est tombée toute la nuit, suivie d'une chute brutale des températures, immobilisant deux attelages. Deux voyageurs font fort tapage et n'acceptent pas cet arrêt forcé les condamnant à tourner en rond dans l'auberge. Ils réclament pour aller festoyer dans les cabarets de la capitale. Eugénie refuse de leur laisser des chevaux pour s'y rendre seuls.

Nicolas, attiré par les éclats de voix et ne voulant pas laisser sa patronne seule avec des agitateurs, s'approche pour prêter main-forte.

—Que se passe-t-il ?

—Ces messieurs veulent entrer dans Paris avec les chevaux. Il est hors de question que je les laisse faire.

Ce qui déclenche un nouveau concert de protestations et de menaces.

—Eugénie, si je peux me permettre, je peux accompagner ces messieurs avec un cabriolet.

—Toi ?

—Bien sûr ! Vous savez que j'ai une bonne main pour conduire un attelage.

—Certes, mais…

—N'ayez crainte, je vais prendre une tenue de cocher. Il y en a de pendues dans les box.

Voyant que la proposition calme ses clients, elle accepte avec réticence.

—C'est d'accord, mais fais attention à toi. Prends le cabriolet, ces messieurs se serreront.

Le cabriolet, c'est la voiture qu'Eugénie utilise pour ses besoins personnels. Léger, il ne nécessite qu'un seul cheval et dispose de trois places au maximum. Impatient, il attelle le véhicule et se présente avec une parfaite tenue de cocher.

Arrivé au mur, il passe une barrière sans encombre. Les gardes sont plus intéressés par les voyageurs d'apparence fortunés que par leur cocher.

Nicolas les dépose devant Le Tambour Royal.

—Je reviens vous chercher à la tombée de la nuit.

—C'est bien tôt, les jours sont courts.

—Vous verrez, vous serez fatigués avant, et le chemin n'est pas sûr quand il fait nuit.

—Si tu le dis ! Tu as intérêt à être là si tu ne veux pas être rossé.

Nicolas se presse. Il espère voir Mathilde avant la fin de la matinée, si elle sort pour aller aux Halles. Si tout va bien, ils pourront se blottir dans le cabriolet, et parler à l'abri des oreilles et des regards indiscrets. Si la surveillance n'est pas levée, personne ne l'imaginera menant un cabriolet. Il ignore que Mathilde a réduit ses sorties au minimum et ne va au marché qu'une fois la semaine.

Il longe le quai de la Mégisserie, passe devant l'atelier en ralentissant, remonte la rue des Bourdonnais, fait un détour pour revenir par le pont Neuf, avance jusqu'aux Halles sans pouvoir en approcher, car malgré le mauvais temps, les Parisiens sont toujours dehors. Il fait plusieurs fois la manœuvre ; son manège finit par attirer l'attention des mouches qui sont en surveillance.

—Regarde cette voiture, elle passe pour la quatrième ou cinquième fois.

—Un cocher qui attend sa maîtresse en visite chez son amant.

—Je ne sais pas, il s'arrête à chaque fois devant l'atelier.

—Devant l'atelier ? Attends voir, et si c'était notre homme ?

—Impossible. Où aurait-il trouvé l'attelage et appris à le mener ?

—C'est à la portée de la première femme venue !

—T'as raison.

—Reste là, je vais chercher du renfort.

—Venez nombreux. Si c'est lui, n'oublie pas qu'il est le roi de l'évasion.

Nicolas, déçu, a baissé sa garde. Il se désespère de voir sa belle, et ne remarque pas les hommes positionnés à l'affût qui attendent son prochain arrêt devant l'atelier pour maîtriser le cheval, envahir le cabriolet et l'assommer.

Rapide, l'arrestation n'est cependant pas passée inaperçue. Les deux mendiants qui se relaient dans la rue ont tout vu. Dans leur mouvement de fuite pour ne pas attirer l'attention sur eux, ils ont entendu un échange.

—On l'a enfin attrapé. Le bourreau va être content.

—Oui, j'espère qu'il n'oubliera pas sa promesse de récompense à celui qui permet l'arrestation.

—On saura lui rappeler.

—Tu as entendu ce qu'ont dit les policiers ?

—Oui ! C'est Nicolas qu'ils viennent d'arrêter. On court prévenir Hippolyte.

—Avant, on va les suivre pour voir où ils le mènent.

Ils n'ont pas eu à les suivre longtemps ; Nicolas est conduit à deux pas de là, au château de la Tournelle. Les deux compères ne s'attendaient pas à ce lieu et en sont très inquiets.

—La Tournelle ! La tour des galériens !

—Mais alors, il a déjà été jugé ?

—Sans doute condamné aussitôt après sa fuite.

—Que fait-on ?

—Nous, rien. On alerte Hippolyte.

—Il y a aussi le cabriolet qu'avait Nicolas. Ils vont le confisquer.

—Je l'ai reconnu, c'est celui d'Eugénie. Si on ne le récupère pas, je ne te dis pas la colère du chef !

—T'as raison. Regarde, ils l'ont laissé sous la tour carrée, à l'entrée.

—Oui, personne ne veille dessus, et il ne semble pas attaché.

—Jouons sur l'effet de surprise pour nous en emparer !

Les deux lascars se faufilent parmi les nombreux badauds et marchands ambulants qui circulent avec leurs charrettes. Ils sautent dans le cabriolet et aiguillonnent le cheval apeuré, qui les entraîne vers l'extérieur.

Hippolyte, assommé par ce qu'il vient d'apprendre, décide de ramener l'attelage à Eugénie, en espérant qu'elle pourra trouver quelqu'un qui les renseigne parmi ses relations.

—La Tournelle ! C'est un dépôt avant le départ pour les galères. Ce qui veut dire que le jugement a été prononcé dès son évasion.

—Le témoignage du bourreau a dû peser lourd. Pourtant, Nicolas n'a pas encore seize ans. Il ne devrait pas être condamné aux travaux forcés.

—Ça, Hippolyte, c'est la théorie. C'est le procureur général qui fait l'arbitrage, et crois-moi, l'évasion n'a pas dû lui plaire.

—Mais quelle idée d'aller se jeter dans la gueule du loup ?

—L'amour, mon ami. La jeunesse…

—Je ne peux pas prendre la forteresse d'assaut. J'ai besoin d'en savoir plus sur son sort.

—Je devrais pouvoir me renseigner, mais je suis inquiète, les conditions de vie dans la tour sont épouvantables.

—Il n'y a qu'à entendre les cliquetis des chaînes et les hurlements quand on passe à côté. Quel imbécile, stupide…

—Allons, calme-toi. Gardons notre sang-froid, la colère ne nous sert à rien.

—Tu as raison. Je continue la surveillance de Mathilde et m'assure qu'elle n'en sache rien. Je reviens te voir d'ici trois jours. De mon côté je glane des renseignements.

Sans ménagement, Nicolas est traîné dans un étroit cabanon où sont déjà enfermés quatre hommes enchaînés. Ses chevilles et poignets sont aussitôt entravés par des fers. Un point d'ancrage l'attache à une planche sur laquelle il n'a d'autres choix que de s'asseoir ; un autre le relie à l'homme assis à ses côtés. Il est écrasé contre le mur de pierre, qui suinte d'humidité, par son codétenu, qui ne semble pas apprécier ce nouveau venu qui empiète sur son assise.

—Dégage, le cocher ! Y a pas de place pour toi !

La tenue de Nicolas détonne avec les haillons de ses compagnons qui sont transis de froid. Son arrestation avec sa mise sous écrous a été si violente qu'il peine à comprendre ce qui lui arrive. Sa condamnation lui a été signifiée alors qu'il n'avait pas repris ses esprits, sa tête est encore douloureuse. Il passe sa main à l'arrière de son crâne, elle est rouge de sang, un filet coule sur sa nuque. Il n'ignore pas que les blessures à la tête saignent beaucoup, mais ce sang augmente son angoisse. Le prisonnier assis face à lui, un quasi-vieillard édenté, l'observe goguenard. Entre deux quintes de toux grasse, il l'apostrophe :

— Ils t'ont fracassé le crâne, mon gars ! Tu ne passeras pas la nuit.

Pique accompagnée par le rire graveleux des autres occupants, dont celui de son voisin qui enchaîne :

— Si t'es mort, t'auras pas besoin de ce beau manteau noir et encore moins de tes godillots bien cirés. Tu ferais mieux de me les donner tout de suite.

Deux autres interviennent :

— T'es trop gros ! Il m'irait mieux !

— T'es trop petit !

Une voix restée silencieuse s'élève à l'autre bout du banc.

— Ça suffit, vous tous ! Laissez ce gamin tranquille. N'oubliez pas que même ici, Dieu vous regarde. Soyez à la hauteur des épreuves qu'il nous inflige pour devenir meilleurs. CRAIGNEZ SA COLÈRE !

Les derniers mots sortent de sa gorge avec puissance ; un son caverneux qui, à lui seul, effraie les condamnés et ramène le calme.

Nicolas se penche pour mieux voir l'individu, qui a déjà piqué du nez et semble dormir. Il porte un habit de prêtre. Vrai ou faux prêtre ? Comme lui avec son costume de cocher ? Il décide de ne pas détromper son entourage et se félicite de ses vêtements et chaussures qui le protègent du froid et de l'humidité.

Le calme qui suit cette altercation lui permet de réfléchir et d'analyser sa situation. Elle n'est guère brillante ; il a du mal à se rappeler les termes de sa condamnation et ce que lui a dit le greffier. Ils lui reviennent par bribes. D'abord, l'accusation de tromperie et vol au détriment de son employeur, puis évasion aggravée. Aggravée ? Pourquoi ? Bien sûr, il est accusé de tentative d'assassinat sur un agent du pouvoir judiciaire. Rien que ça ! La révolte gronde en lui ; il crie à l'injustice, il n'a volé personne et encore moins tenté d'assassiner le bourreau.

Les brumes qui flottaient encore dans sa tête se sont dissipées. Il se rappelle la peine infligée. Les neuf années de travaux forcés qu'il aurait dû accomplir ont été ramenées à six, compte tenu de son âge.

Condamné aux galères, il sera déporté au bagne de Toulon. La Tournelle est pleine de condamnés en attente d'un départ. Un convoi se mettra en route dans les jours à venir pour faire de la place aux nouveaux arrivants. Le suivant ne partira qu'en mai. Les transferts ne se font que deux fois par an en temps normal !

Il se demande si le greffier a fait preuve d'ironie en prétendant qu'il a de la chance de partir, mais ce qu'il voit autour de lui et ce qu'il sait des conditions de détention du lieu lui font penser qu'il est peut-être chanceux dans son malheur. Cela lui permet de voir sa situation sous un angle plus optimiste, s'il veut en sortir vivant. Sortir vivant : il s'en fait la promesse.

Ce qui lui arrive est sa faute. Il aura au moins appris que la fougue est mauvaise conseillère ; il s'en souviendra.

D'abord juguler sa peur, ne pas la montrer, même si son cœur bat trop vite et que ses mains tremblent. Il observe ses compagnons l'un après l'autre, des pauvres hères, des oubliés de la vie. Qu'ont-ils commis pour échouer ici ? Sont-ils de véritables criminels ou des innocents dont on veut se débarrasser comme lui ? Ils sont condamnés à passer du temps ensemble, autant se faire une raison.

D'eux il ne craint rien, pas même qu'ils le dépouillent de ses vêtements qui font des envieux. Enchaînés sans possibilité de s'enfuir, ils n'ont pas les moyens de le voler. Pour montrer son indifférence aux mauvais traitements, il se glisse sur le sol malgré ses chaînes qui maintiennent ses bras en l'air. Il s'installe pour dormir, tirant sur la chaîne qui relie sa cheville à son voisin.

—Holà ! Tu ne vas pas dormir ! Je ne pourrai pas prendre ma pitance quand ils vont l'amener.

—Tu demanderas au curé de la prendre pour toi. Laisse-moi tranquille, j'ai besoin de repos.

Il est choqué qu'un autre détenu, un gamin, de plus, lui parle sur ce ton ! Aucun ne s'y était risqué dans leur cabanon, un silence pesant attend une réaction. Nicolas, indifférent, s'est déjà installé sur le sol.

Rien ne se passe, l'homme grogne un coup et ne dit mot. Nicolas a gagné le respect des occupants de la cellule.

16

La chaîne

Malgré la fine pluie qui a remplacé la neige, ils sont attablés dehors. Songeurs, assis côte à côte, un pichet de vin blanc et deux chopes leur font face. Eugénie joue avec le torchon accroché à sa taille, le pliant et le dépliant nerveusement. De ses gestes maladroits, Hippolyte répand autant de tabac sur la table qu'il en met dans le fourneau en voulant bourrer sa pipe.

—Six années ! Aux galères à Toulon ! S'il en sort vivant, ce sera dans quel état ?

—Eugénie, ne vois pas que le côté noir. Il peut s'évader, être gracié. Au pire, il aura vingt-deux ans. Ce sera un homme fait, et peut-être qu'une nouvelle vie sera possible avec Mathilde.

—Tu baisses déjà les bras ?

—*Que nenni*, ma brave ! Je regarde les choses en face. Ce n'est pas pour autant que je ne vais rien tenter.

—Il nous reste peu de temps. Une flétrissure est annoncée en place de Grève. Une chaîne va partir dans les prochains jours.

—Je sais pour la flétrissure. Je ne pense pas pouvoir intervenir, il y aura trop de gardes et aucun moyen de s'échapper, sans parler des troupes qui enserrent Paris. Il est devenu impossible de créer le mouvement de foule d'envergure qui serait nécessaire pour soustraire un condamné à sa sentence.

—Ce qui veut dire qu'il ne pourra pas échapper à cette infamie ?

—Je le crains, hélas.

—Tu prévois quoi ?

—Je vais faire suivre le convoi par deux compagnons. Ils aviseront s'ils peuvent intervenir. Je leur fais confiance. Je ne peux pas y aller moi-même.

—Je sais bien. Trop de personnes dépendent de toi.

—Il me faudrait un lieutenant…

—Si Nicolas était libre, tu penserais à lui ?

—Il en aurait certes l'envergure, mais il n'est pas à l'aise avec… disons, toutes mes activités !

—Entre tes bienfaits et tes méfaits, il y a de quoi s'y perdre !

Tous les condamnés aux travaux forcés sont flétris. Une marque indélébile les stigmatise à jamais et permet de les reconnaître en cas d'évasion, même si celles-ci sont rares. Nicolas va être flétri en place publique. Il le sait. La chaîne, c'est le nom des convois de forçats qui rejoignent le bagne. Celle pour Toulon doit partir dans les prochains jours.

Les cinq enchaînés savent que c'est leur tour ; ils ont suivi les mouvements qui ont agité les cellules voisines ces derniers jours, surtout les plaintes et les cris de douleur des détenus. Quand les gardes viennent les sortir de leur isolement, Nicolas est prêt. Une charrette les attend, un groupe de vingt-cinq est poussé pour y prendre place. Les réticents sont vite calmés par les fouets qui cinglent leurs chairs.

La flétrissure est imposée en place publique, rendant plus infamant son caractère. Ce jour, les curieux sont peu nombreux. Le mauvais temps en a dissuadé beaucoup et cette charretée est la dernière ; ils en sont las. Le départ du convoi de Bicêtre sera plus intéressant à suivre. Il partira de l'hôpital général de Bicêtre, qui n'a rien d'un établissement de soins ;

les forçats y seront rassemblés pour la pose des colliers et des chaînes.

Si les compagnons de Nicolas cherchent la provocation par des paroles graveleuses et des injures, lui reste stoïque, décidé à affronter son destin avec dignité.

Sur la place, le bourreau et ses aides entretiennent le brasero pour rougir les fers brûlants qui vont marquer les épaules droites de leur empreinte. « TP » pour les condamnés aux travaux à perpétuité, « T » pour les travaux dits à temps, un « F » sera rajouté pour les faussaires. Nicolas est destiné à porter le « T » tant qu'il vivra. Quand son tour arrive, il se présente sans baisser les yeux, son regard noir vrillé dans celui du bourreau qui ricane :

—Je savais qu'on se retrouverait. S'il n'y avait eu que moi, tu aurais eu droit au « TP ». À genoux !

Nicolas s'exécute, il ne frémit pas quand ses chairs sont brûlées, même si l'application sur son épaule dure plus longtemps que nécessaire.

Les plaies sont encore à vif. Dès le lendemain matin, ils sont rassemblés dans la cour de la prison de Bicêtre. Ce ne sont pas moins de cent cinquante détenus qui vont se voir apposer les colliers de fer.

À leur arrivée, les argousins ont déjà préparé les colliers et les chaînes de voyage étalés sur le sol. À côté, s'entassent des chemises et des pantalons. Les forçats sont refoulés au fond de la cour, sales et dépenaillés dans le froid matinal ; les cris et insultes fusent. Les détenus de la prison sont aux fenêtres, c'est à qui fera le plus de bruit et proférera les mots les plus obscènes. Ils applaudissent ceux qui vont partir aux galères pour les encourager.

Une fois la visite médicale bâclée, un gardien fait l'appel par ordre alphabétique d'un groupe constitué de treize paires de forçats, chacun portant sa chaîne. Les vingt-six hommes alignés sont sommés de se dénuder pour revêtir la chemise, la veste et le pantalon de grosse toile que leur jettent les gardes-chiourmes. Nicolas voit son beau manteau noir de cocher disparaître dans les mains d'un soldat qui l'avait repéré. Il s'estime heureux. Il semble que chacun peut garder ses chaussures, du moins ceux qui en ont. Il avise le petit bonhomme à côté de lui, qui devrait être son équipier. Ils seront enchaînés pendant tout le voyage. Aux yeux de Nicolas, c'est un vieillard malingre. Petit et maigre, ses membres sont noueux comme des ceps de vigne. Il est d'une pâleur diaphane, et un regard sur ses pieds le renseigne : il porte de vieux sabots usés et trop grands pour lui. Nicolas s'interroge sur les chances de survie de ce bonhomme poussé par l'instinct de survie, il s'en veut de penser qu'il va lui être une charge.

Il n'a guère le temps de s'appesantir sur le sort de son voisin qu'ils sont poussés vers les chaînes allongées sur le sol qui les attendent. Ces chaînes ou cordons forment l'arrête centrale où sont fixées des chaînes plus courtes rattachées à un carcan qui enserre le cou du forçat. Fermé par un boulon de fer, ils vont le porter pendant tout le voyage. La pose présente des risques. Nicolas a beau se vouloir courageux, il est terrorisé par ce qu'il voit sur les premiers qui sont appelés. La tête posée sur une enclume, les forgerons rivent les boulons à grands coups de masse. À chaque coup, la tête du condamné rebondit ; le moindre mouvement de sa part lui ferait exploser la tête sous la masse. Nombreux sont ceux qui, d'effroi, mouillent leur pantalon. D'autres pleurent.

Seuls le bruit des chaînes ou les cris des récalcitrants brisent le silence qui s'est imposé. Nicolas observe ses codétenus ; ils sont sinistres dans leurs cadres de fer et lui renvoient l'image que lui-même doit offrir.

Le ferrage se termine en reliant les chaînes aux fers des poignées et à ceux des chevilles. Il sera jumelé à son codétenu par le cou, et lors de la marche, ils seront tous enchaînés les uns aux autres. Nicolas choisit de ne plus penser et de laisser faire.

Quand tous sont équipés, les gardes apportent un large baquet rempli d'un liquide fumant, à la couleur guère engageante. Pour survivre, il n'y a guère d'autre choix que de se nourrir. Les hommes ne s'y trompent pas et se précipitent sur le bouillon et le pain bis. Une fois les vivres épuisés, les provocateurs chantent et dansent. Nicolas se félicite du manque d'entrain de son codétenu, qui n'apprécie pas plus que lui ces festivités.

Il a fallu tout le jour pour équiper les cent cinquante hommes qui vont prendre la route le lendemain.

Les argousins, las de leur journée, mettent fin à la liesse qui en a saisi certains. À coups de bâton, ils sont refoulés dans une salle où ordre leur est donné de s'allonger pour y passer la nuit sur le sol.

De bon matin, un brouet tiède leur est servi. Reliés les uns aux autres par le cou avec des chaînes – chaînes qui donnent leur nom aux longues files de forçats –, ils partent rejoindre à pied leur lieu de galères. Encadrée par des dragons à cheval, portant l'uniforme bleu aux épaulettes rouges et culottes blanches, la chaîne s'ébranle sous les quolibets et insultes des Parisiens venus se gausser du spectacle de ces hommes qui ne sont déjà plus que des loques. Ils ont devant eux une trentaine de jours de marche sur des routes et chemins mal entretenus en plein hiver. Même si certains prétendent qu'ils prendront des bateaux pour descendre le Rhône jusqu'à Toulon, ils savent déjà qu'ils n'arriveront pas tous au bout : la faim, le froid, le manque d'hygiène et les maladies vont les décimer.

Du bagne, ils en ont entendu parler, mais aucun ne sait ce qui les attend. Depuis la dissolution du corps des galères en 1748, devenu inutile avec le développement de la marine à voiles, les conditions de détention ont été réformées. En plus de ses propres galères, l'arsenal de Toulon accueille celles de Marseille. Pour ces navires désaffectés, les rameurs sont devenus inutiles. Les galériens sont employés à terre, dans les arsenaux, aux manœuvres de force et dangereuses. Ils sont logés dans les galères restées à quai.

Nicolas ne voguera pas sur les mers, il ne veut pas en savoir plus ; les conditions de vie et de travail, il les découvrira bien assez tôt. Il plaint ceux qui s'angoissent en écoutant les alarmistes, ce qui les affaiblit de jour en jour.

Toujours liée à son compagnon d'infortune, leur chaîne se compose de vingt-quatre autres condamnés qui ne sont pas que des enfants de chœur. Si, parmi eux, il y a des petits voleurs condamnés pour des larcins de nécessité, il ne s'y trompe pas : il y a aussi des criminels de sang qui ont su échapper à la peine capitale.

Le long cheminement de ces hommes à travers la France, ferrés par le cou, a aussi pour vocation de terroriser ceux qui vivent en marge de la loi. Les badauds accourent pour voir passer ces hommes, chargés d'une vingtaine de kilos de fer, et parcourant une trentaine de kilomètres par jour. La chaîne grossit au fil des étapes, avec de nouveaux condamnés qui viennent s'y agglutiner.

Les conditions météorologiques minent leurs forces, ils franchissent parfois les étapes de nuit pour compenser les jours plus courts. Ce sont des êtres qui n'ont plus rien d'humain, qui se traînent sur la route ; la violence et les privations en ont fait de pauvres hères hagards. Même les fortes têtes sont domptées.

Hippolyte avait bien prévenu les deux gars qu'il avait expédiés sur les traces de la chaîne :

— Soyez vigilants à la moindre opportunité, les évasions sont difficiles et rares.

Ils peuvent vérifier ces propos au-delà de ce qu'ils avaient imaginé. Les gardes sont si bien ordonnés avec des forçats entravés et affaiblis, qu'ils ont vite compris que Nicolas serait dans l'impossibilité de se soustraire à ses gardiens, même s'il en avait la force.

Ils n'ont même pas réussi à lui signaler leur présence. La mort dans l'âme, ils rebroussent chemin comme le leur avait ordonné Hippolyte :

— Si vous constatez qu'une évasion est impossible, vous rentrez. Inutile de mettre vos vies et celle de Nicolas en danger.

Nicolas ne l'apprendra pas. Après un mois d'errance et de souffrance, il arrive à Toulon. Ils avaient quitté Bicêtre à cent cinquante, la chaîne a atteint jusqu'à trois cent vingt-cinq hommes. Vingt-cinq ont perdu la vie en cours de route, trente-trois sont atteints de maladies graves. Si ces pertes sont importantes pour les forçats, le responsable qui les réceptionne en attendait plus. Il ne cache pas sa déception. Le reproche en est à peine voilé dans ses paroles d'accueil : « Les hommes sont dans un état satisfaisant, plus satisfaisant que la mauvaise saison ne pouvait le faire espérer. »

Avec Octave, son enchaîné, comme il aime l'appeler, Nicolas s'est fait un ami qui dit lui devoir une reconnaissance éternelle. Il l'a protégé et soutenu dans ses mouvements de faiblesse, l'a réchauffé de son corps, lui a procuré des rations de nourriture supplémentaire. Avec son physique plus grand que la moyenne et la vigueur de sa jeunesse, il a su se faire respecter, même des moins tendres.

17

Toulon

Février 1771

Il n'y a pas eu de transport en bateau sur le Rhône, ils ont parcouru tout le trajet à pied. Comme dans toutes les villes qu'ils ont traversées, leur arrivée dans Toulon s'accompagne des curieux et désœuvrés qui poursuivent de leur haine cette chaîne d'humains en loques, les abreuvant d'injures et allant jusqu'à les bastonner. Aucun n'a plus la force de riposter.

En approchant de l'arsenal, les effluves iodés mettent Nicolas en alerte avec les cris de ces grands oiseaux blancs peu farouches qui volent sur leurs têtes en lâchant sans retenue leurs fientes. Si le soleil brille en ce mois de février, les températures sont basses avec un vent qui souffle du nord et transperce leurs haillons.

—Octave ! La mer ! On va enfin la voir !

Octave lâche un grognement, il est trop épuisé pour s'en émouvoir.

—T'emballe pas. De l'arsenal, tu ne verras que les bassins, les darses où mouillent les bateaux.

—Tu ne m'avais pas dit que tu connaissais Toulon !

—Dans une autre vie... Un jour, peut-être que je te raconterai.

Ils arrivent dans la rade, sur les quais. Si les nombreux vaisseaux accostés flottent dans de l'eau de mer, les bassins sont fermés, la navigation se fait par des chenaux. Nicolas n'est pas le seul à être déçu, rares sont ceux qui ont vu la mer. Ils la devinent au loin entre les bâtiments qui tanguent au gré du flux et du reflux. Les gardes-chiourmes ne leur laissent pas le temps de découvrir leur environnement, ils les séparent en deux groupes. Les épaules flétries de « TP » d'un côté et le « T » de l'autre. Nicolas et Octave, marqués du « T », restent ensemble. Sous haute surveillance, ils sont conduits à coups de bâton dans une sorte d'entrepôt, où les argousins retirent leurs chaînes, en hurlant des ordres.

C'est à ce moment précis que Nicolas prend conscience que sa vie a vraiment basculé. Le voyage a été long, il a été confronté à des horreurs qu'il n'imaginait pas ; le bagne était encore loin, c'était un objectif. Ils allaient, sinon se reposer, du moins s'installer quelque part.

La brutalité des gardes-chiourmes, le bruit des fers, des coups de marteau, l'insalubrité dans la salle où il est poussé ne lui laissent plus de doute : il est aux portes de l'enfer.

Chacun leur tour, ils sont poussés dans un bureau où le commissaire, un homme corpulent, assis derrière une table encombrée de documents, les attend. Quand Nicolas se présente devant lui, il l'apostrophe en détaillant sa haute silhouette de bas en haut :

—Nicolas Massard, seize ans. T'as pas perdu de temps mon gaillard ! C'est bien toi ?

—Oui, monsieur.

—Un bagnard poli ! C'est rare. Bon, je vois que tu es condamné pour tentative d'assassinat sur un bourreau. Rien que ça !

—C'est une méprise…

—Te fatigue pas. Ici, tous sont innocents et on n'aime pas les fortes têtes.

—Oui, monsieur.

—C'est mieux. Bien je note : homme jeune, grand, tu mesures combien ?

—Je baisse la tête pour passer les portes.

—On va dire six pieds, sans doute moins. Cheveux bruns bouclés, même si ça ne va pas durer longtemps, yeux noirs, pour le teint on va dire ni clair ni foncé. Charpente ? T'es pas épais, d'accord, mais y a du muscle. Maintenant, dis-moi ce que tu sais faire.

—J'étais apprenti tailleur, je sais m'occuper des chevaux et conduire un attelage.

—Tout ça ? Tu sais monter ?

—Oui, monsieur.

—Bien, bien... Surprenant... c'est tout ?

—Je sais lire et écrire.

—Tu te moques de moi !

—Non, monsieur, je sais lire et écrire.

—D'accord. Écris-moi ton nom là-dessus.

Nicolas s'exécute d'une belle écriture, devant le commissaire qui a du mal à cacher son étonnement. Il lui présente son registre d'écrou et lui demande de déchiffrer ce qu'il a noté sur le forçat précédent. Bien que l'écriture soit à peine lisible, Nicolas n'a aucun mal à lire le document.

—Pendant que tu y es, ne me dis pas que tu sais compter.

—Si, monsieur.

—On a récupéré un savant !

Il éclate de rire :

—Ici, ça te servira à rien ! Au suivant.

Le suivant, c'est Octave qui espère bien pouvoir rester avec Nicolas. L'entretien avec le commissaire est beaucoup plus rapide pour lui, ce qui lui permet de rejoindre son ami qui attend son tour devant le détenu qui fait office de barbier. Assis sur un tabouret, il voit ses belles boucles joncher le sol. Il a vu la tête de ceux qui l'ont précédé, avec un crâne presque rasé et une coupe en escalier. Le coiffeur est bavard, content d'exercer son art sur ce nouvel arrivage :

—Je t'en laisse un peu, mais quand tu verras les TP c'est autre chose, ils sont rasés avec des stries.

—C'est étonnant.

—C'est la coupe réglementaire. Avec ça, si tu t'évades, tu ne peux pas aller loin sans être reconnu.

Octave, qui est assis à côté de lui, moins chevelu, en a fini avec sa coupe ; il s'attarde pour ne pas s'éloigner. Il a repéré que ceux qui terminent leur séance de coiffure restent ensemble. À ce stade, l'administration pénitentiaire ne se pose pas de questions pour créer les binômes.

Dénudés, ils sont lavés au jet de la tête aux pieds pour les débarrasser de la crasse et de la vermine accumulées sur la route. Pressés de se vêtir, ils enfilent la tenue qui finit leur silhouette de bagnard : casaque rouge, pantalon jaune, gilet, chaussures, paire de bas de laine. Ils disposent de deux chemises et de deux caleçons pour le rechange. Et le plus important : un bonnet, rouge pour eux. Les perpétuités portent un bonnet vert. Nicolas n'est pas mécontent, lavé, avec des vêtements propres, il retrouve un peu de confort et se penche vers Octave et à mi-voix :

—Nous voilà vêtus et repérables à cent lieues à la ronde ! Si on veut s'évader, on aura intérêt à trouver de vieilles hardes sales !

—Tu n'y penses quand même pas ?

—Mais non… pas encore !

—Arrête tes bêtises, regarde ce qui nous attend.

—Le ferrage. Allons-y sans tarder si on ne veut pas être séparés. D'ailleurs, ce serait bien de feindre de ne pas se connaître.

—Tu as raison.

Aucun de ceux qui attendent n'est fâché de se faire prendre son tour ; ils se présentent en binôme pour subir l'opération redoutée. Allongé à plat ventre sur une planche de bois, Nicolas plie son genou pour que sa cheville se place tout près de l'enclume fixée sur la planche. Deux forçats sont chargés du ferrage. L'un d'eux maintient sa cheville pendant que l'autre, le chaloupier, pose la manille, un anneau de fer fermé par un boulon rivé à froid. Les grands coups de marteau résonnent dans sa tête, la planche tremble, la sueur coule dans son dos, il prie pour que l'habileté du poseur ne soit pas prise en défaut. Le chaloupier glisse la patarasse entre la manille et sa peau, une épaisseur de linge destinée à protéger des blessures. La chaîne d'un mètre trente, qu'il ne quittera plus de toute sa captivité, est fixée à l'anneau. À l'autre bout, elle va rejoindre la cheville d'Octave. Nicolas comprend pourquoi les pantalons et caleçons sont affublés de boutons, c'est pour les enlever sans retirer la chaîne. Dans cette expérience traumatisante, les deux hommes sont malgré tout satisfaits, ils sont accouplés. Ils ne seront séparés que la nuit, pour être enchaînés à leur banc.

Désormais, Octave et Nicolas sont contraints d'être ensemble à chaque instant. Ils ne pourront pas faire un pas seul, même pour leurs besoins les plus intimes. C'est une suppression supplémentaire de liberté, d'où l'importance de bien s'entendre, ou du moins de s'accepter. Le plus grand supplice du forçat est d'être mal accouplé.

Passés dans les premiers, ils attendent des heures que tous soient ferrés. Assis sur le sol, si Octave s'est assoupi, Nicolas prend la mesure de ce qu'il va vivre. Il n'a qu'à regarder au loin, où les forçats s'escriment sous les coups des gardes s'ils ne vont pas assez vite. Il sait que les arrivants sont affectés aux travaux de « grande fatigue ». Il n'a pas compris en quoi consistent l'armement, le désarmement des navires, ni le lestage et bien d'autres tâches. Il a le temps d'apprendre, mais il sait que ce sont les travaux les plus durs et physiques.

Jusqu'à ce jour, pour ne pas s'apitoyer sur son sort et garder ses forces, il s'est refusé à penser à sa vie d'avant, à ceux qu'il a laissés derrière lui. Une bouffée de nostalgie monte, lui grignote méchamment le cœur ; il aspire de grandes goulées d'air iodé pour juguler son émotion et chasser les images qui l'assaillent. Mathilde ! Il était parti pour la voir, la ramener à la raison. Quel idiot ! Il n'avait pas deux sous de jugeote ! Il s'est précipité dans la gueule du loup. S'il avait réfléchi, il aurait compris qu'elle n'avait pas le choix, il lui aurait laissé le temps, ne doutant pas qu'avec Jean-Baptiste et sa liaison avec Louis, le mariage ne pourrait pas durer. Et s'il faisait du mal à Mathilde pour s'en débarrasser ? Dans sa fougue amoureuse, il n'y avait pas pensé. Maintenant, il est là, impuissant pour la protéger. Six ans ! Il en a pour six ans. Il en a le vertige et doit trouver un moyen pour alléger sa peine. Ce qu'il a vu et surtout entendu ne le rassure pas sur les possibilités d'évasion. Il trouvera une solution.

La troupe des bagnards prend mouvement, le ferrage est achevé. Ils se mettent en rang pour rejoindre ce qui sera leur lieu de vie pendant toute la durée de leur peine.

Bienvenue dans les flancs de la galère *Le Hasard* ! Un des nombreux navires désaffectés depuis que, remplacés par la navigation à voile, ils ne parcourent plus les mers. Les galériens, qui ramaient enchaînés sur les bancs, restent à terre. Ils sont utilisés sur les chantiers de l'arsenal nécessitant des travailleurs de force. Au lieu d'être assis à ramer sur les bancs des galères, ces mêmes bancs sont reconvertis en lits appelés tôlards.

Nicolas et Octave vont y dormir tout le temps de leur captivité. Ils vont s'habituer à l'atmosphère infecte qui agresse leur odorat, aux odeurs fétides de transpiration, mais aussi à celles émanant des baquets de bois où ils font leurs déjections.

Mais aujourd'hui, ce premier contact lève le cœur de Nicolas qui a toutes les peines à contenir sa nausée.

Ils découvrent les bancs de bois où ils seront serrés comme des sardines, sans matelas, avec une simple couverture dans laquelle ils s'enrouleront tout habillés. Sans parler du lent tangage du bateau contre lequel Nicolas devra lutter longtemps avant de ne plus avoir le mal de mer.

En prenant sa place auprès d'Octave, il renouvelle son serment, celui de s'échapper le plus vite possible et de retrouver Mathilde.

18

Premiers pas

Septembre 1771

Hippolyte et ses mendiants ont fabriqué un petit chariot avec de grosses roues en bois, Mathilde s'en sert pour faire ses provisions au marché et promener Camille.

Les ridelles sont assez hautes pour qu'il se tienne debout, mais depuis une semaine, il marche et prend de l'assurance, les promenades au marché et sur les berges de la Seine ne lui suffisent plus, il ne veut plus rester dans sa charrette. Il a besoin d'espace et d'explorer son environnement ; elle passe son temps à lui courir après, et ce matin, il a échappé à sa surveillance.

Assis dans le milieu de l'atelier, il s'en donne à cœur joie. Il n'a eu qu'à tirer sur une pièce d'étoffe qui pendait de l'établi ; elle a entraîné dans sa chute les fils, boutons et ciseaux posés dessus.

Jean-Baptiste et Louis arrivent joyeux, ils ont passé une bonne nuit. Depuis longtemps, entre les murs de l'immeuble, ils ne cachent plus leur liaison. Ce qui n'empêche pas Louis de poursuivre Mathilde de ses assauts, avec toujours la menace de convaincre Jean-Baptiste de mettre les fripiers à la rue avec leur fils Camille. Si Jean-Baptiste a respecté les clauses du contrat, exonérant ces derniers de payer le terme jusqu'aux premiers pas de Camille, il supporte de plus en plus mal leur présence.

Quand elle entend les cris des deux hommes et les pleurs de son cousin, elle sait que ce qu'elle craignait est arrivé. Depuis la naissance, sa tante lui a confié le bébé, soi-disant pour travailler aux côtés de son mari. Le couple en a profité pour se la couler douce.

Jean-Baptiste, pris de fureur, saisit l'enfant par le bras et le projette au loin tout en le poussant du bout du pied. Mathilde s'interpose :

— Arrête ! C'est encore un bébé, il joue.

— C'est comme ça que tu t'en occupes ? Tu n'es pourtant pas débordée de travail !

Mathilde recule avec l'enfant dans ses bras. Elle a peur des deux hommes qui lui font face. Ils sont dans leur atelier, dans leur domaine, là où Camille n'aurait pas dû se trouver. Elle-même n'y est admise que pour y faire du rangement quand ils sont trop paresseux. Elle n'est que la servante de son époux, qui a souvent la main leste sur elle, et Louis la terrorise en la contraignant à des relations sexuelles.

Elle a longtemps cru que dans le couple formé par les deux hommes, le dominant était son époux. Il cache sa faiblesse sous un masque autoritaire, ses jeunes années sous la férule d'un père déçu, qui le voulait digne et fort à son image, en ont fait un être veule. Avec ses sautes d'humeur fréquentes, il est difficile à vivre. Elle n'ignore plus que le maître, c'est Louis.

Mathilde a appris à se méfier de l'instabilité de son mari, mais le vrai danger vient de Louis. Affichant toujours un air affable devant ses pairs et leurs clients, il est respecté comme s'il était le maître. Elle reconnaît qu'il en a les compétences, mais il est manipulateur et elle s'en méfie. Pourtant, Louis a une faiblesse : c'est elle. Et il ne lui pardonne pas l'attirance sexuelle qu'elle exerce sur lui.

Les liens qu'il entretient avec son amant sont forts. Ils se sont découverts jeunes et ont su aussitôt qu'ils étaient faits l'un pour l'autre, ils se sont formés ensemble, se sont protégés. Le temps et les épreuves n'ont fait que renforcer leurs liens. Si Louis a découvert une nouvelle sexualité avec Mathilde, il ne se pardonne pas cette faiblesse. C'est elle la pécheresse, la rousse diabolique. Il craint que Jean-Baptiste découvre sa trahison, mais il ne maîtrise pas ses pulsions. Il aimerait qu'elle disparaisse de sa vue. Et ce matin, quand il la voit tremblante avec Camille dans les bras, le regard haineux qui la transperce la glace d'effroi. Il ne la quitte pas des yeux en disant avec perfidie :

—Mais il marche ce petit bonhomme…

—C'est vrai, tu as raison.

—Ne m'as-tu pas parlé d'une certaine clause de ton contrat de mariage ?

—Peut-être bien…

Mathilde étouffe un sanglot et se sauve en serrant le petit garçon sur son cœur.

En remettant de l'ordre dans le bazar laissé par Camille, Louis cogite. Seule la présence de Jean-Baptiste, ce matin, l'a empêché de sauter sur Mathilde. Elle est là, sa chemise de nuit transparente moulant ses longues jambes fines, avec ses boucles rousses qui tombent en cascade sur ses épaules laiteuses, frissonnante, les seins dressés sous le mince tissu. Il doit lutter contre la bouffée de désir, provoquant une crampe douloureuse. Tant qu'elle sera là, elle présentera un danger pour lui. Il ne veut pas perdre Jean-Baptiste, et encore moins l'atelier dont il ne doute pas que, dans un avenir proche, il en sera le maître reconnu.

Il ne peut plus attendre pour se débarrasser d'elle. Il doit amener son compagnon à ses fins et affecte de changer de sujet :

—Aujourd'hui, j'ai prévu d'aller relancer quelques débiteurs pour lesquels les billets à ordre sont arrivés à échéance.

—Ça ne peut pas attendre ?

—Je crains que non.

—On a des problèmes ?

—De trésorerie. Tu sais bien que les taxes et les droits ne cessent d'augmenter. Le roi n'en a jamais assez, ce qui pousse la corporation à nous faire supporter toutes sortes d'impositions qui fleurissent sans cesse.

—Je sais. J'ai toujours réclamé plus de liberté, même si la confrérie assiste nos miséreux et facilite l'entraide entre les ateliers. Le jour viendra où les corporations et confréries seront ruinées. Je suis convaincu que sans elles, avec les charges et les normes qu'elles imposent, les ateliers s'en sortiraient mieux.

—Tu as sans doute raison. Mais pour l'heure, il nous faudrait une autre source de revenus ou réduire les dépenses.

—Réduire les dépenses ? Tu penses à quelque chose ?

—J'ai l'impression que la famille de Mathilde profite un peu trop de la générosité acquise par ton père.

—C'est vrai, il y a le loyer. Je vais pouvoir y mettre bon ordre, depuis que le gamin marche.

—Sans parler de la nourriture.

—La nourriture ?

—Qu'est-ce que tu crois ? Quand elle va aux Halles, elle doit bien en ramener pour eux, sans parler du petit qui est toujours fourré chez toi.

—Je n'y avais pas pensé ! Ces foutus fripiers... Leur réputation de voleurs n'est plus à faire ! Cette cohabitation insensée avec nos rivaux, qui ne respectent rien, nous a toujours porté préjudice. Je vais y mettre bon ordre.

En accueillant sous son toit une famille de frippiers, maître Baptiste montrait un bel exemple de tolérance. Leur corporation précise que « le fripier fait commerce de vêtements, tissus ou accessoires à l'état de vieux ». Or, beaucoup ne respectent pas leurs obligations et sont considérés comme des receleurs ou des voleurs. Ils ont le droit de réparer, rafraîchir de vieux effets pour en faire du neuf et les revendre.

Employant des matériaux neufs pour leurs réparations, il n'y a qu'un pas pour fabriquer du neuf. Ce qui génère de nombreux conflits avec les tailleurs. Même si la famille Marchand, logée sous le toit de Jean-Baptiste, ne lui fait guère de tort compte tenu de son peu d'enthousiasme au travail. Il n'en démord pas, ces voleurs le grugent.

Il héberge à ses frais des concurrents et il découvre qu'il les nourrit aussi, et tout ça grâce à qui ? Grâce à sa propre épouse ! Depuis cette union contre nature pour lui, il n'a eu de cesse de maudire le jour où il l'a acceptée. S'il avait su que son père décéderait peu de temps après, il s'en serait bien gardé. Il est persuadé d'avoir agi en bon fils. Il a respecté la clause d'hébergement des Marchand. Maintenant, c'est terminé ! Ils ne vont pas continuer à vivre à ses crochets. S'il les chasse, la Mathilde va lui faire des ennuis. Le mieux, c'est de se débarrasser d'elle ; après, les autres suivront. Il la remplacera par une servante pour quelques sols, il sera gagnant.

Le problème est que le lien du mariage est indissoluble. S'il peut obtenir une décision de justice pour une séparation, il lui faudra réunir des preuves, des témoignages sur une éventuelle inconduite ou négligence, il est bien obligé de reconnaître que ce n'est pas le profil de Mathilde.

Son esprit tortueux a une petite idée sur la question. Il va exploiter les faiblesses de Mathilde et utiliser Louis. Son attirance pour Mathilde ne lui a pas échappé. S'il n'en a rien dit, malgré son aversion naturelle pour les femmes, c'était pour laisser à son amant un terrain de jeu. Une sorte de récompense pour son engagement dans l'atelier et son soutien sans faille. Ils vont se débarrasser des parasites.

Louis n'a pas pu sortir pour relancer leurs débiteurs, Jean-Baptiste lui a annoncé qu'il s'absentait pour trouver une solution à leurs problèmes. Il s'en félicite, son compagnon a bien mordu à l'hameçon comme il le souhaitait. Serein, il a reçu un de leurs clients qui voulait d'urgence un habit sobre et élégant pour enterrer son beau-père. Une fois les mesures vérifiées, ils se sont mis d'accord sur une étoffe en stock dans l'atelier. Louis s'est aussitôt attelé au travail. Jean-Baptiste le trouve très absorbé sur l'ouvrage.

—Tu m'as l'air bien occupé.

—Oui, une commande de dernière minute pour un enterrement. Et toi ?

Louis, assis en tailleur sur l'établi, assemble les pièces de l'habit de son client.

—Descends et regarde ce que je t'amène.

Leste, il saute sur le sol et déballe le paquet sous le regard bleu perçant de Jean-Baptiste qui guette sa réaction.

—C'est quoi ? Tu ne veux quand même pas que je me déguise ! C'est d'un mauvais goût !

—Ce n'est pas pour toi.

—Explique, j'ai du mal à saisir.

Jean-Baptiste étale ses achats. Une pelisse de qualité pour réchauffer une robe d'un rouge flamboyant dont le corsage ajusté et pigeonnant ne laisse aucun doute sur le type de femme qui peut porter une telle toilette.

—J'ai cru que tu voulais me prostituer !

—Idiot ! Pas toi.

—Pas moi ? Pas moi ! Ne me dis pas que…

—Si. Et tu vas t'en charger.

Jean-Baptiste a pensé à tout. Il a bien préparé son affaire

et présente son plan à son amant. Louis est un peu réticent : l'idée de Jean-Baptiste est audacieuse et présente des risques. Il finit par s'y rallier, conscient que Jean-Baptiste vient de trouver la solution, rapide, efficace et définitive. Pourquoi aurait-il des états d'âme ? Même si le procédé n'est pas reluisant, voire infâme, c'est bien ce qu'il voulait : se débarrasser de la diablesse.

—Si c'est ce que tu veux… Mais tu as un moyen de la convaincre de m'accompagner ?

—Tu dois bien avoir une idée, non ?

—Non.

—Je ne sais pas… Peut-être la même méthode que tu utilises pour la trousser quand tu crois que je n'y vois rien. Tu dois bien avoir un truc pour qu'elle ne dise rien. À moins qu'elle aime ça ? Ce qui m'étonnerait compte tenu de la tête qu'elle fait quand tu t'approches d'elle.

Pour une fois, Louis perd contenance.

—Ce n'est pas ce que tu crois…

—Épargne-moi ton verbiage creux et appelle un chat un chat. Tu es mon amant et tu me trompes avec ma femme, la situation est cocasse.

—Si tu le savais, pourquoi tu n'as rien dit ?

—Pour les mêmes raisons que toi : notre histoire avant tout. Je n'en prends pas ombrage, c'est bien que tu découvres la femme. Ça ne peut lui faire que du bien, et avec toi, ça ne sort pas de la famille. Je préfère te voir avec elle plutôt qu'avec un homme. D'ailleurs, tu ne me reproches jamais mes frasques. On est quittes.

Louis est un peu sonné.

—Pour moi aussi, il est temps de régler cette histoire. Je t'avoue que j'en serai soulagé. Cette femme, c'est le diable.

—Bien parlé ! J'ai prévu d'agir demain soir. Le temps que tu la prépares et que « nos assistants » s'organisent.

—Nos assistants ?

—Des personnes discrètes dont c'est le métier. Tu n'auras qu'à te méfier de la bande à Hippolyte. Il ne faudrait pas qu'ils soient alertés et interviennent. Fuis les mendiants.

—Plus facile à dire qu'à faire.

19

Foire Saint-Ovide

Septembre 1771

Place Louis XV, la foire Saint-Ovide bat son plein depuis quelques jours. C'est la première fois que le quartier accueille cet évènement annuel qui a, pendant des décennies, fait le bonheur des commerces de la place Vendôme. Si les croyants se pressent dans l'église des Capucins pour se recueillir sur la relique de saint Ovide exposée depuis le 31 août, le jour de sa fête, la foule est plus attirée par l'animation qui règne autour des cabanons.

C'est la première grande manifestation qui se tient sur la place depuis la catastrophe du feu d'artifice. Pierre-Louis Moreau, l'architecte chargé de l'aménagement provisoire, a fait des miracles tant pour la sécurité que pour l'esthétique. Les curieux sont nombreux à arpenter les allées où foisonnent les marchands ambulants, baladins, bouffons, musiciens, et toute la faune qui rend ces manifestations joyeuses et libertines.

Mathilde, qui a perdu le goût de tout divertissement, s'est gardée d'y aller. Sa tante Constance a pourtant essayé de l'entraîner pour l'égayer, mais elle ne se sentait pas prête et a décliné la proposition. Quand Louis fait irruption dans son logis, effarouchée, elle se saisit de Camille et recule jusqu'à heurter le mur. Elle a peur que son mari l'ait envoyé pour accomplir la basse besogne et la priver de l'enfant. Le paquet qu'il tient dans ses mains ne lui dit rien de bon.

—Tu as peur de moi, ma belle ?

—Qu'est-ce que tu veux ? Va-t'en avant que Jean-Baptiste ne monte se changer.

—Il ne viendra pas, il est sorti. Je viens te proposer de faire la paix.

—Tu me crois si sotte que ça ? Que je vais te faire confiance ?

—Je n'irai pas jusque-là. Je te propose un accord, si tu veux protéger ton gamin et sa famille.

Intriguée et soupçonneuse Mathilde l'interroge :

—Je suppose qu'il y a une contrepartie.

—Si tu es gentille, tout ira bien.

—Je ne le suis pas déjà ?

—J'aimerais que tu sois douce, que tu participes… En faire plus avec toi.

—C'est-à-dire ?

—Sortir, voir du monde…

Son regard lubrique la glace, elle ne peut articuler aucun son.

—D'ailleurs, on sort ce soir. Tiens, habille-toi.

Il défait le paquet et lui présente la pelisse et la robe.

—C'est une robe de prostituée ! Où m'emmènes-tu ?

—Habille-toi !

—Et Camille ?

—Sa mère va le garder. Presse-toi, sinon tu ne le verras plus ! Je le conduis chez la Marchand.

Restée seule, Mathilde retient ses larmes avec peine. Elle n'a plus la capacité de réfléchir ni d'analyser la situation. Elle se sent prisonnière, à la merci de ses bourreaux. Et Nicolas, qui ne donne plus de nouvelles depuis qu'elle l'a éconduit. C'est ce qu'elle voulait, mais si elle savait où le joindre, là, maintenant, elle se sauverait. Un regard dans la rue la renseigne, il n'y a aucun mendiant en surveillance. Elle n'a pas le temps de fuir que Louis est déjà revenu.

—Alors, cette robe, tu la mets !

Elle s'exécute, tremblante.

—Magnifique ! Approche.

Sa chevelure de feu et le rouge de la robe font un écrin à sa peau immaculée. Louis a les yeux rivés sur son décolleté, le corsage ajusté fait rebondir ses seins qui semblent frémir sous la dentelle blanche qui les borde. Une découpe en pointe affine sa taille menue et met en valeur ses hanches. Louis en a le souffle coupé ; c'est la dernière fois qu'il peut assouvir son désir. Sa respiration s'accélère, ses mains tremblent. Mathilde ne s'y trompe pas, elle sait ce qui va se passer.

Quand il la culbute avec brutalité sur la table, elle ne dit mot. Elle attend qu'il assouvisse son instinct.

—Va te rafraîchir et rassembler tes cheveux. Presse-toi.

Des guirlandes de fleurs tombent en cascades des vases de style antique, soutenus par les colonnes ioniques du portique en bois où Louis règle leur droit de passage.

Malgré la claudication qu'il a gardée de la nuit tragique du feu d'artifice, c'est un couple élégant qui fait son entrée. Il lui a ordonné de glisser sa main sous son bras et pose la sienne dessus, une façon de la retenir prisonnière.

Impressionnée par le décor riche et coloré, elle est vite étourdie par le bruit de la foule qui se presse autour des cabanons éphémères, aux étals chargés de marchandises variées. Le parfum du pain d'épice et des pâtisseries stimule les papilles, des bijoux et des jouets se mêlent aux objets religieux, des bonimenteurs, des musiciens, tendent leur sébile aux passants. Plus loin, un attroupement fait cercle autour d'un montreur d'ours, accompagné de deux singes qui font rire les badauds aux éclats.

De part et d'autre de la statue équestre du roi, deux constructions se distinguent : celle du Sieur Godon, avec un espace billard, et celle du Sieur Nicole. Elles abritent des cafés et des théâtres, leurs acteurs jouent au balcon pour attirer les spectateurs, qui déjà se pressent aux guichets pour prendre place. Mathilde, inquiète, presse le bras de Louis qui l'interroge du regard.

—Il se fait tard. Dis-moi ce qu'on fait ici.

—Je t'emmène voir un concert.

—Un concert ? Je ne savais pas que tu aimais la musique.

—Cet orchestre est spécial. On va chez le Sieur Valindin, les Quinze-Vingts y sont attendus à partir de dix-sept heures.

—Les Quinze-Vingts ? Je ne vois pas ce que c'est.

Il s'esclaffe.

—J'ai dit quelque chose de drôle ?

Il ne répond pas et l'entraîne.

Arrivés au café Valindin, Louis la dirige vers une table accolée au mur, où deux hommes ont pris place. Ces messieurs se lèvent et font asseoir Mathilde, l'emprisonnant entre la cloison et leur assise. Un pichet et quatre gobelets sont servis, ils sont attendus.

—Mes amis, je vous avais promis une belle surprise. Que pensez-vous de Mathilde ?

—Tu as tenu tes promesses.

L'homme qui vient de parler se presse sur Mathilde et plonge son regard dans son décolleté. Elle le repousse et se lève ; une main se pose sur son épaule et la force à s'asseoir.

—Holà, ma belle ! On ne part pas déjà…

Sa main glisse sur sa cuisse. Elle panique. Autour d'elle, les couples attablés ont perdu le sens de la bienséance, elle ne voit pas de secours possible. La tenue qu'elle porte ne la distingue pas des femmes de petite vertu qui se laissent lutiner. Ses compagnons sont distraits par le bruit et les mouvements qui agitent le rideau qui masque la scène. Les impatients vocifèrent, pendant que l'orchestre s'installe sous leurs quolibets.

Valindin, qui redoute les échauffourées susceptibles de réduire à néant son coup de génie, prend la parole. Il a attiré la foule avec son orchestre ; maintenant, il doit se produire. Il compte sur la réussite de ce jour pour pérenniser le spectacle. Il appelle au calme.

—Messieurs, messieurs. Vous avez la chance d'assister à un concert d'exception, le premier du genre. Vous aurez la fierté de dire « J'y étais. » Je vous invite à accueillir et encourager l'orchestre des Quinze-Vingts, le premier à rassembler des musiciens aveugles. Applaudissez-les.

D'un geste étudié et magistral, il fait tomber le rideau sous les applaudissements. Les spectateurs calmés se sont assis, ébahis par le spectacle hallucinant qui s'offre à eux. Neuf hommes ont pris place : sept violonistes, un contrebassiste, un neuvième est assis à califourchon sur un paon dont les plumes déployées forment une couronne autour de sa tête. Les musiciens, debout derrière un pupitre qui leur présente les partitions à l'envers, tous vêtus d'une robe rouge, portant bonnet pointu avec des oreilles d'âne, affublés de lunettes en carton, simulent de déchiffrer leur cahier de musique éclairés par des chandelles. Ils chantent chacun leur tour, en battant la mesure avec leurs sabots de bois, accompagnés avec maladresse par les violons. Le public est ravi, le spectacle est burlesque à souhait. Valindin vit son heure de gloire. Il vient de remporter son pari et de lancer une mode.

Mathilde est choquée par l'exploitation faite de ces malheureux détachés de l'hospice des Quinze-Vingts, la maison des aveugles. Sont-ils conscients du grotesque de la situation, exposés comme des animaux ? Indigents, leur a-t-on laissé le choix ? Que fait-elle ici ? La même chose ! Louis l'a conduite en ce lieu pour l'exposer, l'offrir à ces hommes. Elle n'a plus de doute, d'autant plus que l'un d'eux a glissé sa main dans son corsage ; l'autre, sous la table, enfouit sa tête sous sa jupe. Elle se débat, veut crier. Louis la bâillonne. Autour d'eux, le relâchement est de rigueur, déjà échauffés par la piquette et les moqueries lancées à l'orchestre, hommes et femmes n'ont guère de retenue. Certains se moquent de sa réticence et encouragent ses agresseurs.

Dans la cohue, échevelée, la poitrine dénudée, la robe déchirée, elle parvient à s'enfuir. Poursuivie par ses agresseurs, sa fuite ne passe pas inaperçue dans la foule qui s'écarte en invectivant cette femme de mauvaise vie. Hors d'haleine, étonnée de voir qu'elle a distancé ses poursuivants, elle se réfugie sous les arcades du palais Royal et s'arrête pour reprendre son souffle.

— Regardez ! Elle est là-bas !

Une cavalcade, à grand bruit, se précipite sur elle. Elle a juste le temps d'apercevoir Louis ; goguenard, il la désigne et remet une bourse aux deux hommes qui l'accompagnaient au café.

Des mains la saisissent et la traînent sur le sol. Des voix d'hommes crient à ses oreilles : « Débauchée ! Prostituée ! »

— Embarquez-la.

— Je la connais, celle-là. C'est une des pires du quartier. Jeunes, vieux, tous y passent. Pas de pitié.

Son rire glauque la poursuivra longtemps. Elle a reconnu le bourreau du pilori, l'ennemi juré de Nicolas. Louis l'a piégée ! Il était de mèche avec Jean-Baptiste. Elle s'inquiète pour Camille. N'ignorant rien du sort qui lui est réservé, elle doit fuir, rassemble ses forces, lance des coups.

Une gifle magistrale la déséquilibre, sa tête heurte le sol. Elle perd connaissance.

20

Le dépôt Saint-Martin

Pendant que le bourreau s'entretient avec l'inspecteur de police qui a procédé à l'arrestation, Mathilde est hissée sans ménagement dans une charrette.

—Une débauchée de moins. Une bonne chose avec son amant qui pourrit au bagne !

—Vous ne les aimez pas ceux-là, on dirait ?

—Des criminels. Il semblerait que je ne sois pas le seul. D'ailleurs, j'ai quelque chose pour vous.

Il sort de sa poche la bourse que lui a remise Louis et en extrait quelques pièces, qui ont l'air de satisfaire l'inspecteur.

—Merci pour votre collaboration efficace pour épurer Paris de ce fléau de la débauche publique.

—Si je peux me permettre, vous dressez un procès-verbal ?

—Non, je l'arrête sur ordre du roi, ce qui évite une audience de police. C'est plus expéditif.

—Vous êtes efficace.

Les deux hommes se saluent et la charrette se met en route. Le bourreau, satisfait, ne doute pas un instant que les louis qui ont brillé dans la main de l'inspecteur ne sont pas étrangers à son efficacité.

Mathilde reprend ses esprits à sa descente de la charrette. Elle n'est pas seule. Autour d'elle, des femmes crient, s'invectivent, leur tenue et leurs propos vulgaires ne lui laissent aucun doute : elle a été ramassée avec les prostituées. Son débraillé, qui dévoile encore ses seins, ne la distingue pas de ses compagnes. En chemin, d'autres malheureuses ont été embarquées de force. Elles sont poussées dans une grande cellule. Mathilde s'accroche aux barreaux et appelle :

— S'il vous plaît, je veux sortir ! Je n'ai rien à faire ici !

Ses codétenues ne sont pas tendres et la bousculent.

— Madame se trouve trop bien pour nous ?

— Avec sa belle robe rouge, elle sort d'où ?

— D'une maison, avec une matrone. C'est une fille entretenue !

Mathilde craint pour sa sécurité.

— Mais non, je suis mariée…

— Alors, ton maquereau, c'est ton mari !

Sa naïveté attire les rires et moqueries.

— Ton mari ? Il va en chercher une autre. S'il t'aime et qu'il a des sous, t'as une chance. Sinon…

Elles font cercle autour d'elle, la bousculent et se divertissent de son ignorance. Ce qui attire l'attention de l'inspecteur qui l'a arrêtée.

— C'est toi la rousse qui crée cette agitation ?

Il rentre dans la cellule, l'attrape par le bras et l'entraîne pour la projeter dans une pièce aveugle, éclairée d'une chandelle posée sur une table encombrée de papiers. Il s'assied et fourrage dans les documents qu'il étale. Satisfait, il en agite un, en observant longuement Mathilde.

— Une belle femme… Dommage pour toi.

Angoissée, elle ne dit mot.

— Ton nom ?

— Mathilde Maulévrier. Non, Chevallier.

— Il faut savoir ! Maulévrier ou Chevallier ?

— Chevallier, mon mari…

— Madame est mariée ! Et que fait cet époux ?

—Il est maître tailleur.

—Femme d'artisan et prostituée ! T'as le vice dans la peau ! Il en dit quoi, ton mari ?

—Je ne suis pas une prostituée !

—Elles disent toutes ça. Tu oublies que l'on t'a prise sur le fait. Et regarde ta mise…

Désappointée, elle ne trouve pas de réplique. Le lieutenant, sûr de son fait, est bien placé pour savoir que son époux ne lui viendra pas en aide. Il enfonce le clou.

—Ce mari, tu veux que je l'envoie chercher ?

Elle est piégée. Qui pourrait croire que son mari homosexuel la trompe avec le compagnon de l'atelier ? Que ce compagnon est le vrai maître tailleur et qu'il la viole ? Qu'elle élève son petit cousin et héberge sa tante et son oncle, des concurrents fripiers ? Que les deux hommes ont voulu se débarrasser d'elle ? Qui pourrait le croire ?

Elle se demande si ce policier n'a pas lui aussi été soudoyé. Sa présence au bon endroit, au bon moment, quand ses agresseurs relâchaient leur poursuite, n'est pas fortuite. Elle revoit Louis remettant une bourse et sait que ses protestations sont inutiles. Elle fait une dernière tentative.

—Je peux prévenir quelqu'un d'autre ?

Ce qui déclenche un rire retentissant.

—Bien, j'en ai fini avec toi. Je t'arrête sur ordre du roi pour prostitution.

Elle prend un coup de massue. La prostitution est dans le champ d'action exclusif de l'inspecteur de police. Elle n'aura pas de jugement, pas de contrôle judiciaire ni possibilité de faire appel. Son sort dépend de lui. Elle lui demande où elle se trouve.

—Au dépôt Saint-Martin.

Il la ramène dans la cellule. Les femmes sont déjà passées à autre chose et la laissent tranquille. Elle s'isole sur un banc au fond, pour se faire oublier. Elle rumine les pensées qui font rage dans sa tête. Dans quel guêpier est-elle tombée ? Elle se refuse de penser à Camille, ses parents devront assumer.

La colère fait place à l'abattement. Elle a été victime trop longtemps et elle va se battre pour se sortir de là. Une nouvelle Mathilde émerge.

Le dépôt Saint-Martin ! Elle le soupçonnait, mais avait besoin de l'entendre. Des charrettes, qui sortent du dépôt avec des femmes exposées à la vindicte populaire, elle en a vu de nombreuses fois, sans jamais imaginer que son tour viendrait. Femmes de mauvaise vie, conduites en maison de force, à la Salpêtrière, l'hôpital général où sont enfermées les malheureuses dites folles, furieuses, incurables, débauchées. Nombre d'entre elles y sont contraintes par la seule volonté d'un époux, d'un père, d'un frère, désireux de se débarrasser d'une épouse devenue gênante, d'une fille désobéissante, d'un frère jaloux ou vengeur.

Entassées dans des cellules exiguës, elles attendent leur jugement. Chaque vendredi, une audience au Châtelet voit les filles défiler devant le lieutenant de police. Sans défenseurs, elles sont jugées arbitrairement, sont condamnées sans appel et retournent au dépôt Saint-Martin.

Mathilde, arrêtée par une lettre de cachet du roi, est fixée sur son sort : direct la Salpêtrière sans jugement, elle ne sera consignée sur aucun registre. Elle est devenue transparente. Elle rejoint la cohorte des condamnées destinées à peupler les colonies.

En intégrant l'atelier de maître Baptiste, elle avait cru à la chance de sa vie. Il l'arrachait à sa condition de lavandière destinée à une mort prématurée, comme sa mère avant elle. Et maintenant ? N'aurait-elle pas dû se contenter de son sort ? Oui, mais elle ne se serait pas rapprochée de Nicolas. Son arrestation l'arrache des griffes de Louis et la décharge de sa tante, qui ne cessait de peser sur ses épaules. Mais sa vie ne peut pas s'arrêter ici. Elle en a le vertige, est au bord d'un gouffre sans fond qui l'aspire.

Samedi, les audiences de la veille ont rendu leur verdict. Une charrette est prête pour mener un convoi au sinistre hospice. Tôt le matin, les filles sont sommées de se préparer, ce qui sera vite fait. L'accès à la toilette et aux parures, il n'y en a pas ! C'est une vexation supplémentaire. Elles sont rassemblées dans la cour, aux aurores de cette fin d'été clémente. Les badauds n'en seront que plus nombreux pour ce spectacle toujours réjouissant de femmes avilies. Ce n'est qu'en fin de matinée, après trois heures d'attente, qu'elles sont entassées comme du bétail dans une charrette munie de barreaux.

Escortée par des archers qui contiennent les curieux, la charrette se met en mouvement. Des gardes, montés avec les prostituées, distribuent de généreux coups de bâtons aux plus excitées. Elles sont menées à travers les rues de Paris à la vue de tous. Debout et serrées les unes contre les autres, certaines se lamentent, se cachent, d'autres défient la populace hargneuse qui hue et crache sur leur passage.

Coincée au milieu, Mathilde ne relève pas la tête. Elle passe, sans la voir, devant la Tournelle, où Nicolas a été incarcéré, pas plus qu'elle ne remarque la porte Saint-Bernard qui les mène au quai du même nom pour rejoindre la Salpêtrière. Elle n'a vu aucun des curieux massés sur le parcours, haineux pour la plupart, oubliant pour certains qu'ils les avaient chevauchées sans déplaisir en d'autres lieux. Elle a cru entendre « La rousse au milieu, c'est elle ! » Elle ne lève pas la tête, que lui importe ?

Elles sont sorties sans ménagement et soumises à un examen rapide. Celles qui sont infectées sont dirigées sur Bicêtre. Elles y seront soignées ou bien y mourront.

Le sort réservé à Mathilde et à une dizaine de ses comparses n'est pas meilleur : elles sont enfermées dans les cellules de la maison de Force. Un violent coup de pied la projette sur le sol ; elle entend dans son dos les verrous qui scellent la porte massive. La faible lueur qui filtre par l'étroite lucarne à barreaux dessine dans la pénombre un banc de bois fixé au mur. Unique pièce de mobilier qui occupe la loge sur toute sa longueur. Épuisée, elle s'allonge et balaye du regard sa prison. Les murs humides aux pierres disjointes sont nus, si ce n'est un crucifix face à elle. Triste compagnon de captivité, décharné et martyrisé par la fureur et la bêtise des hommes, preuve que l'humanité ne progresse guère. Elle s'en approche, surprise de sa proximité, et mesure avec effroi l'exiguïté de la cellule.

Oppressée, elle se rassied et retient ses sanglots, respire pour se calmer. Elle ne doit pas céder à la panique si elle veut survivre. Elle se fait la promesse de s'échapper. Ce qui va être difficile, car une tête se profile derrière le judas :

—Assieds-toi dans le fond et ne bouge pas.

Elle s'exécute. Un homme rentre, pose sur le banc une gamelle contenant un brouet clair. Un sinistre bruit métallique accompagne ses mouvements ; il lui enserre la taille avec une chaîne et la fixe sous le banc. Elle ne réagit même pas.

—Tu as de la chance, on ne soude pas les fers. Dors bien. Demain, tu verras la modiste ! Tu pourras changer tes oripeaux.

Il sort goguenard.

Les vapeurs exhalées par la gamelle lui lèvent le cœur. Chez maître Baptiste, elle a pris goût à cuisiner des mets variés et raffinés. Son premier réflexe est de ne pas y toucher, tant par dégoût que par rébellion. Elle se ravise, c'est elle qu'elle punirait. Pour sortir d'ici, elle doit garder ses forces. Elle vide sa gamelle et la range sous sa couche.

Allongée dans l'obscurité, elle réfléchit à tout ce qu'elle a entendu sur la Salpêtrière et le sort des femmes retenues prisonnières. Elle regrette de ne pas avoir été plus attentive. C'est un lieu où elle n'avait jamais imaginé se trouver un jour. Les condamnées ne peuvent pas être enchaînées en permanence. Les démentes, à la rigueur. Elle se souvient que des ouvrages fabriqués par les détenues sont vendus sur le marché. Il y a donc des ateliers de travail. Elle espère pouvoir en rejoindre un et se montrera docile. Quoi qu'il arrive, elle va rester en forme, se muscler et travailler son souffle. Elle se rappelle les exercices que pratiquaient Hippolyte et ses hommes sur la place de Grève. Gamine, elle aimait les observer et les imiter. Les leçons ne sont pas perdues, elle va les reprendre à son compte, et si ça ne la muscle pas, ça occupera son esprit. Elle s'y met aussitôt.

*

Affolé, il court à perdre haleine. Avec un compagnon, ils s'étaient mêlés aux curieux pour voir passer le convoi des filles, espérant y trouver bonne fortune en détroussant les badauds. Les hommes, avides de chairs dévoilées, en proie aux frissons en découvrant d'anciennes partenaires de libertinage, excités par ces femmes exposées, aux propos vulgaires pour certaines, sont peu vigilants. Leur subtiliser discrètement la bourse est chose aisée. Ils étaient deux ce matin, quand ils ont vu la chevelure rousse, reconnaissable entre toutes. Son comparse est resté pour suivre le convoi ; il se précipite pour prévenir Hippolyte. Il saura faire.

À l'angle de la place de Grève et de la rue de la Mortellerie, il gravit en deux enjambées les quatre marches d'accès à leur quartier général, le café L'Image Notre-Dame. Il y trouve Hippolyte attablé avec trois compères.

La nouvelle n'accable pas longtemps Hippolyte. Après réflexion, la tête plongée entre les mains, les coudes appuyés sur la table de bois, il se lève, faisant tomber le tabouret sur lequel il était assis.

— Si je fais le compte, on en a un au bagne à Toulon et l'autre à la Salpêtrière. On n'aurait pas dû relâcher la surveillance autour de Mathilde.

— Tu as fait ce que tu as pu.

— Sans doute, j'ai été trop confiant. Je dois rattraper ça et délivrer Mathilde.

Les quatre compagnons autour de lui répondent présents :

— Tu peux compter sur nous !

— On se retrouve ce soir chez moi, à l'abri d'oreilles indiscrètes. Il va falloir faire vite, je crains un départ pour les colonies.

— Je croyais qu'il n'y avait plus de déportation.

— C'est la version officielle, mais il y a encore des hommes qui sont déportés, et des femmes sont embarquées avec eux. Qui peut se renseigner ?

Joseph, un jeune gars proche d'Hippolyte, intervient :

— J'ai un vague cousin qui est portier à la Salpêtrière, je vais me renseigner auprès de lui.

— Fais. De mon côté, je vérifie deux ou trois petites choses. À ce soir.

21

Le bagne

La Complainte des galériens, AUTEUR ANONYME

La chaîne
C'est la grêle;
Mais c'est égal
Ça n' fait pas d'mal.

Nos habits sont écarlates,
Nous portons en lieu d'chapeaux
Des bonnets et point d'cravate.
Ça fait bross' pour les jabots.
Nous aurions tort de nous plaindre
Nous somm's des enfants gâtés,
Et c'est crainte de nous perdre
Que l'on nous tient enchaînés.

La chaîne
C'est la grêle;
Mais c'est égal
Ça n' fait pas d'mal.

Nous f'rons de belles ouvrages
En paille ainsi qu'en cocos,

Dont nous ferons étalage,
Sans qu' nos boutiqu's pay' d'impôts.
Ceux qui visitent le bagne
N's'en vont jamais sans ach'ter ;
Avec ce produit d'l'aubaine
Nous nous arrosons l'gosier.

La chaîne
C'est la grêle;
Mais c'est égal
Ça n'fait pas d'mal.

Quand vient l'heur' de s'bourrer l'ventre,
En vant les haricots !
Ça n'est pas bon, mais ça entre
Tout comm' le meilleur fricot,
Notr' guignon eût été pire,
Si, comm' des jolis cadets,
On nous eût fait raccourcire
A l'Abbaye d'Mont-à-Regre
La chaîne
C'est la grêle;
Mais c'est égal
Ça n'fait pas d'mal.

Mars 1771

Le canon de diane, la batterie de tambour qui chaque matin, à six heures en cette saison, annonce l'ouverture de l'arsenal, résonne à leurs tympans. Aussitôt suivi du Porte-clés qui vient les libérer, pour qu'ils aient le temps de faire une brève toilette.

Malgré la fatigue, ils n'ont pas pu dormir cette première nuit, les légumes secs et le pain servis la veille sont loin. Nicolas a des crampes d'estomac et Octave n'a pas l'air d'être bien en point. Nicolas l'interroge :

—Ça va, ce matin ?

—J'ai connu des jours meilleurs. Je n'ai pas dormi.

—Pareil. On va savoir à quels travaux ils nous destinent. T'as une préférence ?

—Oui… dormir.

—C'est compliqué !

—Si je devais choisir, ce serait sur les bateaux. Les travaux de maçonnerie sont plus ingrats.

—Sans doute, et c'est un environnement nouveau.

—Pas pour moi…

—Tu vas finir par me raconter ?

—Laisse-moi le temps. Juste que je suis déjà venu ici… J'ai eu une remise de peine… Tu vois, ça ne m'a pas servi, je suis de retour.

—Remise de peine ? Raconte !

—Plus tard, je ne veux pas que tu t'emballes et fasses des conneries. Crois-moi et prends ton temps. Tu découvriras qu'en plus de ta peine, les argousins sont forts pour trouver des raisons de te punir.

Le garde-chiourme les enchaîne sans ménagement et les chasse à coups de pied. Un autre les aligne en trois colonnes pour le départ aux corvées.

—On ne mange pas ?

—Si rien n'a changé, pas avant onze heures.

—Onze heures ? Je ne tiendrai jamais !

—Tu as plutôt intérêt à ne pas flancher, surtout le premier jour. Personne ne te fera de cadeaux.

Chemin faisant, ils arrivent sur les quais, devant un navire qui les toise de toute sa majesté. Exaucés, ils vont travailler sur les bateaux.

Des navires de toutes tailles sont amarrés dans les bassins. Au loin, une forêt de mâts danse au gré des flots. Des voiles sont gonflées pour un départ imminent, d'autres sont affalées sur les ponts. Toute une ruche s'anime autour des vaisseaux. Nicolas a son premier choc maritime. Octave l'entraîne.

—Presse-toi, si tu ne veux pas être bastonné. On ne va pas prendre la mer ! On va au chantier.

Plusieurs bâtiments sont à cale, en réparation, entretien, ou armement. Deux sont en construction et un troisième, majestueux, se dresse sur des pieux. La quille décolle du sol tel un oiseau prêt à prendre son envol.

—Et celui-là ? Il a l'air neuf.

—Il va bientôt être lancé.

—Lancé ?

—Mis à l'eau. C'est grandiose et dangereux.

—Dangereux ? Pourquoi ?

—Les hommes qui enlèvent la dernière cale meurent souvent écrasés par le bateau. Arrête avec tes questions !

Nicolas se demande ce qui se cache derrière le ton sec employé par Octave pour mettre fin à la conversation. Il finira bien par le savoir.

Ils sont affectés aux équipes qui travaillent à la construction d'un navire. La coque est en cours de montage. La quille, véritable colonne vertébrale du navire, est assemblée à l'étrave à l'avant, à l'étambot à l'arrière. La silhouette est dessinée par les bordés qui habillent les membrures internes et externes. Ces planches épousent à la perfection la forme de la coque.

À l'intérieur, les forçats, munis d'un cordeau d'étoupe et d'un seau rempli d'une substance noirâtre et visqueuse, calfatent la coque pour boucher les interstices, la protéger et garantir l'étanchéité. Les vapeurs qui émanent du seau leur irritent les voies respiratoires et les yeux.

—On va badigeonner, ce n'est pas fatigant.

—On en reparlera quand tu auras les genoux brisés, le dos cassé, les mains brûlées, que tu ne pourras plus respirer…

—C'est quoi dans le seau ?

—Un mélange à base de goudron.

Nicolas n'a pas le temps de poursuivre ses interrogations qu'un coup de fouet lui cingle le dos.

—Je t'ai à l'œil, le jeune. Tu causes trop. À la prochaine incartade, t'auras droit à une punition.

L'argousin s'éloigne, riant en distribuant coups de fouet et de bâton.

Il se le tient pour dit quand, à l'autre bout, deux forçats enchaînés s'invectivent. Le ton monte, des coups partent. L'un d'eux lance le contenu du seau de goudron sur la tête de son accouplé. À grand renfort de coups et de jurons, une cavalcade de gardiens leur tombe dessus pour les passer par-dessus bord. Les deux bagnards se fracassent sur le quai, pendant que les gardes restés à l'intérieur fouettent à tout va les malheureux qui s'échinent au travail.

—Que vont-ils leur faire ?

Le fouet cingle le visage de Nicolas, dessinant une longue cicatrice qui saigne.

—Je n'ai pas été assez clair ? Je t'ai dit de la fermer. Tu veux aller rejoindre les deux autres ? Je t'invite à regarder ce soir ce qu'il va leur en coûter.

Avec rage, Nicolas badigeonne les membrures qui leur ont été attribuées. Il travaille vite, alors qu'Octave s'essouffle. Nicolas chuchote à son oreille : « Laisse-moi faire seul et repose-toi. » Quand l'heure du repas sonne, il a dû vider deux fois plus de seaux que les autres équipes. Ce qui ne plaît pas à tout le monde. Il va apprendre à ses dépens qu'il n'a rien à attendre des codétenus, qui peuvent être plus dangereux que les gardiens.

Un grand gaillard le bouscule et lui arrache sa gamelle, qu'il engloutit d'une lampée.

—Ça t'apprendra à aller plus vite que les autres.

Nicolas, affamé, veut riposter, mais Octave tire sur la chaîne pour le retenir.

—Laisse, on va partager mon repas.

—Non, tu dois prendre des forces.

—Tu veux qu'on se retrouve tous les deux en cellule et qu'on soit bastonnés ?

—Tous les deux ?

—Je te rappelle qu'on est un couple indissociable. Si tu veux survivre, fais profil bas.

Il se venge sur le morceau de pain qu'il a pu sauver et refuse de priver Octave de sa maigre nourriture.

Leur temps de repos est court : à peine une heure avant de retourner au chantier, sans pause jusqu'à huit heures du soir. Le calfatage de la coque n'est pas terminé, ils reprendront demain. La journée a été épuisante. Nicolas n'a pas parlé de l'après-midi, ruminant les incidents du matin. Son estomac vide ne réclame plus ; après une nuit sans sommeil et cette rude journée, il n'aspire qu'au repos. Octave, lui, semble avoir récupéré.

—Comment fais-tu ? Moi, je ne tiens plus debout.

—C'est grâce à toi et à l'habitude. Tu as fait le plus gros du boulot. Il faut se forger un moral d'acier pour se protéger, et le corps a des ressources que tu n'imagines pas.

—Regarde, je suis le plus jeune et j'ai l'impression d'être le plus marqué.

—Le moral, je te dis. Économise-toi ni trop ni trop peu, n'attire pas le regard sur toi, que ce soit les gardes-chiourmes ou les galériens. Deviens invisible, et prends modèle sur moi.

—J'ai mal commencé.

—Tu as appris une première leçon.

—Oui. Pourquoi ils ne nous portent pas à manger maintenant ?

—Je crois que tu vas avoir une deuxième leçon. Tu as de la chance, tu aurais pu en faire partie.

—De quoi tu parles ?

—L'incident de ce matin a été monté en épingle par les argousins. Autour de nous, il n'y a que des nouveaux avec lesquels nous sommes arrivés hier. Ils vont punir les gars de ce matin, pour prévenir les fortes têtes de ce qui les attend si elles posent des problèmes. Tu aurais pu être l'un d'eux.

Octave ne s'est pas trompé ; le quai est éclairé, les forçats sont regroupés en cercle, une bastonnade se prépare.

Les belligérants du matin sont traînés au centre du cercle. Malgré leurs cris et protestations, ils sont mis torse nu. Le premier est maîtrisé au sol par quatre forçats, qui lui maintiennent les jambes et les bras pour l'empêcher de se débattre ; un cinquième le bastonne avec une corde enduite de goudron. La chiourme, silencieuse au début, commence à compter les coups, faiblement au début, puis de plus en plus fort, encourageant la violence du bagnard qui applique la sanction. Il s'arrête au soixantième. Le supplicié a depuis longtemps perdu connaissance. Son dos n'est plus qu'une plaie béante, le sang ruisselle sur le sol. Celui qui attendait son tour a tourné de l'œil depuis longtemps.

Les gardes se consultent et conviennent d'attendre que le condamné reprenne conscience pour que la leçon porte. Ils auront droit à une nouvelle séance demain. Nicolas est en proie à la nausée, il a le ventre vide, ses haut-le-cœur sont une torture. Octave le tire à l'écart.

—Ça va aller ?

—C'est difficile ! J'ai compris les leçons… Faire profil bas, ne pas se plaindre, se noyer dans la masse.

—Je t'y aiderai. Tant qu'on sera tous les deux, on s'en sortira. Imagine, les accouplés qui se détestent.

—Merci, Octave.

—C'est donnant-donnant, j'ai besoin de toi, de ta force. Viens, on va essayer de se trouver à manger, sans se faire voler.

—Le gars qui a été bastonné, ils en font quoi ?

—Hôpital. S'il s'en sort, il poursuit sa peine, sans doute alourdie.

—Ils en font souvent des bastonnades ?

—Celle-ci, c'était pas grand-chose. Juste pour faire passer le message. Les lois du bagne sont strictes, de la rébellion au meurtre, les bagarres, les tentatives d'évasion, les injures, les vols, la désobéissance, le refus de travail, jurer, chanter, rester couvert devant un supérieur... Tout est prétexte aux punitions. Tu peux être condamné à mort, aux bastonnades, au cachot, à la double chaîne, à traîner un boulet, voir ta peine prolongée. Je te le redis : pour en sortir vivant, on doit se faire oublier et bien s'entendre.

—Tu m'as parlé de remise de peine...

—C'est réservé aux plus méritants. Les très, mais alors très, très méritants... Ce qui ne plaît pas aux autres !

—Et toi, quels étaient tes mérites ?

—Tu m'embêtes ! Je te ferai voir le jour venu.

—Et le travail de petite fatigue ?

—Si tu as une bonne conduite, dans... trois, quatre ans ! Ou si tu as des talents particuliers.

Ils sont interrompus par les argousins, qui viennent poser les fers pour la nuit. Nicolas s'enroule dans sa couverture et s'endort aussitôt sur son banc de bois.

Les jours qui suivent se ressemblent, avec leur lot de souffrance. Nicolas reste obsédé par l'évasion ; s'il respecte les conseils donnés par son ami Octave, il est en permanence à l'affût, fomentant de multiples scénarios.

Les tentatives sont courantes, et rares sont ceux qui réussissent. Les forçats sont identifiables à leur tenue vestimentaire, leur coupe de cheveux et ces satanées chaînes qui sont contrôlées deux fois par jour. Au lever et au coucher, un garde en vérifie le son. En les frappant d'un coup de marteau, il sait si elles ont été limées.

Ce matin, le bâtiment amiral chargé de la police du port a hissé le drapeau jaune et tiré au canon pour avertir la population. Un détenu s'est évadé. Avec les récompenses qui sont offertes pour le faire arrêter, la chasse au bagnard est un passe-temps lucratif. Il sera repris, bastonné, le poids de sa chaîne sera doublé, il restera enfermé, sa peine sera allongée. Aujourd'hui, leurs gardiens sont nerveux, les coups de fouet et de bâton vont pleuvoir.

S'évader sans complicité, c'est mission impossible. Il explore la possibilité d'être accepté pour accomplir des travaux extérieurs avec son métier de tailleur ou comme secrétaire. Il est l'un des rares à savoir lire et écrire, sans oublier les chiffres qu'il maîtrise. Dans trois ans, peut-être que s'il se conduit bien, il pourra y prétendre.

C'est trop long, Mathilde l'aura oublié. En attendant, il peut faire quelques travaux de couture et les vendre au bazar fréquenté par la population locale. Ce qui lui procurerait un petit pécule pour le grand jour, qui arrivera forcément.

22

Le lancement

Avril 1771

Le calfatage du vaisseau arrive à sa fin, jour de réjouissance surtout pour des bagnards qui en ont peu. Tradition ou superstition ? Une fois la coque terminée, elle est ornée de feuillage, le bagne n'y déroge pas. Des charrettes ont déversé leur chargement de végétaux verts que les forçats accrochent sans soin sur la coque. Nicolas vit l'exercice comme une récréation, malgré les mises en garde d'Octave. Il n'est pas le seul, les gardes sont débordés par ces hommes excités comme des gamins. Le résultat ne se fait pas attendre, les gourdins et les cordes à nœuds entrent dans la fête. Le geôlier, qui ne rate pas une occasion de s'en prendre à Nicolas, l'attrape d'un mouvement brusque qui fait tomber Octave. Nicolas se penche pour relever son ami.

—Je t'ai demandé de le relever ?

—Non, mais…

Le gourdin s'abat sur son épaule.

—Aïe ! Si tu me casses le bras, je ne pourrai pas travailler…

—Tu veux te rebeller ? Je t'ai prévenu, si tu ne te tiens pas à carreau…

À deux pas, à cause d'un obscur motif de feuilles, une bagarre s'est déclenchée entre deux accouplés qui ne se supportent pas. Ils roulent sur le sol ; le plus petit suffoque entre les mains de son codétenu qui cherche à l'étrangler, un argousin reçoit un violent coup de poing. Il ne faudra pas moins de six gardes pour libérer le malheureux. Les deux antagonistes sont bons pour le cachot. Leur cas est grave, ils ont frappé un argousin et encourent la peine de mort. Nicolas est pétrifié.

—Tu t'en rends compte ? Si ces deux gars n'en étaient pas venus aux mains, j'aurais été puni. De quoi ? J'en sais rien.

—Il t'en veut, le bonhomme ! Va savoir pourquoi. Tu as de la chance, c'est la deuxième fois que tu lui échappes.

—Oui, mais la prochaine risque d'être la bonne. Si je veux sauver ma peau, je n'ai pas d'autre solution que de m'évader ! Je ne peux pas espérer de remise de peine avant trois ans, je serai mort d'ici là ! Je me suis juré de sortir d'ici. Je vais trouver un moyen, et vite !

—Calme-toi.

—J't'emmènerai.

—Non, je suis trop vieux. J'ai fait mon temps. Je suis ici par ma faute, j'ai été stupide. Je t'aiderai comme je pourrai.

—Si seulement tu me racontais ton histoire. Gracié et de retour ! J'y crois pas !

—Tu sais que demain, on lance le navire qui est sur cale depuis notre arrivée ?

—Oui, et alors ?

—Tu comprendras. Maintenant, on la ferme et on se met au travail.

Marée haute oblige, pour lancer le voilier, le canon de diane a résonné une heure plus tôt ce matin. Un petit groupe de forçats est dirigé vers le navire qui va être mis à l'eau. Octave chuchote à Nicolas :

— Sois très attentif. Je dis bien très attentif. Observe chaque détail, chaque geste. Et surtout, pas de cris ni d'exclamations. Quoi qu'il arrive, tu restes de marbre.

— Si tu m'expliquais...

— Non, tu dois découvrir cela avec tes yeux.

Nicolas se demande si son ami ne déraille pas avec ses secrets et cachotteries. Il n'a pas tout compris du travail qui les attend, excepté que si une hache leur a été confiée, c'est qu'ils ne sont pas trop mal considérés.

La foule des officiels et des curieux acceptés dans l'arsenal afflue sur les quais ; contenue à l'écart, elle est bruyante. Le lancement d'un navire est toujours un évènement et l'occasion d'une fête. Les gardes sont assistés de soldats prêts à intervenir en cas de troubles provoqués par les bagnards.

Le vaisseau qui va être lancé est un navire de guerre, prévu pour accueillir soixante-quatre canons répartis sur ses deux ponts batteries, et ses gaillards à l'avant et à l'arrière. Il sera armé après la mise à l'eau. Prévu pour les campagnes aux longs cours et les expéditions militaires, Nicolas y voit un symbole de liberté. Et si, plus tard, il pouvait s'engager ? Lui, le tailleur devenu forçat, défendre la patrie qui l'a injustement condamné ? Ce qui était une corvée ce matin devient une source d'inspiration. Il pose un regard différent sur le bateau devant lequel il est passé tous les jours sans le voir. Il est magnifique, même sans mât et sans voilure.

Sur un plan incliné et soulevé par des cales, un berceau de chêne soutient la coque du vaisseau retenu par de solides cordages fixés à des poteaux d'amarrage.

La tâche des bagnards consiste à rompre à la hache les cordages pour que le majestueux navire glisse vers la mer et fende les flots. La surface de glissement a été lubrifiée avec du suif pour réduire la résistance au frottement. L'opération est délicate. Il faut retenir le bateau tant que la décision de le lâcher n'est pas prise, veiller à ce qu'il ne bascule pas, le guider, tenir compte de son poids et de la pente, et l'arrêter une fois mis à l'eau. Autant de manœuvres toutes périlleuses.

La réussite repose sur tous les intervenants. La moindre défaillance peut aboutir à une catastrophe, le bateau peut chavirer et s'écraser. Chacun a en tête les représailles sanglantes pour les fautifs. Il n'y a pas de forçats qui n'y pensent pas en maniant sa hache.

L'opération commence, les cales sont libérées. Le vaisseau va entamer sa lente descente vers la mer. Tous retiennent leur souffle. Octave attire l'attention de Nicolas.

—Regarde bien le gars là-bas.

—Celui qui est agenouillé près de la cale à l'avant qui retient le bateau ?

—Oui, la dernière qui bloque le navire. Dès qu'elle sera enlevée, on ne pourra plus l'arrêter.

—Mais il va se faire écraser !

—Oui, s'il n'est pas assez rapide ; non, s'il peut se réfugier dans le trou d'évitement sous la coque.

—Mais il est trop grand pour ce trou ! Il n'y arrivera pas.

—D'où l'avantage d'être petit.

L'ordre de lancement est donné, chacun à son poste accomplit les bons gestes, le vaisseau commence à glisser. Un hurlement déchire le silence respectueux qui s'était installé, du sang gicle sur la coque, un corps broyé est entraîné par la masse qui fend la mer en projetant des gerbes d'eau, sous les hourras de la foule. Un peu de sang ajoute du frisson aux bourgeois et aristocrates venus se frotter à un monde qui leur est étranger.

—C'est monstrueux !

—Il a choisi son destin.

—Je ne comprends pas.

—Le gars qui est choisi est un condamné soit permanent, soit volontaire.

—Un volontaire ?

—Oui. S'il réussit, il est gracié. Ça vaut le coup, non ?

—Ne me dis pas que tu as été gracié en étant volontaire ?

—Si. J'ai la chance d'être petit et mince. Celui qui vient de se faire broyer était grand, tu l'as dit toi-même. Trop grand, comme toi. Tu comprends pourquoi je ne voulais pas t'en parler avant que tu le voies...

—Hum... il était aussi trop vieux...

—Idiot ! Cherche autre chose.

Nicolas n'en dit pas plus, mais cette matinée est riche d'idées qui trottent dans sa tête.

La corde à nœuds qui lui cingle les mollets le ramène à la réalité. Il est onze heures. Les forçats vont prendre leur maigre repas pendant que les officiels festoient et que les membres du clergé baptisent le navire.

Nicolas mange en silence. Cette matinée le perturbe ; il cogite sur toutes les possibilités qui s'ouvrent à lui et ne tient pas en place. Il est soulagé quand les gardes-chiourmes font le rappel pour la suite de la corvée, beaucoup plus pénible que le lancement. Ils vont lester le bateau pour en assurer l'équilibre. Jusqu'à vingt heures, ils charrient des tonnes de pierres, cailloux, galets, vieux matériels, barres de fer, boulets... une quantité d'objets lourds hors d'usage qui vont stabiliser la coque en abaissant son centre de gravité.

La troupe qui regagne le dortoir n'est pas fraîche. Ce soir, aucune querelle, aucun cri ni protestation, les forçats traînent leur corps meurtri par cette dure journée. Nicolas soutient Octave, qui a du mal à avancer ; lui-même a les mains écorchées, en sang. Ses chaînes ont entaillé ses chairs. Mais l'espoir continue à faire son chemin.

Les jours qui suivent, Octave s'inquiète de voir son compagnon aller à la corvée, comme si c'était devenu naturel. Le chantier de « leur » bateau, baptisé *Le Roland,* n'est pas achevé. Ils installent le gréement ; tâche dangereuse, deux forçats enchaînés l'un à l'autre y ont déjà trouvé la mort, et un autre est hospitalisé avec un diagnostic pessimiste. Rien n'entame la volonté de Nicolas. Il ne rechigne pas à la tâche, encaisse les brimades et les sarcasmes, il veille à se faire oublier, tant par ses codétenus que par les gardes-chiourmes. Il attend son heure.

Les mâts fabriqués avec plusieurs troncs assemblés et maintenus par des cercles de fer sont prêts pour l'installation, opération délicate, il y en a quatre. Le grand mât à lui seul mesure un mètre de diamètre pour soixante de haut. Ils vont le fixer au fond de la coque, aidés par la « machine à mâter », une grue flottante.

Le mât, amené par la grue pilotée par un forçat, oscille dans les airs. Au fond de la coque, quatre équipes de deux bagnards anxieux les bras levés sont prêtes pour le guider pendant que les autres se préparent à intervenir pour le fixer. Les quatre-vingt-quatre tonnes de cordage qui vont servir à maintenir la mâture, les voiles, attacher les canons, retenir les ancres encombrent le sol et rendent la manœuvre encore plus dangereuse.

Le mistral glaçant souffle fort, les hommes sont gelés, ils hésitent à s'approcher du mât qui oscille. Les premiers coups de gourdin s'abattent sur les épaules et les jambes ; une équipe tombe sous les coups. Des protestations s'élèvent du rang des forçats, ainsi que parmi certains argousins qui fustigent leurs comparses. La pose d'un mât requiert précision et rapidité. Ce n'est pas en maltraitant les poseurs qu'ils vont réussir. Il sera temps de sévir après.

Le vent s'est emparé du mât. Son balancement, lent au début, s'accélère ; les forçats n'arrivent plus à le maîtriser. Les cris et les sarcasmes enflent devant les argousins dépassés par la situation. Avec la fatigue, le vent, le froid, l'énervement, la tension monte. Nicolas perçoit le risque d'émeute, il crie à Octave :

—Tiens-toi prêt.

Dès que le mât vient vers lui, il s'arc-boute et le bloque, il a ralenti sa course, mais percuté, il est violemment projeté au sol. Il gît sanglant et sans connaissance. Il a réussi à protéger Octave qui se relève et appelle les secours. Son geste de bravoure a permis à ses équipiers d'immobiliser le mât.

Octave gesticule auprès de Nicolas, qui n'est qu'un dommage collatéral. Après de longues minutes, il attire enfin l'attention sur son ami inanimé. Toujours inconscient, il est évacué vers l'hôpital maritime, pour être confié aux bons soins des sœurs hospitalières.

Octave a peur. Il est séparé de Nicolas et va être enchaîné à un autre forçat. Avec les accidents, les maladies, les mises au cachot, les fins de peine, il y en a toujours qui sont seuls. Il craint pour la vie de son ami et ne veut pas en être séparé. De désespoir, il saute du bateau la tête en avant, pour se fracasser sur le quai.

23

La Salpêtrière

Le bruit de la clé dans la serrure, suivi de celui de la lourde porte qui claque sur le mur, la réveille en sursaut. Elle venait juste de s'endormir après une nuit agitée. L'aube naissante projette l'ombre du gardien qui l'a enfermée la veille, suivie d'une seconde ombre, celle d'une femme. L'homme la détache du banc et la tire avec sa chaîne, comme il le ferait pour un animal de trait.

—Sors de là.

Elle s'exécute, prenant le parti de se montrer docile. En déchirant la dentelle qui ornait son décolleté, elle l'a drapée autour de ses seins et réussi à rendre sa robe convenable. Ce qui n'échappe pas à son geôlier qui arrache le tissu qu'elle a eu tant de mal à installer.

—Tu veux cacher ton vice ? T'as peur qu'on sache pourquoi tu es ici ?

—Non, mais je ne suis pas une prostituée.

L'homme la gifle.

—C'est ça, une bonne chrétienne qui fait commerce de la chair et trompe son mari. Avance.

Un violent coup de pied aux fesses la projette sur le sol maculé de boue. Elle se relève souillée, essuie ses mains sales sur la robe rouge qu'elle tient en dégoût. La gardienne qui n'avait dit mot intervient :

—Laisse, je la conduis à l'atelier.

Peu loquace, elle saisit la chaîne et la conduit dans un bâtiment où des dizaines de femmes assises sur le sol, ou sur de rares chaises, sont déjà au travail. Elle cherche un anneau libre et y fixe la chaîne.

—Assieds-toi, je reviens.

Elle lui apporte ce qui semble être une tunique écrue taillée dans un tissu rêche, et la libère.

—Mets ça.

Mathilde s'exécute avec plaisir, et jette la robe qui disparaît aussitôt dans les mains de la surveillante, qui assure de nouveau la chaîne à l'anneau scellé dans le mur.

—Maintenant, tu te mets au travail.

Sans explication, elle lui donne un sac dans lequel se trouvent des pièces d'uniforme, du fil et des aiguilles. Elle imite ses voisines et commence un long travail de couture. Elle avait craint d'être affectée aux travaux des champs et aux soins des animaux, comme les femmes qu'elle a aperçues, courbées à gratter la terre.

Un bouillon leur a été servi le midi, la nuit est tombée, elle est toujours assise sur le sol. Elle ne compte plus les nombreuses enfilées d'aiguille de la journée, elle a dû faire des lieues de points. Le soleil est couché, les chandelles dispersées autour des femmes peinent à dissiper l'obscurité. Elle est fourbue, le dos cassé, les jambes ankylosées. Elle essuie sans arrêt le bout de ses doigts en sang, de peur de tacher l'étoffe, et ses yeux la brûlent.

La femme qui l'a amenée surveille les prisonnières. Elle marche sans arrêt, passe de l'une à l'autre sans leur parler. À chaque passage, elle s'arrête devant Mathilde et touche ses cheveux en marmonnant « diable rouge », et elle reprend sa ronde. Mathilde feint de ne pas y prêter attention, mais ne peut pas réprimer un mouvement de recul instinctif quand elle s'approche. Sa voisine l'observe et finit par murmurer, sans lever la tête de son ouvrage :

— Tu lui as tapé dans l'œil ! Elle est un peu dérangée. Elle est née ici, d'une mère du pavillon des folles et d'un père geôlier. On ne sait pas lequel. Elle n'est pas méchante, mais le rouge l'obsède. Va savoir pourquoi !

Guère rassurée, elle remercie sa voisine et ose lui demander si la journée prend fin ou si elles sont condamnées à passer la nuit à coudre.

— On ne devrait pas tarder à regagner nos cellules. Tu t'y feras. Ici, on apprend la patience.

De patience, elle n'en a plus beaucoup, elle n'a pas osé utiliser l'unique seau d'aisance nauséabond qui trône au cœur de l'atelier, ce qui ajoute à son inconfort. Elle a hâte de retrouver la cellule qui hier la rebutait, et se demande si elle ne serait pas mieux aux travaux extérieurs qui lui avaient semblé si rudes ce matin. Elle s'y sentirait plus libre au grand air et travaillerait sa condition physique. La couture, qu'elle avait prise comme une aubaine, ressemble plus à des sévices.

Épuisée et soulagée, elle retrouve son banc. Une natte et une couverture l'attendent, et sa gamelle a été remplie du même brouet qu'hier avec un quignon de pain. Le bouillon est froid. Ce soir, elle n'a pas le courage de faire les exercices de musculation comme elle se l'était promis. La tête vide, elle s'endort sitôt allongée pour une nuit qui va être peuplée de cauchemars.

*

Dans la cave de la rue de la Mortellerie qui lui sert de logement, à deux pas du réduit dans lequel le père de Mathilde vivait, Hippolyte reçoit ses compères. Les cinq hommes, éclairés par une torche, se serrent autour du tonneau aménagé en table. Bien que personne ne puisse les entendre, ils chuchotent ; l'heure est grave. Les nouvelles ne sont pas toutes bonnes. Hippolyte a passé sa journée autour de la maison de Force, repérant des connaissances et liant conversation avec les uns et les autres.

—Ce que je craignais se vérifie. Ils envoient encore des filles aux colonies avec les bagnards. Le bruit courait, car un convoi est prévu dans les prochains jours.

—Notre Mathilde n'en fera pas forcément partie.

—Hélas si, c'est possible. Toujours à cause de ce fichu bourreau qui est bien avec le lieutenant de police. Elle a été bannie.

—Ce qui l'interdit de rester chez nous ?

—Oui, elle est interdite de séjour dans le pays. J'ai parlé avec un palefrenier chargé de préparer la charrette du futur convoi. Il a ses entrées à la Salpêtrière et connaît bien un des archers qui vont les conduire. D'après lui, il est tout excité à l'idée de la « belle rousse à la robe rouge ». Et toi, Joseph ? As-tu glané des choses utiles ?

—Mon cousin s'est cassé une jambe. Il a été remplacé par un plus jeune. Je l'ai approché, lui faisant croire que ma bonne amie était retenue par erreur. Il semblait disposé à me laisser entrer « pour l'amour », contre quelques sols. Quand je lui ai décrit « ma bonne amie », il n'était plus d'accord.

—Pourquoi ?

—Elle est sous haute surveillance, enfermée dans une loge aveugle. Seul son gardien a la clé et peut approcher. Impossible d'ouvrir la cellule.

—Elle en sort bien ?

—Oui, mais toujours enchaînée pour travailler à la couture.

Hippolyte remplit les gobelets. Pensifs, les yeux dans le vague, en silence, les cinq hommes boivent sans entrain le vin qu'ils apprécient d'habitude. La porte s'ouvre, la lumière jaillit, dessinant dans l'encadrement la silhouette d'un enfant.

—Camille, approche.

Trottinant, l'enfant se hisse sur les genoux d'Hippolyte.

—T'en penses quoi, bonhomme ? Pour Mathilde, on attaque la Salpêtrière ou les archers sur la route ?

—A… ché ! A… ché !

—Archers ?

L'enfant applaudit.

—Tata Mathilde…

—On va te la ramener.

Dès le lendemain de l'arrestation de Mathilde, Jean-Baptiste et Louis ont mis la famille dehors, malgré les protestations de Constance et de son mari, gardant leur maigre mobilier en dédommagement.

Démunie et vociférant sur le trottoir, Constance n'avait pas hésité ; elle s'était dirigée vers les mendiants toujours en faction.

—Je suis la tante de Mathilde. Je veux voir Hippolyte.

C'est ainsi qu'il avait appris la disparition de Mathilde. Le vieux Maulévrier, père de Mathilde et frère de Constance, venait de décéder, libérant son logis. Hippolyte l'a investi pour loger la famille, à condition que les parents travaillent. Maurice, l'oncle, a rejoint les mendiants de la place de Grève.

—Vous avez compris ? Camille a décidé, on va attaquer le convoi !

—Il faut savoir quand il part.

—Et surtout connaître le trajet, les étapes. Arriver avant eux, les attendre et les prendre par surprise. Les poursuivre serait plus risqué ; ils pourraient nous surprendre et seront davantage sur leur garde. À l'étape, ils se relâcheront.

—Bien vu ! Tu veux que je retourne voir le portier pour lui tirer des informations ?

—Non, Joseph. Je pense que mon palefrenier peut en savoir plus. Je lui ai rendu quelques services par le passé. Je lui demanderai aussi pour les chevaux ; à défaut, je passerai voir Eugénie. Tu vas t'occuper des armes. Il nous faut des pistolets et des mousquetons avec des munitions. Pense aussi au ravitaillement, nous devrons être discrets et éviter de nous montrer. Fais-toi aider ; nous serons tous les cinq, pas un de plus. Silence absolu. Il n'y a pas de temps à perdre.

Mathilde, ignorante des projets la concernant, s'apprête à passer sa deuxième journée de détenue. C'est le même rituel que la veille : la grosse clé dans la serrure, la porte qui claque contre le mur, l'homme qui libère la chaîne de l'anneau et la tire à l'extérieur. Il pleut, sa tunique de grosse toile colle à son corps, révélant ses formes. Le regard que pose l'homme sur elle ne lui laisse aucun doute. Il tire la chaîne pour la rapprocher, se colle à son corps et soulève sa tunique, la palpe. C'en est trop pour Mathilde, qui a subi les assauts de Louis pensant protéger les siens, pour se retrouver enfermée comme une des pires criminelles. Si elle doit mourir, que ce soit maintenant, elle ne subira plus les assauts d'un homme. Sa réaction est immédiate. Un violent coup dans les parties arrache un cri de douleur à l'homme, qui se plie en deux et lâche la chaîne. La pluie redouble de violence, le ciel est zébré par l'orage qui éclate, tous sont aux abris, la scène n'a pas de témoins. Debout, près de son geôlier, elle se rend compte de la gravité de son geste et de ses conséquences. De victime, elle devient coupable. La main qui cherche à l'attraper saisit sa longue chevelure et tire pour la faire tomber, elle panique. L'homme ne tient plus la chaîne, c'est elle qui l'a entre les mains. Sans réfléchir, elle lui en assène un coup ; il s'écroule, le sang coule. Paniquée, son instinct lui dicte de fuir avant que l'alerte ne soit donnée. À sa droite, la cour principale ; autour d'elle, les logements et ateliers, mais aussi les écuries et les étables. Elle fonce à l'écurie, espérant trouver refuge auprès des chevaux et se rapprocher de la sortie. L'orage qui gronde est le bienvenu pour protéger sa fuite et ne semble pas vouloir se calmer.

Les chevaux sont dans leur box, certains passent l'encolure au-dessus de leur portillon. Si leur présence lui est familière, elle ne s'est jamais retrouvée seule avec cet animal majestueux et non entravé. Nicolas lui a appris que traités avec douceur, ce sont de fidèles compagnons. Il lui a assuré qu'ils comprennent le langage humain s'il n'est pas agressif. Elle se dirige à pas comptés du plus proche, puis lève la main pour lui flatter l'encolure. Surpris, l'animal relève la tête et la dévisage de ses immenses yeux noirs et larmoyants.

—Tout doux, mon beau. J'ai besoin de ton aide. Tu veux bien me cacher ? Me protéger de mes poursuivants ?

Elle ignore s'il a compris, mais quand elle lève le loquet pour pénétrer dans le box, le cheval s'écarte. Elle s'enfouit dans le fourrage, derrière l'animal. La litière qui n'a pas été changée est rebutante. C'est aussi une protection : qui s'imaginerait qu'elle est blottie dans le crottin du cheval ?

Elle n'attend pas longtemps avant d'entendre les cris et le remue-ménage provoqués par la découverte du corps du geôlier.

Elle se signe « Mon Dieu, faites qu'il ne soit pas mort. Aidez-moi. »

Les cris et les ordres qui lui parviennent ne la renseignent pas. Elle saisit que toutes les prisonnières vont rester confinées dans leurs loges. Le bruit des bottes lui parvient de tous côtés, signe qu'ils ne savent pas quelle conduite tenir.

—Les écuries. Quelqu'un les a fouillées ? Non ? Qu'attendez-vous ?

Aussitôt, les bruits de pas se précisent, les ordres sont donnés, les archers mobilisés à sa recherche ont fait irruption. Elle écoute tremblante, le cœur battant, et s'enfonce davantage dans la litière. Elle entend les portillons s'ouvrir et se refermer, des chevaux hennir, des hommes proférer des jurons. Elle prie pour que son compagnon ne la trahisse pas. Des voix s'approchent :

—Elle n'est pas ici. Elle se serait glissée entre les pattes d'un cheval pour se cacher dans son fumier ? Je n'y crois pas.

—Moi non plus. Mais les ordres sont les ordres : vérifier tous les box.

—D'accord, mais on n'entre pas.

Avec nonchalance, son paisible gardien sort sa tête du box.

—Celui-ci est bien calme, on passe.

—On jette quand même un œil.

Des exclamations leur parviennent.

—Ça y est ! On la tient.

—J'avais raison ! Elle ne pouvait pas être ici.

Les archers partent en courant.

Mathilde ne le sait pas, mais la robe rouge qu'elle avait en horreur vient de lui sauver la vie. La femme qui la lui a confisquée, celle qui est « un peu dérangée », selon les dires de sa codétenue, s'est présentée ce matin à l'atelier vêtue de la robe, les cheveux ramassés dans une étole noire.

Les gardes, sous pression après avoir trouvé leur collègue assommé, ne se sont pas posé de questions en voyant de dos cette femme vêtue de la robe rouge. Ils l'ont maîtrisée sans ménagements et enfermée dans sa cellule.

Leur chef est satisfait ; il craignait le courroux du lieutenant de police absent pour la journée. À part le blessé, l'incident est clos, la rousse est sous les verrous. Impatient de voir la correction que le lieutenant va lui infliger à son retour et content de lui, le chef renvoie ses hommes à leurs postes.

Les minutes passent, mais Mathilde reste en alerte. Elle n'est plus recherchée, du moins pour l'instant. Avec précaution, elle se lève, secoue la paille de ses cheveux. Son odeur pestilentielle la signale à mille lieues ! Elle se lève et se glisse contre le flanc du cheval pour sortir avant l'arrivée des soignants.

—Merci, mon ami. Tu m'as sauvé la vie.

Une ombre se dessine au-dessus du portillon. Elle découvre le visage d'un homme qui l'observe, fronçant ses sourcils broussailleux. Dubitatif, il passe sa main dans ses rares cheveux blancs.

—La rousse ! Je croyais qu'il t'avait rattrapée ! Sacrée bonne femme !

Effrayée, elle recule dans le fond du box.

—N'aie pas peur. J'en connais un qui va être content. Je lui dois bien ça. Reste cachée là, je reviens.

Faire confiance ou pas ? Les paroles de l'homme sont ambiguës. Qui va être content ? Le lieutenant de police ? Qui d'autre ? L'homme ne lui a pas semblé malveillant, mais elle a trop appris de l'humanité pour se fier à lui. Pourtant, s'il avait voulu la dénoncer, il ne l'aurait pas laissée seule. Perdue pour perdue, épuisée, elle décide de l'attendre.

Le bruit des sabots qui martèlent le sol retentit sous la voûte de l'écurie. Elle replonge dans la litière du cheval et retient sa respiration. Ses poumons et ses yeux sont mis à mal par les vapeurs d'ammoniaque qui émanent de l'urine.

—Sors de là vite, j'ai quelque chose pour toi.

Hésitante, elle s'extrait du box et pousse un cri lorsque l'homme brandit une paire de ciseaux :

—Tais-toi, tu vas nous faire repérer.

Il remarque enfin son effroi devant les ciseaux.

—C'est ça qui te fait peur ? Pardon, je n'ai pas fait attention. Regarde ce que je t'amène. Va te changer et fais vite.

Il déballe sur le sol un uniforme. L'uniforme complet d'un archer. Il y a même les bottes.

—Et les ciseaux ?

—Tu ne vas pas être contente. C'est pour te couper les cheveux !

—Non !

— Tu crois que l'uniforme va suffire si tu te promènes avec cette tignasse rousse ?

Vaincue, elle se rend. Elle ne sait pas pourquoi, mais l'homme a bien l'air décidé à l'aider. Le temps presse, il taille dans sa belle chevelure. Il se détourne pour qu'elle s'habille.

— J'espère qu'il va t'aller. Tu as la chance d'avoir la taille fine et les hanches étroites. Dis-moi, la robe rouge, tu sais ce qu'elle est devenue ?

— C'est la gardienne qui me l'a prise, elle semblait aimer le rouge.

— Je comprends. Ils ont arrêté une femme qui la portait. Ils l'ont prise pour toi, et avec l'orage, ils n'ont pas dû la regarder de près et l'ont enfermée dans ta cellule en attendant le retour du lieutenant de police. Ça peut nous laisser du temps, mais restons méfiants.

— Pourquoi m'aidez-vous ?

— À cause d'Hippolyte, pardi !

— Qui lui a dit ?

— Je ne sais pas, mais il sait toujours ! Il est passé me voir hier pour se renseigner sur toi. Il ne m'a pas dit grand-chose, mais j'ai compris qu'il préparait une évasion. Aussi quand je t'ai vue, j'ai su qu'il fallait te sortir de là.

— Vous ne me connaissez pas. Vous risquez gros, je suis une prostituée condamnée au bannissement.

— Si Hippolyte te veut du bien, il a ses raisons qui ne me regardent pas. Tu vois, il était encore un jeune homme. Il ne me connaissait pas. J'étais poursuivi par des policiers, et crois-moi, ils n'hésitaient pas à tirer. J'arrivais dans un cul-de-sac, j'étais cuit. Ton ami se trouvait là par hasard, il n'a pas hésité, une charrette de foin attelée était sur le passage, il a effrayé le cheval, la charrette s'est renversée et il m'a entraîné dans un labyrinthe de ruelles. Je lui dois une fière chandelle, même si nos chemins se sont séparés depuis.

— Je comprends, je suis prête.

Il lui arrange les cheveux, rectifie sa tenue.

— Viens, on sort. Regarde, le portier est en pleine conversation, tu passes en baissant la tête. Je le connais, je lui ferai un signe, il n'y aura pas de problème.

Docile, elle le suit.

24

Évadée

Hippolyte se présente au portier qui le laisse passer sans formalités, et se mêle à la ruche des visiteurs, fournisseurs et personnels qui, chaque jour, entrent et sortent de l'hôpital. Il se dirige vers les écuries, où il espère trouver Georges, son ami palefrenier.

L'agitation sur la place est coutumière. Rien ne trahit l'incident du matin. Deux archers en pleine conversation le croisent sans se préoccuper de sa présence :

—Ça doit être une sacrée diablesse au lit !

—Si elle s'y prend comme elle l'a fait pour assommer son gardien, je préfère ne pas la mettre dans le mien !

—Tu y crois, toi, à cette histoire ? Elle l'aurait attaqué pour lui arracher sa chaîne des mains…

—Je ne sais pas, il est la risée de tous. Se faire attaquer par la rousse qui est frêle comme une brindille…

—Le lieutenant ne va pas le féliciter, c'est sûr !

—Bof ! On l'a arrêtée aussitôt. Elle ne doit pas être très futée, elle n'a même pas cherché à fuir.

—Comme tu dis ! Elle est retournée à l'atelier. Quelle gourde !

—Tant mieux pour nous. Imagine si elle s'était enfuie !

—Elle a tout gagné, elle n'est pas près de sortir de sa cellule.

Hippolyte, intrigué par les premiers mots, a suivi les deux compères pour les écouter. Il a hâte de trouver Georges pour en savoir plus sur ce qu'il vient d'entendre. Une tentative d'évasion ? Une rousse ? C'est forcément Mathilde.

Georges est introuvable, personne ne l'a vu. Hippolyte remarque deux charrettes en préparation, signe que le départ du convoi est imminent. Il est courroucé ; s'il ne connaît pas le trajet ni les étapes, son plan sera difficile à mettre en œuvre. Perdu dans ses réflexions, il n'avait pas entendu la dernière phrase échangée par les archers.

—On va la regarder par le judas.

Les cris qui s'élèvent le ramènent sur ses pas :

—Ce n'est pas elle ! Ce n'est pas la rousse !

—Va chercher le gardien, vite !

Le gardien se fraye un chemin à travers l'attroupement formé devant la loge qu'il ouvre avec la grosse clé.

—Sors de là !

Le brigadier qui a procédé à l'arrestation de la femme n'en mène pas large ; le lieutenant de police va passer sa fureur sur lui. La rousse s'est volatilisée.

Hippolyte saisit vite la situation pour une raison qu'il ignore. Mathilde a réussi à fausser compagnie à son gardien. Pourquoi la femme extraite sans ménagements de la cellule porte-t-elle la fameuse robe rouge ? Celle que ses hommes ont vue sur les épaules de Mathilde dans la charrette. Cela ne lui a pas porté chance. Et Mathilde, où est-elle passée ? L'abandon des recherches lui a laissé le temps de s'enfuir. Elle n'a pas pu sortir sans aide. Et Georges qui est introuvable… Les pièces du puzzle commencent à se mettre en place, c'est Georges qui l'a aidée. Il ignore comment il s'y est pris pour lui faire passer la porte, mais ça ne peut être que lui. Il doit les trouver vite ; archers et policiers sont déjà prêts pour lancer la chasse.

À la place de Georges, que ferait-il ? Il chercherait Hippolyte ! Il n'a pas d'autre piste.

L'évasion de Mathilde est un camouflet, et avec l'importance que donnait le lieutenant de police à cette prisonnière, ils ont intérêt à la trouver avant son retour.

Les forces de l'ordre envahissent les rues, interpellent, crient, pénètrent dans les échoppes, bousculent les passants. La rousse s'est volatilisée.

Prenant garde à ne pas attirer l'attention sur lui, Hippolyte se mêle avec nonchalance aux badauds et rejoint son quartier général. Les abords sont calmes, ses complices sont en mission, il balaye du regard la place de Grève, animée comme à l'accoutumée, quand il le voit. Georges, à côté du calvaire dressé au centre de la place, est en grande discussion avec une marchande ambulante ; Hippolyte s'approche de la charrette à bras de la femme, frôle Georges et continue son chemin. Georges lui emboîte le pas. Ils se rejoignent dans le logement d'Hippolyte.

—Tu sais où elle se trouve ?

—Dehors.

—Ici ? Mais, c'est un des premiers endroits où ils vont venir la chercher. Son père habitait à côté.

—Va voir.

Il sort pour rentrer aussitôt.

—On est fait ! Il y a un archer en surveillance.

Georges sort. L'archer se tient dans l'encadrement de la porte. Inquiet de la tournure des évènements, Hippolyte s'approche :

—On peut faire quelque…

Il ne finit pas sa phrase et regarde l'homme de plus près.

—Mathilde !

Elle se précipite pour se jeter dans ses bras en pleurant. Entre deux sanglots, elle lui raconte tout : le chantage de Louis, les viols, l'homosexualité de son mari, le contrat de mariage avec la clause de protection pour Camille et ses parents, la machination pour se débarrasser d'elle et de sa famille. Sans la concupiscence de son geôlier et la bravoure de Georges, elle serait en route vers le Havre de Grâce, pour un départ aux Amériques.

—Georges ? Où es-tu ?

Ils sortent à sa recherche. Georges s'est volatilisé.

—Je n'ai pas eu le temps de le remercier.

—Ne t'inquiète pas, nous le retrouverons. Il ne faut pas rester ici. Avec toi et Nicolas, la vie est mouvementée. Je n'ai pas le temps de m'ennuyer…

Les yeux pâles embués de larmes qui reflètent l'inquiétude et l'étonnement lui rappellent que Mathilde ignore tout des circonstances qui ont envoyé son amoureux au bagne. Il est temps de lui révéler la vérité. Elle l'écoute sans l'interrompre. Le choc est rude, mais avec tout ce qu'elle a encaissé depuis ce mariage maudit, elle s'est endurcie. Elle fait face :

—Je voulais croire qu'il avait renoncé à moi et que c'était mieux pour nous. Ça m'arrangeait, c'était plus simple et je voulais cacher ma honte. Il ne pouvait rien pour moi. Le bourreau n'a pas fini de nous poursuivre de sa haine.

—Avec Nicolas au loin, sa haine à son égard est sans effet. Il l'assouvit sur toi. Il ne te lâchera pas. On va te protéger.

—Je veux aller à Toulon pour me rapprocher de Nicolas !

—À quoi ça te servira ? Les bagnards sont tenus à l'écart. Les évasions sont quasi impossibles. J'ai envoyé deux hommes pour suivre la chaîne de forçats quand il est parti. Ils sont revenus sans avoir saisi d'opportunité de fuite. Arrivés sur place, enchaînés, surveillés, stigmatisés, les bagnards n'ont aucun moyen de s'échapper, à moins d'avoir de sérieuses complicités sur place et à l'extérieur.

—Justement, je pourrais l'aider, c'est ma faute s'il est au bagne.

—Tu divagues. J'ai quand même une bonne nouvelle, ta famille est ici. Ils occupent le logement laissé par ton père.

—Je me suis fait tant de souci pour eux ! Je peux les voir ? Voir Camille ?

—Il n'en est pas question ! Personne ne doit savoir que tu es venue ici. Camille commence à parler. Et ta tante… pour quelques sols, elle trahirait père et mère. Il ne faut pas t'attarder ici. C'est une bonne idée d'avoir sacrifié ta chevelure, et le bicorne cache le reste. Viens, partons.

*

En le voyant arriver accompagné d'un archer, Eugénie n'en croit pas ses yeux. Son ami s'acoquine avec la maréchaussée ? Ou bien est-il sous le coup d'une arrestation ? Elle les laisse s'installer à une table et observe la connivence entre les deux hommes. Détachée, elle s'approche pour les servir :

—Ces beaux messieurs voudront boire mon guinguet ? Ou déguster une volaille bien dorée ?

—Le guinguet nous suffira, merci.

—Je vous amène ça.

Au regard appuyé d'Hippolyte, elle n'a pas de doute, il y a un problème. Elle se presse pour les servir.

—Voilà, messieurs. Vous souhaitiez prendre une diligence ?

—Il se pourrait.

—Vous pourrez avancer au relais. Je sers la table à côté et je vous rejoins.

—Nous terminons notre pichet, et on y va.

À peine un quart d'heure plus tard, ils se retrouvent au relais. Eugénie les entraîne dans l'écurie déserte, où Hippolyte lui narre les mésaventures de Mathilde.

—Je trouvais cet archer bien fluet. L'idée du déguisement est bonne, mais celui-ci devient trop voyant. Je vais te trouver autre chose. Et si je te donnais les hardes laissées par Nicolas ?

Mathilde s'enthousiasme :

—Oh, oui ! C'est un peu de lui.

—Même si elles sont grandes pour toi, elles cacheront mieux tes attraits féminins. Comme tu es menue, on te prendra pour un garnement. Tu vas raser toute cette chevelure, tu te couvriras la tête, et si on t'interroge, tu répondras que tu as la teigne. Ça fera fuir les curieux, et il est préférable que tu te tiennes à l'écart. Je peux te garder quelques jours, tu resteras à l'écurie pour nettoyer les litières. D'ailleurs, tu ferais bien de te laver un peu, tu as encore l'odeur du purin de cheval !

—Je sais. Merci pour vos bonnes paroles et votre aide. Je ne vais pas rester longtemps chez vous.

—Certes, c'est dangereux pour nous tous. Dites-moi ce que je peux faire.

—Cette tête de mule veut aller à Toulon pour sauver Nicolas !

—Aussi têtus l'un que l'autre !

—Si c'est pour rester cachée ma vie durant dans une écurie, je ne vais pas demeurer à Paris. Le temps s'est arrêté il y a un an, quand je me suis mariée ; ce qui m'attend ne peut pas être pire. Je dois prendre mon destin en main, vous êtes bien d'accord que je ne peux pas rester à Paris. Si vous voulez m'aider, aidez-moi à aller à Toulon.

Butée, les bras croisés, elle les jauge de son regard pâle. Hippolyte se gratte la tête pendant qu'Eugénie triture toujours le torchon accroché à sa taille, signe de grande réflexion.

—Et comment comptes-tu aller à Toulon ?

Mathilde, prise au dépourvu, hésite :

—Ici, c'est un relais de poste ? Il y a bien des carrioles, des carrosses pour les voyageurs ?

—Tu veux dire une diligence ?

—C'est ça ! Je vais faire le voyage en diligence, déguisée en garçon, et aux étapes, je dormirai dans les écuries.

—Pas de problème ! Le prochain départ est dans quinze jours. Il y a environ deux cents lieues à parcourir, à raison de moins de vingt lieues par jour, ce qui fait une petite vingtaine de jours pour atteindre Toulon.

—Tant que ça ?

—Oui, à treize sous la lieue, tu en as pour... attends, je compte..., voilà deux mille six cents sols.

Mathilde est atterrée. Hippolyte ne dit mot :

—Il n'y a pas d'autres moyens ? Une charrette de marchandises ? À pied ? Nicolas l'a bien fait...

—Pourquoi pas ? Mais là, je ne suis pas certaine que tu arrives à destination.

—Tant pis, je prends le risque...

Hippolyte intervient dans l'échange.

—Un cheval ?

—J'y pensais, mais Mathilde ne monte pas à cheval.

—Moi, si.

Les deux femmes l'interrogent du regard.

—Si tu dois partir, je dis bien si tu dois partir, tu crois que je te laisserai seule sur les routes ?

—Hippolyte, sois sérieux, tu ne peux pas quitter la capitale comme ça. Beaucoup trop de gens dépendent de toi.

—Ça s'organise, je peux transmettre à un de mes lieutenants. J'en ai qui sont prêts à prendre la relève. J'y pensais depuis quelque temps. Je deviens trop connu, et le besoin de faire autre chose, de voir du pays me titille. T'accompagner peut être l'occasion à ne pas rater.

Les yeux de Mathilde brillent :

—Hippolyte, ce serait merveilleux, mais je ne pourrais jamais te remercier.

—Si, en étant libre et heureuse.

La gorge nouée par l'émotion, elle est incapable de parler. Eugénie essuie une larme aux coins des yeux.

—Bon, ce point est réglé. Je t'accompagne. Il reste un problème : je ne sais pas si tu vas être d'accord et si Eugénie peut faire quelque chose.

—Dis toujours.

—Deux mille six cents sols, c'est beaucoup trop pour moi. En partant, je ne peux pas me servir dans la cassette commune. Ma bourse n'est pas assez garnie. Eugénie, peux-tu me louer un cheval ? Un cheval qui peut nous porter tous les deux aussi loin ? À quel prix ?

—Le tarif du relais est de quarante-trois sols pour quarante jours.

—C'est abordable.

—Oui, mais les chevaux ne m'appartiennent pas et tu devras le ramener. Si c'est votre idée, il vous faut un animal robuste ; un fermier de ma connaissance peut m'en fournir un. Je m'en charge, à condition que ce soit à mes frais.

—Je ne peux pas accepter…

—Écoute, Hippolyte, je te dois plus que ça. Et puis, ces deux amoureux me ramènent à mes jeunes années. Je leur demande d'être heureux pour moi.

Mathilde est tourmentée, ces deux êtres qui ne sont pas de sa famille sont prêts à se mettre en danger et à se démunir pour elle. Elle n'a pas le droit d'accepter.

—Vous êtes extraordinaires tous les deux, mais je ne suis pas d'accord. Vous avez déjà fait beaucoup trop.

—Tut ! Tut ! Ma belle, on ne te demande pas ton avis ! N'est-ce pas, Hippolyte ?

—Oui, mais je veux pouvoir participer aux frais du cheval. Quoi qu'il advienne, je suis ton débiteur. Je vous laisse pour préparer notre départ, il n'y a pas de temps à perdre. Nous partons aux aurores. Mathilde, tu devras être prête.

—Je m'occupe de son trousseau. Va te reposer, ma fille, je te porterai de la nourriture plus tard. Tu as eu une dure journée.

Mathilde déboutonne sa tunique et dégrafe sa culotte, libérant la lourde chaîne de sa captivité.

—Si vous pouviez me débarrasser de ça…

—Je te trouvais une drôle d'allure ! Hippolyte, tu peux t'en charger ? Il y a du matériel dans l'atelier de ferronnerie.

Appuyée sur l'enclume et maintenue par les bras puissants d'Eugénie, Mathilde, tremblante, attend sa délivrance. En trois coups de masse, Hippolyte brise l'anneau, suivi du bruit métallique du lourd métal qui heurte le sol.

—Merci, mes amis. Les dernières chaînes qui me liaient au passé viennent de tomber.

Submergée par l'émotion, elle laisse enfin couler les larmes libératrices dans les bras d'Eugénie. Calmée, elle rejoint la couche où Nicolas a dormi avant elle.

25

Hôpital

Avril 1771

Il aperçoit les contours féminins d'une silhouette blanche qui se penche sur lui à contre-jour, sa tête est douloureuse. Il murmure :

—Mathilde ?

—Je suis sœur Agathe, tu es à l'hôpital.

Il cherche à se soulever, son épaule douloureuse lui arrache un cri.

—J'ai quelque chose de cassé ?

Il touche son crâne bandé.

—Ma tête… j'ai mal.

—Reste tranquille. Tu as une vilaine blessure à la tête, ton épaule s'est déboîtée, avec peut-être une déchirure musculaire. J'ai compris que tu as eu beaucoup de chance.

—Octave, vous savez où il est ?

—Ton accouplé ? Regarde à côté.

Elle s'écarte, dévoilant un lit où repose un corps qui lui semble minuscule. Lui aussi a la tête bandée, son pansement est maculé de sang.

—Octave ! C'est grave ?

—Il est vieux et était déjà très affaibli, il a une vilaine blessure à la tête et une cheville foulée. Il ne réagit pas bien.

—C'est ma faute, je l'ai poussé. Je ne croyais pas l'avoir fait tomber.

—Les gardes disent qu'il l'a fait volontairement.

Surpris, Nicolas ne fait pas de commentaires.

—Il va s'en remettre ?

—Je ne sais pas. Avec sa faible constitution, il lui faudrait des soins qu'il n'aura pas ici. Toi, tu es jeune et costaud, tu vas t'en sortir. Les médecins ne viennent pas souvent visiter les forçats. Je te conseille de rester en sommeil le plus longtemps possible, pour reprendre des forces avant d'être renvoyé au bagne.

—Merci, madame.

—Ma sœur. Je repasserai te voir, repose-toi.

Seul, il s'appuie sur son bras valide et se soulève. Sur deux rangées, une dizaine de lits alignés sont occupés par des blessés ou malades, mal en point pour la plupart. L'insalubrité ne le choque pas, c'est la norme. Il est plus impressionné par ces hommes qui lui semblent en fin de vie, et Octave, qui gît, diaphane. Il l'appelle, mais il ne réagit pas.

Toute la nuit, il le surveille, scrute ses réactions, crie son nom. Enchaîné à son lit, il ne peut pas lui venir en aide. Quand son ami commence à râler, ses appels au secours restent sans réponse.

Au petit matin, les sœurs hospitalières font leur tournée ; Agathe n'est pas parmi elles. Trois détenus, dont Octave, n'ont pas passé la nuit. Sous la direction des sœurs, les corps sont évacués par des servants, des forçats affectés à l'hôpital. Nicolas n'a pas besoin de faire semblant ; dévasté, il n'ouvre pas les yeux.

Les jours suivants, il reste léthargique. Par ses soins et ses paroles, Agathe l'oblige à se nourrir et le ramène à la vie.

—On ne va pas pouvoir te garder plus longtemps. Je suis désolée, je dois libérer la place.

—Je suis prêt.

Agathe, une femme toute en rondeur, s'est attachée à ce jeune garçon. Elle réprouve la façon dont sont traités les bagnards. Quels que soient leurs péchés, ce sont des créatures du Seigneur, et les quelques jours passés près de Nicolas ne l'ont pas trompée. Elle a perçu sa fragilité, son attachement à son accouplé décédé près de lui. Elle a entendu parler de l'acte de bravoure qui l'a conduit à l'hôpital.

—Tu as envie de retourner à la chiourme, enchaîné et soumis aux travaux de grande fatigue ?

—Non. Mais je n'ai pas le choix.

—Y a-t-il des choses que tu saches faire ?

—Je ne sais pas. J'ai été tailleur. J'aime les chevaux. Je viens de découvrir les bateaux. Je ne vois rien de particulier.

—Tu es sûr ? Cherche bien.

—Enfin si, mais en arrivant, le chef s'est moqué de moi en me disant que ça ne me servirait à rien.

—Quoi donc ?

—Je sais lire et écrire, même compter.

—L'imbécile ! Oh, pardon Seigneur… La voilà ta chance !

—Ma chance ?

—Nigaud ! La grande majorité des forçats, des gardes et même des gradés sont illettrés, incapables de comprendre la moindre note écrite ni de transcrire quoi que ce soit. C'est dramatique, les ordres et les consignes se transmettent par oral, sont déformés, oubliés. Savoir déchiffrer un texte est inestimable. J'ignore ce qui t'a conduit ici, mais tu n'as pas l'air mauvais. Je pense pouvoir te faire confiance. Si tu veux, je peux te faire embaucher à l'hôpital.

—À l'hôpital ?

—Oui, sauf si tu préfères être le paillot pour tes collègues et rester avec eux.

—Le paillot ?

—Tu te charges d'écrire et de lire leur correspondance, ce qui te donne un fort ascendant sur tes congénères.

Ils dépendent de toi, tu connais tous leurs secrets. Le paillot assiste aussi le garde-chiourme à l'appel ou remplace les agents administratifs. En fait, si le paillot leur rend service, les forçats ne l'aiment pas trop et s'en méfient.

—Bien sûr, et je suppose qu'il partage les corvées.

—C'est ça. À l'hôpital, les servants sont mieux protégés, ils nous aident aux soins, aux repas, au ménage, et les rares lettrés, comme toi, peuvent accéder à la pharmacie, au laboratoire. Crois-moi, c'est ta chance ! Les candidats sont rares.

—Je travaillerais avec vous ?

—En partie, oui. Tu échapperais aux corvées pour travailler à l'abri.

—Et retourner au bagne le soir ?

—Évidemment, mais tu n'es plus accouplé, tu travailles à l'extérieur et tu peux te faire un peu d'argent avec les citoyens de Toulon qui viennent se faire soigner. Tu peux aussi te servir de ton métier de tailleur en proposant de menus travaux. Quand tu sortiras, avoir un pécule t'aidera. Je peux te le cacher. Qu'en penses-tu ?

—Si Octave ne m'avait pas quitté, j'aurais refusé. Maintenant, je n'ai pas besoin de réfléchir, c'est oui. Pourquoi faites-vous cela pour moi ?

—Je lis dans ton regard que tu as le cœur pur. Servante du Christ, je suis sa voie. Il guide mes pas et me dit ce qu'il y a de bon en toi. Je fais le nécessaire pour que tu viennes travailler à l'hôpital.

Ému, Nicolas lui embrasse les mains. Il ne décevra pas cette femme, mais s'il peut s'évader, il le fera. Il est persuadé que le destin l'a mise sur son chemin.

Nicolas retrouve ses pairs. Il est enchaîné avec un nouveau forçat. Un ancien qui ne lui fait pas de cadeau et lui vole sa pitance. Il retourne travailler sur *Le Roland.* Ce navire qui le faisait rêver, mais qu'il a en horreur depuis qu'Octave est mort. Il est harcelé par certains bagnards qui n'apprécient pas qu'il se distingue et ne ratent pas une occasion de s'en prendre à lui. Il a eu le tort de se mettre en avant en voulant ralentir le balancement du mât. Ses gardiens ne sont pas en reste ; ils n'aiment pas non plus ceux qui se mettent en avant. Les jours passent, Agathe a dû l'oublier.

Quand le chef qui l'a reçu à son arrivée le convoque, il n'en mène pas large et se demande ce qu'il a pu faire, persuadé d'écoper d'un châtiment.

L'homme le reçoit, debout.

—Alors, tu ne peux pas t'empêcher de te faire remarquer ?

Il tourne autour de lui, fouette ses mollets.

—Tu ne dis rien ?

Qu'il réponde ou pas ne changera rien à l'affaire. Il attend.

—Je ne sais pas ce que tu leur as fait, aux bonnes sœurs, elles ne peuvent pas se passer de toi.

Sa respiration s'accélère, son pouls bat plus fort. Ne croyant plus à sa bonne étoile, il craint le pire. L'homme enchaîne :

—N'imagine pas que tu m'échappes, tu ne vas pas te la couler douce. Je te veux à l'appel tous les soirs. Au moindre problème, tu retournes au chantier. S'il n'y avait eu que moi, tu n'y serais pas allé. C'est mauvais de créer des précédents ; t'es juste arrivé, condamné à six ans ! Dès demain, tu pars avec les servants. Allez, dégage !

Un coup de baguette magique vient de le libérer d'un poids. Il va travailler à l'hôpital ! À l'extérieur ! Sa tête tourne. Il envisage toutes les possibilités qui s'offrent à lui ; son évasion est à portée de main. Dans la journée, il échappera aux coups et aux punitions. À lui de se faire oublier pour ne prendre aucun risque.

Son nouvel accouplé le presse de questions :

—Il te voulait quoi ? T'as encore fait des conneries ?

—Mais non. Un geôlier s'est plaint, je n'aurais pas baissé la tête devant lui.

—Tu vas avoir le fouet ? On aura du spectacle.

— Je ne sais pas.

L'homme est secoué par un rire gras, content de lui et de la perspective de voir Nicolas mis au supplice de la corde à nœuds.

*

— Te voilà enfin ! J'ai cru qu'ils n'arriveraient pas à te lâcher.

— Bonjour, ma sœur. Je ne sais comment vous remercier.

— Ne me déçois pas et appelle-moi sœur Agathe, ça suffira.

— Je vous suis dévoué.

— Suis-moi, je t'emmène dans un pavillon réservé aux civils. Nous avons plusieurs cas de dysenterie. Veille à te laver les mains le plus souvent possible, pour éviter la propagation.

Ils pénètrent dans une longue salle qui ressemble beaucoup à celle où il a séjourné. Les lits, alignés de chaque côté, sont éclairés par des lucarnes si hautes qu'on ne peut les ouvrir qu'avec des chaînes, cassées pour la plupart. Cette pièce ne doit jamais être aérée, l'odeur est pestilentielle. Les malades se vident et ne parviennent pas jusqu'au seau d'aisance, ils défèquent en chemin ou dans leur lit pour les plus faibles. Le sol, jonché de hardes tachées, est souillé et glissant. Les malades fiévreux râlent et réclament à boire. Les sœurs hospitalières courent de l'un à l'autre, incapables de satisfaire tous les besoins. Agathe, qui est la cheffe de cette fourmilière, lui explique :

— Tu vois le problème : trop de malades, pas assez de sœurs et de servants pour les aider. Entre les soins aux malades et le nettoyage, nous sommes obligés de choisir. Depuis longtemps, j'ai pu vérifier que si nous lavons le sol, les linges et le matériel, les miasmes et les humeurs disparaissent plus vite et ne circulent pas. Ici, personne n'écoute ; changer les vieilles habitudes est insurmontable. J'insiste ; tu te laves les mains souvent et tu ne les portes pas à ton visage. Même si leurs propriétaires ne sont pas d'accord, les vêtements souillés sont brûlés. Tu les mettras à l'extérieur, un autre servant te fera voir.

Abasourdi par ce débit, même s'il ne s'attendait pas à ce travail, Nicolas ne peut pas détourner son regard de ces culottes, chemises et paletots éparpillés. Agathe se méprend :

—Ne t'inquiète pas, il y a des jours plus simples, et comme je te l'ai dit, tu seras aussi utile à la pharmacie.

—Je ne suis pas inquiet. Seulement… surpris.

Il est plus que surpris. Tous ces trésors à sa disposition ! Des vêtements civils, un rêve de forçat ! Sans eux, l'évasion est impossible. Peu importe qu'ils soient sales, sentent mauvais, transmettent la maladie, il va trouver le moyen d'en dissimuler.

Un sentiment de culpabilité s'installe. Son travail n'est pas commencé qu'il pense déjà à trahir la confiance de sœur Agathe ; celle à qui il vient d'affirmer qu'il lui est dévoué, qu'il ne la décevra pas.

Il n'en est pas fier, mais c'est sa vie qui est en jeu, rien ne l'arrêtera. Si Octave ne l'avait pas quitté, il aurait cherché un plan pour tous les deux.

Il ne connaîtra jamais l'histoire de son ami, qui a dû être riche en péripéties. Il réussira son évasion en mémoire d'Octave.

26

Secrétaire

Ce premier jour, il exécute les ordres et observe. Il a pris son repas entre les murs de l'hôpital et les bénéfices se font déjà sentir ; les crampes d'estomac dues à la faim s'atténuent. L'heure venue, un gardien le ramène dans l'enceinte du bagne avec deux autres forçats qui sont en fin de peine. Ils ne se sont pas croisés de la journée. L'un d'eux l'interpelle :

— Tu m'as l'air bien jeune pour travailler à l'hôpital !

Nicolas est sur la défensive, il y a de l'agressivité dans son ton. S'il ne répond pas, le gars ne va pas apprécier. Il hésite et choisit de jouer le naïf.

— On m'a pas demandé mon avis. Pourquoi ?

— Tu demandes pourquoi ? L'hôpital est un travail de petite fatigue. On n'y va pas avant d'avoir fait la grande fatigue, au minimum trois ans ! T'es un jeunot, viens pas me dire que t'es au bagne depuis longtemps.

— Je sais pas…

— Oh si, tu dois savoir ! T'es le mignon d'un gradé ? Ou tu espionnes ?

— Non, je ne sais pas… j'ai été blessé. Sœur Agathe m'a soigné et fait venir à l'hôpital.

Le détenu qui ferme la marche n'avait encore rien dit, il se mêle à la conversation.

— C'est pas toi qu'aurais maîtrisé le mât sur *Le Roland* ?

— Oui.

— Oui quoi ?

— Oui, c'est moi.

Il ignore s'il a donné la bonne réponse. Les deux gars se plongent dans un silence méditatif.

Le geôlier les a regroupés au fond du dortoir, ils sont enchaînés au banc de bois pour la nuit. Dans la journée, ils ne sont pas entravés avec un autre, seule la grosse chaîne qui relie leurs chevilles les handicape. Dorénavant, isolés des forçats qui partent chaque matin pour les corvées, ils feront ensemble le trajet aller-retour pour l'hôpital. Ils prennent leur repas sur le lieu de travail, et ont peu de contact le soir avec le reste de la chiourme.

Ce qui exacerbe les jalousies. Avec une kyrielle de quolibets, insultes et provocations à son encontre, Nicolas fait profil bas et considère qu'il ne s'en sort pas trop mal. La méfiance des deux servants qui l'accompagnent tous les jours s'estompe peu à peu.

Il n'a toujours pas de plan d'évasion, mais sa réflexion progresse. Collecter les vêtements en est la première étape. Tous les jours, il ramasse ceux qui sont souillés, et grâce aux idées innovantes de sœur Agathe, ils disparaissent de la circulation. Il les remet au forçat chargé de les détruire. Étonné qu'il n'ait pas la même idée que lui, il l'a surveillé.

L'homme les entasse pêle-mêle dans une cellule désaffectée qui n'est même pas close, il est vrai que l'odeur nauséabonde qui en sort rebute les plus aguerris. Quand il y en a trop, il les met dans une brouette et va les brûler loin des bâtiments, près du mur d'enclos, masqué par des broussailles envahissantes. En l'observant, Nicolas a décelé qu'il n'a pas tous ses esprits, et la première fois qu'il a offert ses services, l'homme ne s'en est pas étonné. Depuis, Nicolas l'assiste dès qu'il le peut.

En soustrayant des hardes du feu, il pourrait les dissimuler sous les ronces, il en cachera plusieurs. À cet endroit, les pierres du mur sont disjointes et le printemps va bientôt réveiller la végétation qui lui fera un écran de verdure. C'est un début, mais quand il y réfléchit, la liste des points incontournables pour mener à bien sa fuite s'allonge sans cesse :

Choisir les habits, mélanger les propres avec les souillés.

Assurer la cachette de ses larcins.

Sauter le mur ne doit pas être difficile avec les pierres disjointes qui feront marchepieds, mais qu'y a-t-il derrière ? Et ses chaînes ? Il ne fera pas deux mètres sans être repéré.

Constituer le pécule indispensable à sa fuite. Quant à d'éventuels complices, inutile d'y penser.

La liste est trop longue. C'est un vrai casse-tête, la réussite de son évasion demande une préparation sans faille. Il risque d'arriver au bout de sa peine sans avoir rien tenté ! Qu'est devenu le jeune homme qui fonçait tête baissée quand il fallait sauver sa belle ? Sans prise de risques, son projet va rester à l'état de chimère.

Pour les vêtements, il a la solution ; pour le reste, il va passer à la vitesse supérieure. Il est temps que sœur Agathe lui confie d'autres tâches et qu'il travaille à l'extérieur du bagne.

L'occasion lui en est donnée par un pur hasard. Il assiste sœur Agathe auprès d'un pauvre hère, rongé par une fièvre qui ne baisse pas. L'homme délire. Nicolas lui rafraîchit le front avec un linge mouillé. Agathe lui tâte le pouls, soulève ses paupières.

—Il ne passera pas la journée.

Nicolas n'en est pas à son premier mourant, il essaie d'apaiser leurs derniers instants. Il va s'écarter pour suivre la sœur, quand l'homme accroche sa culotte et le retient. Dans un râle, il souffle :

—Ma femme… Écrire… Ma femme…

—Tu veux écrire ?

—Toi… écrire… pour moi.

Nicolas interroge Agathe du regard.

—Si tu t'en sens capable, fais-le. Ça lui fera pas de mal.

Nicolas va chercher une écritoire. Il s'assied à côté du mourant, et commence à transcrire sa prose. Les mots sortent hachés, décousus, incohérents. Nicolas écoute et brode, il écrit ses propres mots. La lettre, qui était destinée à une épouse inconnue et sans doute illettrée, se transforme et devient une déclaration d'amour passionnée pour Mathilde.

Il n'a pas vu l'homme en blouse blanche qui s'est posté derrière lui pour lire par-dessus son épaule. Il s'exclame :

—Nous avons un lettré !

—Pardon, monsieur. Sœur Agathe m'a autorisé à prendre la plume pour ce mourant.

—Je vois. Tu as une belle plume. Lis-tu aussi bien que tu écris ?

—Je l'ignore…

—L'un ne va pas sans l'autre. Tu me dis que sœur Agathe est responsable de toi ? Où est-elle ? Je ne l'ai pas croisée en arrivant.

—Elle a dû sortir quelques instants. Elle ne va pas tarder, nous avons encore beaucoup de soins à donner.

—Hum… je vais la chercher. Continue ton travail d'écriture, mais ça m'étonnerait que la pauvre femme à qui ta lettre est destinée y comprenne quelque chose.

Nicolas ne sait pas si l'homme est courroucé, c'est la première fois qu'il le rencontre.

Sans doute un médecin. La peur d'être chassé met fin à son inspiration, il n'est pas à l'hôpital pour faire des écritures. Agathe ne revient pas, son malaise s'amplifie.

Rouge et essoufflée d'avoir marché vite, il l'aperçoit qui vient vers lui :

—Veinard ! Si c'est pas le bon Dieu qui veille sur toi, c'est le Malin ! Ou bien il a exaucé mes prières !

Devant l'air ahuri de son protégé, elle l'entraîne dans son bureau, ferme la porte et l'invite à s'asseoir.

—Tu as croisé le docteur Dumoulin.

—L'homme qui vous cherchait ?

—Oui, il est désolé. Un grave accident le prive du secrétaire de son cabinet de ville. Entre l'hôpital et les patients de son cabinet, il ne s'en sort pas. Il voulait me demander de l'aide.

Les yeux de Nicolas s'animent, son cerveau s'emballe, ses mains sont moites. Se pourrait-il que…

—Je ne te cache pas que l'idée de prendre un forçat ne l'enchantait guère. Mais une personne disponible qui sache lire et écrire, ça ne se trouve pas sous le sabot d'un cheval ! Surtout dans l'urgence. Il t'a observé près du mourant, ton écoute et tes gestes empreints de douceur l'ont interpellé. Quand il a compris et vu ce que tu faisais, avec la qualité de tes écrits, il s'est dit « Pourquoi pas ? »

Nicolas est ferré comme une carpe au bout du crochet. Il ne frétille pas encore, mais ça ne devrait plus tarder.

—Et ?

—Et ? Grand nigaud… et, il est venu me voir. Quand je lui ai dit que tu connaissais aussi les chiffres, il a tout voulu savoir de toi. Je n'ai pu lui dire que ce que j'en sais.

—À savoir ?

—J'ai parlé de ton attitude dans le service. Je peux compter sur toi, tu sais prendre de bonnes initiatives, tu es agréable à vivre. Un peu trop dynamique parfois pour mes rondeurs, mais qui s'en plaindrait ? Je ne te cache pas que si ce n'était pour ton bien, je refuserais à me séparer de toi.

—Il me prend dans son cabinet ?

—Tout doux ! Il veut te mettre à l'épreuve, mais je ne doute pas que tu fasses l'affaire. Nous avons convenu de nous partager tes services. Le matin à l'hôpital avec moi, et après le repas chez lui jusqu'à l'heure de retour au bagne.

Nicolas est soulagé, car il a encore besoin d'œuvrer au sein de l'hôpital pour trouver les costumes indispensables à sa fuite, à moins de trouver un autre plan.

—Sœur Agathe, vous êtes ma bienfaitrice. Je ne pourrais jamais vous remercier.

—Remercie-le plus tôt Lui, là-haut. Il sait lire dans ton cœur, l'heure de sa mansuétude que tu as dû mériter est venue. N'oublie jamais, le Seigneur n'inflige pas d'épreuves que l'homme ne saurait surmonter. Elles sont là pour nous rapprocher de lui, nous faire grandir.

S'il baisse la tête en signe de contrition, il se demande ce qu'il a bien pu faire pour cumuler tant d'injustices. Il est bien d'accord sur un point : il faut que ça change ! Son mal-être vis-à-vis de sœur Agathe monte d'un cran. C'est une belle personne. Il la respecte et l'affectionne, mais c'est inéluctable, il la trahira pour s'enfuir.

Tel le scorpion dont la nature est de piquer, la nature de celui qui est privé de liberté est de la retrouver. Il chasse le sentiment de culpabilité qui le met mal à l'aise.

—Il y a quelqu'un d'autre que tu peux remercier.

—Dites-moi ?

—Celui qui t'a éduqué. Ton père ?

—Pas mon père, mais mon maître tailleur, le meilleur des hommes.

Son menton tremble, l'émotion lui noue la gorge, ses grands yeux noirs s'embuent. Il reprend :

—Il est mort… paix à son âme. Il a eu la chance de ne pas connaître les méfaits de son fils…

—J'ignore ce qu'a fait ce fils, mais où il est, il sait et veille sur toi.

Un court silence s'installe, rompu par Agathe qui aborde les modalités de l'accord passé avec le docteur Dumoulin.

—Revenons à nos moutons. Tu as compris que tu gagnes en liberté ; tu vas circuler dans les rues, c'est un gage de confiance. Au début, un geôlier t'accompagnera. Ce ne sera pas long, tu n'es pas le seul à devoir circuler. Mettre un gardien pour chaque forçat qui travaille hors du bagne n'est pas possible.

—Avec mes chaînes et ma tenue de bagnard, je ne peux pas aller loin !

—T'inquiète pas, au bout de quelques jours tu iras seul. Dès que j'aurai trouvé un remplaçant qui me conviendra, si Dumoulin est satisfait de toi, tu ne travailleras plus que pour lui.

Songeur, il intègre tout ce qu'implique ce nouveau statut et se garde bien de manifester trop d'enthousiasme.

—Vous croyez que je serais à la hauteur ? Chez un médecin ? Je ne connais rien au monde. Et sa famille ? Je la verrai ?

—Ne sois pas inquiet. Le docteur est marié, sa femme est fragile ; souvent alitée, elle sort peu. Sa fille lui sert de dame de compagnie. Je ne pense pas que tu les croises. Tu seras amené à voir sa clientèle. Celle qui se déplace à son cabinet n'est guère plus fortunée que tu as pu l'être, et tu seras surtout occupé par les écritures et les comptes. Crois-moi, dès qu'il aura vu ce que tu sais faire, tu ne t'ennuieras pas.

—J'espère ne pas vous décevoir et lui convenir.

—Tu ne peux que lui convenir. C'est un brave homme, mais comme tous ceux qui gagnent bien leur vie, il regarde aussi son portefeuille. Il sait bien que tu vas travailler autant, sinon plus, qu'un employé libre. Mais tu n'es pas libre. Un forçat, ça coûte moins cher.

—Il va me payer ?

—Tu vois, tu t'en étonnes. Après tout, tu es logé, nourri et blanchi par l'administration pénale.

—Je vais avoir un salaire…

—Rappelle-toi, je t'ai suggéré de faire des petits travaux pour avoir un pécule quand tu sortiras. Si tu te débrouilles bien, tu partiras avec assez d'argent pour t'en sortir au début. Je ne doute pas que tu bénéficies d'une remise de peine.

—Dans trois ans. D'ici là…

—Trois ans, c'est court. Si tout va bien, tu pourras même rester chez le docteur !

—Vous y allez un peu vite, ma sœur.

—Tu as raison. Fini les bavardages, on nous attend. Tu commences dès demain chez Dumoulin.

27

Sur la route

Octobre 1771

Le jour se lève à peine. Une lourde charrette tirée par un cheval s'engage sur la route qui mène à Provins, pour rejoindre Brie, à sept lieues de Paris. Le charretier, juché sur son chargement de foin, guide l'animal à travers les ornières creusées par les pluies abondantes de ces derniers jours. Il parcourt quelques lieues avant de s'arrêter à l'entrée d'un champ, et descend pour se soulager. Il vérifie l'attelage, fait quelques pas sur le chemin, s'assure que la voie est libre.

—C'est bon, tu peux te montrer.

Le tas de foin s'anime, une main émerge, agrippe la ridelle, un jeune homme alerte s'extrait et saute de la charrette avec un rire cristallin. Mathilde est de retour.

—Écoute, ma belle, ou plutôt mon beau, il va falloir être plus discret. Je te rappelle que tu ne dois pas attirer l'attention. On est bien d'accord ? Tu es muet.

—Oui, mais j'avais besoin de libérer la boule que j'ai dans la gorge. Maintenant, ça va aller, je te promets. C'est trop important pour moi. Je dois arriver à Toulon coûte que coûte.

—Bien. On s'est assez éloignés de Paris, tu ne risques plus rien, mais pour notre sécurité à tous les deux, personne ne doit se douter que tu es une femme. Tu vas me noircir ce minois.

—Un peu de boue fera l'affaire. Où sommes-nous ?

—À quelques lieues de Paris. On passera la nuit à Brie, dans un relais de poste chez un cousin d'Eugénie, il nous indiquera les étapes où s'arrêter.

—On va garder la charrette ?

—Au moins au début. Le foin va vite pourrir, on avisera ensuite.

—Il faudra que le cheval se repose.

—Sinon on le changera. Monte dans la charrette, on y va.

Ils traversent le bourg de Brie. Comme le leur a expliqué Eugénie, ils trouvent le relais de poste à la sortie de la ville, sur leur droite. Il n'est pas très grand, la cour est animée, envahie de carrosses et de chevaux avec leurs cochers qui s'affairent autour. Leur chargement de foin est encombrant ; Hippolyte choisit de ne pas pénétrer dans la cour. Mathilde, qui est devenue Mathieu, surveille leur attelage pendant que son compagnon s'enquiert de Gaétan, le tenancier du lieu, lui aussi cousin d'Eugénie.

Elle leur a remis un médaillon ayant appartenu à sa mère, la sœur de son cousin Gaétan, pour preuve de reconnaissance.

—Eugénie ! La plus belle de mes cousines ! C'est bien le même médaillon que celui que porte ma mère. Mais qui me prouve que tu ne lui as pas volé ?

—T'as raison. Mais comment saurais-je que tu es son cousin ?

—C'est juste. Si elle t'envoie à moi, c'est qu'elle a confiance. T'es en fuite ?

—Je dois rejoindre Toulon, un de mes fils a besoin de moi.

—Je vois… Tu voyages seul ?

—Avec mon plus jeune fils, qui garde la charrette et le cheval qu'Eugénie nous a fournis.

—Ils sont où ?

—À l'extérieur.

—Qu'attends-tu de moi ?

—Pour cette première nuit, le gîte dans une grange. Eugénie m'a dit que tu étais en mesure de me faire un plan de voyage, sur des chemins peu fréquentés, compte tenu de notre pauvre attelage.

—Tu comptes aller jusqu'à Toulon avec ta charrette ?

—Je ne sais pas encore. J'aviserai.

—Ton gamin, il monte à cheval ?

Hippolyte, surpris par la question, hésite sur la réponse à donner. Habitué aux prises de décision rapide, il répond :

—Oui. Je dois te dire qu'il est muet et entend mal.

—D'accord. Vous allez vous installer dans la petite grange, celle du fond sur ta gauche. Vous pouvez dormir dans ta charrette ?

—C'est prévu.

—Je vous ferai porter un repas. Demain matin, je te donnerai les informations pour votre route. Tu sais lire ?

Il s'apprêtait à répondre que son fils sait lire, et se retient.

—Un peu.

—Parfait, je te laisse. J'ai du travail.

Satisfait de l'entretien, Hippolyte rejoint Mathilde et lui fait signe en posant un doigt sur ses lèvres. Il s'approche et murmure à son oreille.

—Nous allons dormir dans la grange. Gaétan nous fournira un plan de voyage. Pour un peu, je nous trahissais en disant que tu savais lire. Quand nous serons seuls, nous continuerons à jouer notre rôle, c'est le meilleur moyen pour s'habituer. Tu es mon plus jeune fils muet et malentendant. Viens, on va s'installer.

Mathilde acquiesce d'un mouvement de tête. Peu de temps après, un employé vient porter leur dîner, une volaille rôtie accompagnée d'un pichet de vin. Cette marque d'hospitalité émeut Hippolyte.

— Tout ça ? Il ne fallait pas ! Tu diras à ton maître que je le remercie, mais c'est trop pour les simples voyageurs que nous sommes.

— Faut pas vous étonner, il est comme ça ! Vous pourrez lui dire vous-même demain matin. J'allais oublier : il a dit de mettre le cheval au box. Vous trouverez de quoi le nourrir.

Hippolyte dételle le cheval et le conduit avec ses congénères. Repus et fatigués, ils s'endorment, nichés dans la paille de la charrette.

Réveillé par le chant du coq, Hippolyte est aussitôt debout et secoue Mathilde :

— Tu as bien dormi ?

— Oui, sans problème.

— Gaétan ne va pas tarder. N'oublie pas que tu es muet. Approche que je vérifie ta tenue.

Il l'aide à faire blouser la chemise et à enfiler son paletot, puis en remonte le col.

— Enfonce-moi ce chapeau, je vais te barbouiller le visage.

Sans prévenir, Gaétan fait irruption, les bras chargés :

— Je vous amène des provisions pour le voyage.

— Merci, Gaétan. C'est beaucoup trop, je dois réduire les dépenses…

— Moi aussi, j'ai été fugitif… il y a longtemps… Si Eugénie ne m'avait pas aidé, je ne serais pas ici. Crois-moi, elle a eu raison de vous envoyer vers moi.

— Qui te dit que nous fuyons ?

— Facile. Un père et son fils qui traversent la France avec une charrette de foin, ça n'a pas de sens.

— On est si visibles que ça ?

—Surtout depuis que j'ai reçu des voyageurs arrivant de Paris hier soir. Ils ont été retardés et fouillés par la garde montée.

—Et ?

—Les sorties de Paris sont bloquées. Une rousse s'est enfuie de la Salpêtrière ! Pour déployer tant de moyens, son forfait doit être grave ! Je serais étonné qu'ils la cherchent au-delà du mur parisien. Mais va savoir...

Hippolyte contient son inquiétude et regarde Mathilde.

—Je suppose que c'est ton fils ?

—Oui, il s'appelle Mathieu.

—Approche. Ton père m'a dit que tu entends mal et que tu es muet. Si tu étais borgne, ça serait mieux. C'est pas impossible, en supposant que tu aies eu un accident... À toi d'imaginer. En attendant, mets ça.

Il lui donne un bandeau de grosse toile grise, conçu pour masquer un œil. Hippolyte acquiesce au regard interrogateur de Mathilde qui positionne le bandeau.

—Parfait. Tu penches ton chapeau de l'autre côté. Ne te trompe pas : tous les jours le même œil. Même si tu n'es pas encore recherché sur les routes, dans le doute, ne prends pas de risques. Des messagers peuvent être envoyés, n'attire pas l'attention.

—Je ne pourrais jamais te remercier...

—Vous finirez par vous faire oublier. Si vous remontez sur Paris, donnez-moi des nouvelles. Je suis toujours content de rendre l'aide qui m'a été donnée.

Les deux hommes se serrent la main ; une poignée franche, les yeux dans les yeux, chargés d'émotion.

—Bien, c'est pas le tout. Je te donne les étapes où tu peux t'arrêter sans crainte. Tu es sûr que tu peux lire ?

Il hésite :

—Mon fils...

—Approche, petit.

Gaétan déroule un document sous les yeux de Mathilde, qui, si elle peut les lire, ne connaît aucun des lieux. La prochaine étape sera Provins, ensuite Troyes, Dijon, Beaune, Tournus, Villefranche, Lyon.

—Lyon, c'est la plus grande ville que vous aurez à traverser, ensuite vous passerez par Valence, Orange, Carpentras, Avignon, Aix et enfin Toulon. Vous pourrez vous arrêter dans les auberges que je vous ai indiquées. Méfiez-vous quand même, elles sont loin d'être toutes bien tenues, et les hôteliers peuvent être de sacrés voleurs. De toute façon, restez en permanence sur vos gardes.

—On essaiera aussi d'aller chez l'habitant. Combien de jours de voyage ?

—Il y aura des étapes plus courtes que d'autres. Ne cède pas à la tentation d'aller plus vite. Les arrêts que je te conseille sont plus sûrs. En gros, il y a cent quatre-vingts à deux cents lieues, vous en avez pour une dizaine de jours.

—C'est ce que nous avions prévu avec Eugénie.

—Excepté que les routes ne sont pas en bon état, et les pluies d'automne ne les arrangent pas.

—Je sais. Avec la charrette, c'est plus compliqué. J'ai prévu de l'échanger contre un cheval si possible… Ça va dépendre du petit…

—Qui ne monte pas à cheval ?

—Non… pas encore.

—Et tu crois qu'attendre serait mieux ?

—J'hésite.

Mathilde, qui joue son rôle de muet, s'agite et s'impatiente. Ces deux hommes qui parlent d'elle comme si elle n'existait pas l'énervent. C'est Mathieu qui s'interpose entre eux et leur fait comprendre avec des gestes qu'il en sera capable quand il le faudra.

—Hippolyte, si le petit est d'accord, je te prends la charrette. Je la retournerai à Eugénie dans les prochains jours et te laisse un cheval.

—Je ne peux pas te payer un cheval ; ma bourse est peu garnie et me sera utile pour le voyage.

—J'ai bien compris, sinon, vous auriez pris un carrosse ! Non, je te le laisse. Tu me le ramèneras à ton retour, et si tu ne reviens pas, eh bien… tant pis. Cheval ou pas, j'aimerais connaître la suite de votre aventure… et pourquoi vous allez à Toulon… En attendant, je ne vous ai pas vus, et comme vous êtes restés dans la grange, personne n'a fait attention à vous. Le garçon qui vous a servis est mon fils. Voyagez tranquilles.

—Gaétan, je n'oublierai pas. Je suis ton obligé, je reviendrai.

—Déjeunez et préparez-vous. Les chevaux seront parés avec un nécessaire pour la route, vous les trouverez en sortant de la grange, à droite. La jument de Mathieu est habituée aux longs trajets, elle est calme et douce. Je vous laisse, bon voyage.

—Merci, Gaétan.

Le père et le fils muet, mal entendant et borgne, sortent de la grange par une matinée brumeuse.

—Cette brume est bien venue, elle va nous masquer. On va s'aventurer sur la route à pied, en tenant nos montures par le licol. Caresse ta jument pour qu'elle s'habitue à toi, tu peux lui murmurer des mots d'apaisement. Je te montrerai l'assise et la tenue des rênes. Tu t'y feras vite. De toute façon, on ne peut plus reculer. Tu te sens prête ?

Mathilde opine du bonnet avec assurance. Même si elle n'est pas rassurée, sa détermination fera le reste. Inspectant le paquetage fixé à l'encolure des chevaux, Mathilde attire l'attention d'Hippolyte. Une paire de bottes et une chaude pelisse, pour chacun d'eux, les attendent. Les deux compères sont émus aux larmes.

—Gaétan ! Je ne sais pas de quelle galère Eugénie l'a sorti. Je fais le serment de revenir le voir. Notre expédition va réussir !

Silencieux, ils parcourent environ deux lieues. Pleins de gratitude pour l'aide généreuse qu'ils ont reçue et d'interrogations sur ce qui les attend dans les prochains jours. Pour l'un et l'autre, le doute n'est plus permis : quoi qu'il arrive, ils atteindront Toulon.

Hippolyte interroge :

—On les monte ?

Mathilde acquiesce.

—On va convenir de codes pour se comprendre, ça peut aussi être utile lors de nos arrêts. Pour oui, tu lèves le pouce ; pour non, tu le baisses.

Mathilde lève le pouce. Ils enfilent leurs bottes, Hippolyte pose la pelisse sur les épaules de Mathilde, l'aide à se hisser sur sa jument et lui montre les rudiments de maintien.

—On va trotter. Tu serres bien les cuisses sur les flancs et tu accompagnes le mouvement. Pas de gestes brusques. La prochaine fois, tu monteras seule en prenant appui sur l'étrier et en t'aidant du pommeau de la selle. Maintiens les rênes basses. Prête ?

Pouce levé.

—Passe devant, je vais te guider. Nous devons être à Provins ce soir. La journée sera longue.

28

Rencontres

Hippolyte ne s'était pas trompé : la journée a été longue. Mathilde a sollicité plusieurs arrêts dans la matinée. Le soleil était au zénith quand le brouillard s'est levé, incitant à la pause déjeuner avec la découverte des nombreuses victuailles préparées par Gaétan.

—Tu te rends compte ? Nous en avons pour plusieurs jours !

Pouce levé.

—Si tu es certaine d'avoir le bon réflexe et de te taire si quelqu'un approche, tu peux parler quand nous sommes seuls. Tu apprends vite et tu as déjà pris de l'assurance sur ta jument. Cet après-midi, on passe au galop ?

Pouce baissé, confirmé par une énergique négation de la tête.

—On verra demain. Gaétan a eu une bonne idée de te donner ce bandeau. Avec le chapeau enfoncé, tu as vraiment l'air d'être mon fils. On veillera à tailler tes mèches rousses dès qu'elles pousseront. Le mieux, c'est que tu conserves cette apparence. Tu n'attireras pas les regards et seras plus à l'aise.

Mathilde, qui a déjà planté ses dents dans une cuisse de volaille, se contente de sourire en guise de réponse. Hippolyte a calculé qu'il leur reste environ sept lieues à parcourir.

Ils seront à Provins à la tombée de la nuit, et feront étape dans l'auberge conseillée par Gaétan.

En arrivant par la route de Paris, ils n'ont pas à chercher : l'imposant bâtiment de l'auberge La Croix d'Or se dresse devant eux. Avec son pignon triangulaire et ses fenêtres en ogive, elle ressemble à une chapelle. Ils entrent par la porte cochère et s'approchent des écuries. Sous le regard satisfait d'Hippolyte, Mathilde, heureuse de pouvoir mettre pied à terre, saute au sol et attache son cheval à un anneau libre. Elle apprend vite ; s'ils ne galopent pas demain, ça ne saurait tarder.

—Surveille les chevaux. Je vais demander s'il y a de la place et pour quel prix.

Pouce levé.

Des voyageurs entrent et sortent, les chevaux hennissent. Un cocher bouscule Mathilde.

—Tu vois pas que tu gênes ? Dégage de là !

Elle lève la tête, et de son seul œil bleu pâle et les mâchoires serrées, fixe l'individu avec rage. Cet œil délavé, dans ce visage creusé par la fatigue et noirci par la boue séchée, désarçonne l'homme, qui recule sans insister. Mathilde en est la première surprise ; aurait-elle un don particulier qu'elle n'a pas su exploiter ? Il suffit d'être vêtu en homme pour impressionner son monde ? Elle ne doute pas que son regard et sa détermination ont fait effet. Malgré sa fatigue, un sourire s'esquisse sur ses lèvres. Elle va en user. C'est bon d'être Mathieu !

—Ils peuvent nous proposer un réduit sous les toits avec un lit à partager. On peut souper. Avec le dîner, le coucher et les chevaux, on en a pour vingt sols chacun. Pour ce soir, c'est convenable. On verra les prochains jours. T'en penses quoi ?

Mathilde, qui n'a pas les moyens financiers pour aider Hippolyte, hausse les épaules dans un signe d'impuissance.

—Ne t'inquiète pas. Un jour viendra où tu t'occuperas de mes vieux os ! On ne s'arrêtera pas toujours dans les auberges. Les provisions données par Gaétan nous permettent de tenir plusieurs jours : je les réserve pour nos repas de la journée. On libère les chevaux pour les soigner et les nourrir. Ils passeront la nuit dans l'écurie.

Ils s'activent pour soulager leurs montures. L'homme et l'adolescent, chargés de leurs paquets, se faufilent dans la grande salle qui accueille les voyageurs. Le bruit est assourdissant, l'atmosphère enfumée et chargée d'odeurs de graillon pique les yeux. Hippolyte, qui a la clé du réduit où ils vont dormir, entraîne Mathilde à l'étage pour emprunter la galerie qui surplombe la salle et donne accès aux chambres. Leur local est le dernier, et porte bien son nom de réduit ! Le lit prend toute la place. Un broc rempli d'eau est posé sur une petite table à côté d'une chandelle. La seule ouverture est une trappe sous le toit. Mathilde a un mouvement de recul ; si, dans la journée, elle a pu se soulager à l'abri des regards, dans l'auberge, c'est problématique. Hippolyte a perçu son trouble.

—Ça ne va pas ?

Dans l'impossibilité d'exprimer son besoin par geste, elle rompt le silence pour la première fois de la journée et chuchote à son oreille :

—L'aisance…

—Je n'y avais pas pensé ! On dissimule nos bagages sous le lit et je t'accompagne dehors. Je te promets d'être vigilant à l'avenir.

Ce qui se fait sans difficulté. Ils s'installent côte à côte, à l'une des longues tables de bois qui trônent dans la grande salle envahie de consommateurs. Ils soupent d'un brouet clair accompagné d'une miche de pain et d'un biscuit. Leurs bruyants voisins apprécient plus les pichets de vin que le brouet. Ils les invitent à partager la boisson. Hippolyte, habitué de ces ambiances, sait qu'un refus ne sera pas apprécié. Il accepte et interroge Mathilde du regard qui hausse les épaules, ce qu'il traduit par « Pourquoi pas ? » Ils n'ont guère le choix s'ils ne veulent pas attirer l'attention.

—Volontiers, messieurs.

La conversation s'engage avec les quatre hommes. S'ils sont bruyants et joyeux, Hippolyte reconnaît que ce ne sont pas de mauvais bougres. Il se félicite d'apprendre que demain, ils prendront la direction de Paris. Avec Mathilde, ils ne peuvent pas se permettre de se lier avec des compagnons de route. Soulagé, il commande un pichet et se lève :

—Messieurs, je vais devoir vous laisser. Mon fils a la santé fragile et nous partons tôt demain matin.

Après de faibles protestations, leurs voisins de table reprennent leur conversation pendant qu'Hippolyte et Mathilde rejoignent leur local pour la nuit.

—Ces voyageurs sont braves. Nous en trouverons de moins agréables. Je pense que pour ne pas prendre de risque, on ira dans les auberges quand on ne pourra pas faire autrement.

—Et ?

—On va privilégier les fermes, les granges. S'il le faut, nous proposerons nos services, même si le temps de voyage s'allonge. Plus que jamais, tu seras mon fils muet et borgne !

Mathilde murmure :

—C'est difficile de rester toute une journée sans parler !

—Tu te débrouilles bien. L'important, c'est de respecter la règle quand nous ne sommes pas seuls.

—Je crois pouvoir le faire. Bonne nuit, père !

Elle se retourne pour s'endormir aussitôt, suivie bientôt des ronflements de son compagnon. Leur premier sommeil est de courte durée, les puces se sont invitées à leur nuit.

Aux aurores, ils sont prêts à partir. Malgré cette nuit infernale passée à se gratter, Mathilde a du mal à retenir son célèbre rire. Pour une première expérience en auberge, entre les voisins bruyants, le brouet insipide, le réduit insalubre et les puces, ils ont fait fort.

—Tu vois, papa, je crois que les granges, ça sera pas mal !

Mathilde caresse sa docile jument, qui a senti que son cavalier est novice. Elle se hisse sur la selle sans avoir besoin d'aide. Hippolyte en est rassuré : son souci est de trouver, pour ce soir, un gîte nocturne et sûr à sa compagne, quand une idée lui traverse l'esprit.

Avec un franc soleil, ce début d'automne est froid. Ils se sont écartés de l'axe principal pour longer la Seine. Les voyageurs sont rares. Ils croisent quelques paysans qui aiguillonnent leurs bœufs tractant de lourdes charrettes. Mathilde chevauche aux côtés d'Hippolyte. Une longue ligne droite se dessine à l'horizon. Elle presse sa jument, flatte son encolure.

—Allez, ma belle, on y va.

L'animal a compris avant Hippolyte et part au galop. Mathieu, penché sur son dos, goûte la caresse du vent, l'allégresse coule dans ses veines, l'adrénaline monte. Grisée par la découverte du sentiment de liberté que lui apporte cette chevauchée, c'est le rire cristallin de Mathilde qui explose.

—Doucement, ralentis.

Mathilde a repris les rênes. Sa jument passe au trot. Hippolyte arrive à sa hauteur.

—Ne me refais plus ça !

Mathilde, le visage fermé, plonge son œil pâle dans le regard noir d'Hippolyte qui se trouble. Elle vient de vérifier son pouvoir en lui faisant « le coup de l'œil », et le regrette aussitôt en le gratifiant d'un sourire chaleureux :

—Regarde, je suis prête.

—Si tu le sens bien, on va pouvoir gagner du temps. N'empêche, ne me refais plus ce coup.

—Pardon, Hippolyte. J'avais besoin de me prouver que j'en étais capable.

—Tu as aimé ?

—Oh oui ! C'est bon d'être Mathieu... Mathilde n'aurait jamais pu faire la même chose !

Hippolyte rit pour briser l'émotion.

—On galope ?

Pouce levé.

Ils ont chevauché tout le jour, ne s'accordant qu'une pause pour le déjeuner, quand enfin des toits se profilent à l'horizon.

—Regarde, au loin, on aperçoit les premières maisons. Dès qu'on repère un clocher, on va droit dessus ; le premier fera l'affaire.

Fourbus, les deux cavaliers posent pied à terre sur le parvis de l'église qui est encore animé, bien que le jour décline. Des femmes se pressent autour des vendeurs qui poussent leurs charrettes à bras. Elles serrent leur cabas, tirent un garnement récalcitrant, crient après un autre. Des hommes attroupés discutent fort, des chiens aboient. Hippolyte s'interroge :

—Qu'est-ce qui agite les villageois ? On doit trouver le prêtre pour lui demander s'il peut nous héberger pour la nuit.

Il choisit de s'adresser à un groupe de femmes qui gesticulent.

—Le prêtre ? Ah ! Celui-là ? Il se cache comme à chaque passage. Vous le trouverez dans la maison derrière l'église. Vous ne pouvez pas vous tromper, elle est entourée d'un haut mur avec un cognassier qui dépasse. Passez par le portail du jardin, sinon, il ne vous ouvrira pas !

Les commères présentes se gaussent à ce qui semble être un bon mot pour elles. La surprise qui se lit sur le visage des cavaliers est un encouragement à poursuivre ce qui alimentait les conversations.

—Vous n'êtes pas d'ici, vous ! Y a une chaîne qui s'est arrêtée pour la nuit. On en a deux fois par an. La dernière, c'était en février. Vous savez peut-être pas ce que c'est ?

—Des condamnés ?

—De dangereux criminels, des créatures du diable. Notre curé craint qu'ils amènent le malin avec eux !

—Ils sont où ?

—À la prison de la Tour du Roi. Ils sont bien des centaines. Allez pas vous en approcher !

—On veut surtout les éviter. Dites-nous où est cette tour pour s'en écarter.

—Rue Vieille-Rome. Si vous traversez la ville, vous allez forcément y passer.

—On ne s'arrêtera pas. Merci, mesdames.

Les deux cavaliers s'éloignent en quête du curé. Mathilde devient sombre dès qu'ils ont pris de la distance :

—Tu te rends compte ? Nicolas s'est arrêté ici !

—Oui…

—Je veux aller voir ! Je veux me rendre compte de ce qu'il a subi !

—Je m'en doutais ! À quoi ça va te servir ?

—J'en ai besoin, c'est tout !

Le prêtre n'a pas fait de difficultés pour les accueillir, trop content d'avoir de la compagnie.

—Soyez les bienvenus, je me sentirai moins seul. Avec ces suppôts de Satan dans la ville je ne suis pas tranquille.

—Que craignez-vous ?

—Il y a souvent des bagarres, sans parler des villageois qui vont les voir et les excitent. Ces criminels n'ont qu'une idée en tête : s'échapper pour recommencer. Et quand ils arrivent à s'échapper avec leurs chaînes, ils cherchent refuge où ?

—À l'église.

—C'est bien le problème ! J'allais prendre mon souper du soir, nous allons le partager. Dessellez vos chevaux, vous passerez la nuit avec eux dans l'étable. Il y a du foin.

—Merci, mon père.

Le repas vite expédié, Hippolyte et Mathilde se retrouvent seuls.

—On y va ?

—Si tu y tiens. N'oublie pas que tu es muette. Aucune réaction, car on doit rester discrets, compris ?

Pouce levé.

Pour découvrir la chaîne, ils n'ont qu'à suivre les passants qui vociféraient. Des hommes sales en haillons, hagards, enchaînés les uns aux autres, couchés sur un sol jonché d'immondices, offerts aux projectiles que leur lance la foule massée le long de la clôture. Ceux qui protestent sont aussitôt bastonnés par les gardes.

Mathilde réprime un haut-le-cœur et s'enfuit pour aller vomir au pied d'un chêne séculaire. Elle pleure. Hippolyte pose une main sur son épaule, elle se réfugie en hoquetant dans ses bras.

—C'est ce qu'il a subi ?

—Oui.

Elle sèche ses larmes, se dégage des bras d'Hippolyte, plonge son insondable regard bleu pâle dans les yeux noirs, lève le pouce. En silence, ils regagnent leur gîte nocturne.

Au petit jour, Mathilde est prête la première. Ils passent saluer le curé et prennent aussitôt la direction de Dijon. Ils s'arrêteront en route à Tonnerre.

Ils traversent Troyes au pas. Mathilde a réfléchi toute la nuit, refoulant ses angoisses. Ce qu'elle a vu hier a renforcé sa volonté, des forçats enchaînés soumis à un calvaire qu'elle n'avait pas imaginé, malgré son séjour à la Salpêtrière. C'est pire que dans ses cauchemars.

—Tu crois qu'il est encore vivant ?

—Honnêtement ? Je l'espère, il est jeune avec une bonne condition physique.

—Comment savoir ?

—On ne peut pas.

—On le saura en arrivant à Toulon le plus tôt possible. J'ai beaucoup réfléchi cette nuit. La route est longue, pleine d'embûches. On peut faire de mauvaises rencontres, être attaqués par des brigands. Je veux que tu m'apprennes à combattre, à me défendre.

—Sérieux ?

—Oui, j'y avais déjà pensé à la Salpêtrière. Enfant, je te regardais quand tu entraînais tes hommes. Je connais déjà certaines de tes passes.

—Ce n'est pas une mauvaise idée. On peut s'y mettre le soir, à l'étape.

—Et le midi aussi.

—Si tu veux être en forme, il ne faut négliger ni la nourriture ni le repos.

—Dans une semaine au plus, je veux être à Toulon.

Mathieu éperonne son cheval, et les deux cavaliers sortent de la ville au galop.

29

Agression

En trois jours, ils atteignent Lyon, qu'ils traversent sans s'arrêter, préférant passer la nuit sur la route de Valence.

Pour éviter la proximité avec les voyageurs, ils ont pris l'habitude de demander asile dans les fermes. Les fermiers ne refusent pas un coup de main pour un travail de force ; soigner les animaux, nettoyer une grange, rentrer les foins, les besoins ne manquent pas. Ils savent repérer de loin les situations susceptibles de tourner à leur avantage.

—Regarde là-bas. La femme avec les deux jeunes gars.

—La charrette est embourbée et le cheval est couché !

—On y va.

Le trio est empêtré avec l'animal mort. Incapables de coordonner leurs efforts, chacun tire de son côté, invectivant les deux autres.

Hippolyte et Mathilde arrivent sur eux au galop. Le gars qui semble être l'aîné les toise, hargneux.

—Qu'est-ce qu'ils nous veulent, ceux-là ?

La mère émerge de derrière le cheval, échevelée et couverte de boue, inquiète de la présence de ces deux cavaliers.

—On n'a rien pour vous ! Passez votre chemin.

—On pourrait vous aider.

—Et pourquoi vous le feriez ?

—Contre le gîte pour une nuit, et… peut-être le couvert. Nos chevaux pourraient vous tirer de là.

La femme consulte du regard ses deux compagnons ; d'un geste défaitiste, l'aîné donne son accord.

—C'est bon. Vous êtes qui ?

—Deux voyageurs, en route pour le Sud. Un père et son fils.

—Ces deux gars sont les miens. Deux incapables ! Mon homme est mort.

Les présentations faites, ils dételIent le cadavre de l'animal en peu de temps et le remplacent par un de leurs chevaux. Arc-boutés à la charrette, leurs efforts finissent par produire effet ; elle s'arrache de la gangue bourbeuse, dans un bruit de succion accompagné de cris de soulagement.

—Vous voulez qu'on vous ramène le cheval mort ?

—C'est pas de refus.

La charrette remisée dans la cour, le cadavre déposé loin de l'habitat, la femme les fait entrer dans sa cuisine.

—Venez prendre un bouillon chaud. Vous pourrez passer la nuit dans la grange.

Ils sont interrompus par des bruits sourds venant de l'extérieur, suivis d'exclamations et de cris. La femme les bouscule, se précipite et attrape un bâton posé à côté du portail.

—Ils n'arrêteront jamais !

Usant du bâton, elle vocifère après les gaillards qui surgissent en se bousculant et riant, sous les regards ahuris d'Hippolyte et Mathieu.

—Faites pas attention, mon jeune est un peu fêlé. Petit, il a fait une mauvaise chute. Je crois bien que c'est son frère qui l'avait poussé. Dites-moi, votre fils, il serait pas aussi un peu… ?

Elle se tape la tempe du bout de l'index.

—Il est muet, de naissance.

—Et borgne ?

—Un accident. Si vous permettez, on va aller dormir. Demain, on part de bonne heure.

Ils s'éclipsent. Mathilde retrouve l'usage de la parole :

—Ils sont pas nets tous les trois !

—Je plains la pauvre femme. On ne va pas s'attarder, je ne les sens pas bien.

—Je suis fatiguée, je vais m'endormir tôt.

—Et tu seras encore réveillée avant moi.

Ce qui fut le cas.

Il fait à peine jour, le froid l'a réveillée. Mathilde se glisse dehors, veillant à ne pas déranger Hippolyte. Il a plu dans la nuit, le sol est détrempé et glissant. Avec précaution, elle s'éloigne à la recherche d'un endroit discret et abrité pour se soulager, bien qu'Hippolyte lui ait interdit de le faire seule. Depuis qu'ils chevauchent sur les routes, elle a beaucoup changé. Sa frêle silhouette s'est musclée, son teint clair s'est buriné, accentuant la pâleur de ses yeux étranges. L'apprentissage du combat rapproché lui a donné de l'assurance, et sa volonté pour accomplir sa mission se renforce chaque jour. Elle a appris à juguler ses émotions et se comporte de plus en plus comme le garçon qu'elle est censée être. Sur la route, elle est Mathieu.

Elle s'assure d'être seule, se cache derrière un buisson et, accroupie, soulage un besoin naturel quand un gargouillis attire son attention. Elle réajuste sa culotte et avance avec précaution dans la pénombre. Le terrain est en pente douce ; il descend vers une rivière qui coule entre saules et têtards. Une barque est couchée sur la berge d'une plage de graviers, elle y prend appui pour retirer ses bottes, tâte l'eau du bout du pied et s'avance dans le lit de la rivière. Le soleil se lève et ses rayons filtrent à travers le rare feuillage des frênes. Elle ne sait plus depuis combien de temps elle ne s'est pas lavée. L'eau est froide, mais la tentation est forte. En un tour de main, elle enlève sa chemise et retire le bandeau qui lui comprime les seins et les lance sur la barque. Avec de grands gestes joyeux, elle s'asperge d'eau.

— Tu vois, j'te l'avais dit ! Je l'ai vue s'accroupir pour pisser.

— Une fille…

Tétanisée, Mathilde se retourne. Les deux fils de la ferme la regardent ; ils avancent les bras ballants. Son premier réflexe est de se couvrir la poitrine avec ses bras et de reculer. Elle perd l'équilibre et tombe à la renverse dans l'eau. Ce qui déclenche l'hallali. Les deux garçons se précipitent et la traînent sur la berge. Ses cris et gestes désordonnés renforcent leur excitation. Elle cherche en vain leur regard, leurs yeux se focalisent sur ses attraits féminins. L'aîné la plaque au sol de tout son poids et lui bloque les poignets.

— Maintiens-lui les cuisses écartées. Après, ce sera ton tour.

Elle se tortille sans succès. En un éclair, elle revoit les assauts de Louis, qu'elle subissait sans défense. La rage la submerge ; ces deux avortons ignorent à qui ils ont affaire ! C'est le moment de se servir des leçons de combat rapproché données par Hippolyte. D'autant plus que ses agresseurs ne lui semblent pas très futés. Il va bien falloir que celui qui maintient ses poignets lâche sa prise s'il veut se défaire de sa culotte. Ce qui ne manque pas d'arriver. Aussitôt, Mathilde réagit, prend appui sur son coude, se soulève, mord l'appendice nasal et, de la main qu'il a libérée pour se dévêtir, lui plante ses doigts dans un œil. Le garçon hurle et se cabre, renversant son frère qui lui maintenait les jambes. D'un coup de reins souple, c'est Mathilde qui se relève, une grosse pierre à la main. L'aîné humilié se positionne en attaque. Mathilde se dresse et le toise, cherche à l'hypnotiser du regard ; son adversaire troublé ne maîtrise plus la situation devant ses seins qui pointent et ses yeux fascinants. Il s'approche. Mathilde l'interpelle :

— T'es moins courageux, on dirait ? Allez, viens, je t'attends.

La panique s'inscrit dans les yeux du plus jeune des frères. Dans sa naïveté, il se demande à quel démon ils ont affaire. Fille ou garçon ? Son frère crie :

— Viens m'aider ! Tu vois bien que ce bougre me menace. Donne-moi quelque chose !

Empoté, il arrive à sortir un couteau de sa poche qu'il tend à son frère. Armé, celui-ci bondit sur Mathilde, qui esquive grâce à un croche-pied qui le précipite au sol. Planté sur ses jambes, Mathilde crie :

— Arrive !

Étourdi, il se relève et, tête baissée, se précipite sur Mathilde, qui n'attendait que ça pour lui fracasser le crâne avec la pierre, mais ne peut pas éviter la lame qui lui transperce la hanche.

Hippolyte, qui a préparé les chevaux en attendant le retour de Mathilde, est alerté par les cris du jeune idiot qui arrive en hurlant :

— Elle l'a tué ! Elle l'a tué ! Maman ! Il est mort…

Il est suivi par Mathilde, qui court pieds nus, les bottes dans une main, enfilant sa chemise de l'autre et la culotte maculée de sang.

— Vite, on se sauve.

Hippolyte ne cherche pas à comprendre, mais l'heure est grave. Il lance sa pelisse à Mathilde qui la revêt, enfile ses bottes et saute sur le cheval. Les deux cavaliers prennent la route au galop. Il n'y a pas d'autres fermes alentour et la ville est loin derrière eux.

Ils galopent tout le jour, ne s'arrêtant que pour panser la plaie de Mathilde. Le soir, ils choisissent une auberge et repartent tôt le matin.

Le quatrième jour, Mathilde tombe de cheval et délire sous l'effet de la fièvre. Hippolyte transfère toute la charge de leurs effets sur un seul cheval, hisse Mathilde sur l'autre et monte derrière, en la maintenant serrée sur son torse entre ses bras. À cette saison, la nuit tombe vite. Il ignore s'ils sont loin de la prochaine ville. Ils ont passé Orange, Carpentras. Sont-ils loin d'Aix ? Y trouveront-ils des secours avec les soins indispensables ?

Leur dernière expérience en ferme lui a servi de leçon, il ne veut pas s'écarter de la route. Route qui devient moins sûre à la tombée de la nuit avec les risques d'attaque par des brigands. Toutefois, la chance lui sourit. La silhouette d'un homme harnaché d'une hotte bien chargée se profile à l'horizon. Il éperonne sa monture pour arriver au plus vite à sa hauteur.

—Bonjour, brave homme.

Méfiant, celui-ci s'écarte, prêt à fuir.

—Ne craignez rien. Mon fils est souffrant, une mauvaise fièvre. Savez-vous si la prochaine ville est loin et si je pourrais le faire soigner.

Rassuré par l'indigence apparente des cavaliers, l'homme les renseigne sans crainte.

—À Aix, à moins d'une heure de cheval, vous trouverez. En arrivant, dirigez-vous vers la grande tour carrée. Vous ne pouvez pas la manquer, c'est celle du couvent des Augustins.

—Ils nous accueilleront ?

—C'est leur ordre ! Ils soignent les miséreux, les mendiants. Dites-leur que vous venez de la part du père Gustave. Je les fournis en viande.

—Merci, père Gustave.

Hippolyte pique les flancs de son cheval, et disparaît dans les ténèbres naissantes avec son précieux chargement.

30

Chez Dumoulin

Novembre 1771

Son travail chez Dumoulin a suffi pour le couper du reste de la chiourme, alimentant jalousies et aigreurs. Si les argousins veillent à ne pas laisser de marques quand ils usent de la corde à nœuds, craignant de s'attirer les foudres du docteur, il n'en va pas de même avec les autres forçats. Il est devenu leur tête de turc. Leur rage et leur frustration ont trouvé l'exutoire idéal : un jeune bagnard sans protection. Les gardes ferment les yeux, laissant aux détenus le soin d'exécuter les basses besognes.

Ce qui est une fenêtre sur la liberté tourne certains soirs au cauchemar. Nicolas tient bon, contient sa colère. S'il riposte, il sera puni, mis en isolement et privé de ses sorties quotidiennes. L'adolescent prompt à en découdre pour défendre son honneur et son droit a laissé place à un homme réfléchi. Il prend son temps, observe et ne dévie pas de son objectif, prêt à tous les compromis pour atteindre son but ; il n'a pas droit à l'erreur.

Ces derniers jours, il a réussi à passer un lot de costumes propres au-delà du mur d'enceinte, et grâce à la confiance de Dumoulin qui n'hésite pas à lui confier des courses, il les a récupérés. Les chevilles enchaînées, traînant un lourd boulet, il peut circuler dans la ville, à condition de respecter le périmètre imparti. Ses trésors sont en lieu sûr, dans un box à chevaux de la propriété du docteur, qui apprécie chez son employé le savoir-faire acquis chez Eugénie.

Depuis quelques jours, il ne prend plus de repas au bagne ; ils lui sont fournis par le docteur Dumoulin. Comme tous les soirs, en arrivant au bagne, il passe devant ses codétenus déjà enchaînés pour la nuit, pour rejoindre sa couche sur le banc de bois. Dès ses premiers pas dans l'antre, il perçoit la tension et l'atmosphère électrique. Les deux gardiens qui l'accompagnent sont aux aguets, tendus. Nicolas ne s'y trompe pas, la révolte gronde. Un incident a dû échauffer les esprits. Il avance tête baissée ; seuls ses yeux bougent. Il remarque çà et là des places libres. Où sont passés leurs occupants ? Des regards haineux le scrutent, ses geôliers le pressent d'avancer, quand un bagnard avec lequel il avait déjà eu maille à partir se dresse sur ses pieds, hors du banc.

— Vendu ! T'as bouffé toi !

Nicolas recule. Ses gardes s'interposent et matraquent le forçat rebelle déchaînant la colère couvant dans le cœur de la chiourme. Un vacarme de cris, d'insultes, de bruits de chaînes qui s'entrechoquent, exalte la hargne, balayant la crainte des représailles. Plus rien n'arrête le torrent haineux qui se déchaîne. Nicolas, tétanisé, n'a pas bougé. Les détenus les plus proches ont sauté de leur couche. Bien que courtes, leurs chaînes permettent d'attraper Nicolas, qui se trouve entouré par cinq forcenés, vides de tout discernement. Il leur fallait une soupape ; ce sera Nicolas. Son statut apparent de privilégié le désigne, non pas comme coupable, mais favorisé dans un système injuste. Il est roué de coups de pied et poing, aggravés par les anneaux de métal portés par les bagnards. En sang, il gît sur le sol. Un forcené cherche à l'étrangler avec sa chaîne. Il sombre, inconscient.

Il n'a pas vu l'intervention des renforts alertés par l'émeute. Ils ont flagellé, fracassé des crânes, conduit au cachot les plus vindicatifs, réduit au silence cette meute à force de coups et de menaces. Inconscient, il a été allongé, enchaîné sur son banc de bois. La nature a fait le reste. Le lendemain, perclus de douleurs, il s'est réveillé comme à l'accoutumée. Le garde-chiourme qui l'accompagne chaque jour est venu le chercher. Migraineux, la tête ensanglantée et lourde, les côtes douloureuses, le cou marqué par les chaînes qui ont tenté en vain de l'étrangler, il n'est pas beau à voir. Souffrant, il avance plié en deux et nauséeux, se traîne sur le chemin qui le mène à l'hôpital. Il porte les stigmates de la veille.

Ce matin, comme les autres jours, il va à l'hôpital ; cet après-midi, il sera chez Dumoulin. Il s'interroge sur ce qui a déclenché l'émeute et pourquoi il s'est trouvé au centre.

Sa tête est prise dans un étau, il a du mal à marcher et à respirer, mais il renoncerait à sortir de cet enfer pour aller travailler pour rien au monde. Il fait des efforts pour se souvenir des évènements de la veille. Ses idées lui échappent et le laissent dans un état cotonneux.

Il essaie de questionner son accompagnateur. À parcourir chaque jour le chemin ensemble, s'ils sont loin d'être intimes, ils échangent toujours quelques mots.

—C'était quoi hier soir ? Pourquoi s'en sont-ils pris à moi ?

—Jalousie.

—Parce que je travaille à l'extérieur ?

—Y a pas que ça !

—Explique.

—La bouffe.

—La bouffe ?

—Pour des bonshommes comme eux, comme toi, qu'est-ce qui compte pour survivre ici ?

—Sans doute la bouffe.

—Quand tu bosses et qu'on t'en prive pour te punir. Tu fais quoi quand tu vois un gars qui arrive le ventre plein et qui ne fait pas de corvées ?

—T'as la haine.

—T'as compris. C'est ce qui s'est passé. À ta place, j'en parlerais pas au bon docteur. Invente quelque chose.

Nicolas, étonné par ce flot de confidences, fait un effort pour analyser ces paroles. Son gardien ne serait-il pas chargé d'une mission en lui demandant de se taire ? Priver les forçats de nourriture ne doit pas être une bonne publicité pour le directeur du bagne qui s'enorgueillit de faire partie de la bonne société toulonnaise. Peut-être que le bon docteur Dumoulin s'en émouvrait ? Sans le savoir, l'argousin lui a fourni plus d'informations qu'il ne le pensait.

Sœur Agathe, le voyant arriver tuméfié et peinant à respirer, n'y va pas par quatre chemins ; elle vilipende l'accompagnateur qui n'en mène pas large devant cette femme imposante.

—Qu'avez-vous fait ? Vous êtes encore plus criminels que ces pauvres condamnés ! Dites de ma part au directeur qu'il aura de mes nouvelles ! Et aussi de celles du docteur Dumoulin. Dans l'état où il est, ce n'est pas la peine de venir le chercher ce soir. Je le garde à l'hôpital.

Les efforts fournis par Nicolas pour venir, avec le ventre creux et la douleur, ont eu raison de lui ; un trou noir et il s'effondre sans connaissance.

—Vite ! aidez-moi à le mettre dans un lit.

Quand il se réveille enfin, la nuit est tombée et tout est calme autour de lui. Une faible chandelle posée sur un chevet éclaire la pièce. À travers les volets de bois clos, il distingue la pâleur des rayons de la lune que ne masquent pas de lourds rideaux qui paraissent de couleur sombre dans cette semi-obscurité. La flamme de la chandelle oscille dans le miroir de la porte d'un grand meuble face à lui. Ses yeux s'habituent à l'obscurité. Il distingue une chaise, où sont pliées une culotte et une chemise de forçat. Ses chaînes, où sont-elles ? Et le boulet ? Un mouvement des jambes le renseigne aussitôt : il est toujours enchaîné, mais la douleur le contraint à rester allongé. Il tâte son corps, son torse est bandé, il ne peut pas bouger la tête, bandée elle aussi, ainsi que son cou. Où est-il ? Dans cette pièce inconnue, il ne se rappelle rien, sauf ses chaînes. Il revoit le jour où elles ont été posées. Il n'était pas seul, mais avec un certain Octave. Ce nom lui semble familier et ne provoque pas de crainte. Un ami ? Il distingue une ombre menaçante qui se balance ; il l'attrape, puis est projeté au sol. Plus rien, le noir complet, excepté qu'il se sait bagnard. Pourquoi ? S'il est au bagne, c'est qu'il est un dangereux criminel. Et cette chambre ? Qu'a-t-il mérité ou subi pour être ici ? Malgré la douleur, il se soulève, prend appui sur ses coudes. Le reflet que lui renvoie le miroir est celui d'un homme enturbanné, il ne se reconnaît pas dans cette momie. Fatigué, sans s'interroger sur ce confort, il retombe sur le matelas. Il replonge dans le sommeil.

Réveillé par le froid, il distingue le pâle soleil qui perce à travers les lourds rideaux qui ne sont pas si sombres qu'il l'avait cru la veille. Il grelotte sous les couvertures et maudit cet hiver précoce avec des températures qu'il n'a jamais connues aussi basses.

Il finit de reprendre ses esprits quand la porte s'ouvre sur une grande jeune fille, la tête enroulée d'une longue natte brune, les cheveux sans coiffe. Sa mise simple et soignée, ses gestes élégants n'en font pas une servante. Souriante, elle s'approche :

—On dirait que notre petit monsieur est enfin réveillé ! Fermez les yeux pour ne pas être ébloui, je fais rentrer le soleil.

Pour Nicolas, le soleil est déjà rentré avec cette créature qui s'approche et, en professionnelle, pose sa main sur son front, scrute ses yeux et prend son pouls.

—Un peu faible, tout ça ! Mais vous êtes enfin revenu. Vous nous avez fait peur.

—Où suis-je ?

—C'est vrai, vous ne connaissez pas cette pièce. Chez le docteur Dumoulin, votre employeur.

—Mon employeur ?

—Vous ne vous rappelez pas ?

—J'ai du mal…

—Père le craignait un peu, mais il est persuadé que tout s'arrangera.

—Je souffre de quoi ?

—D'abord, vos côtes sont fêlées. C'est douloureux, mais ça se consolide bien. Vous avez des hématomes au visage et au cou. Ils vous ont bien arrangé, votre tête a doublé de volume !

—J'ai dormi longtemps ?

—Deux jours. Vous avez un traumatisme crânien, ce qui nous faisait craindre une amnésie.

—Une amnésie ?

—Une perte de mémoire, totale ou partielle. Vous n'avez aucun souvenir ?

—De ce qui s'est passé ? Non, mais j'ai des bribes qui reviennent. Je sais que je suis un bagnard, mais je ne sais pas ce qui m'a conduit au bagne. Je revois des scènes et un probable ami, Octave. Nous étions enchaînés ensemble. Un mât qui se balance. Tout cela est confus.

—Père a dit que c'est bon signe si vous avez des souvenirs. Le mât qui se balance, c'est le premier évènement qui a permis votre rencontre avec père. Il vous apprécie beaucoup, vous savez.

—Donc, je ne serais pas un mauvais bagnard…

—Il se pourrait ! Vous ne vous souvenez pas de mon père ?

—Attendez, je cherche… Ça revient doucement… J'écris, un homme en blouse blanche se tient dans mon dos. Il me parle, cherche… Agathe. Oui, c'est ça ! La sœur infirmière. Et lui… c'est le docteur Dumoulin !

—Parfait. Je change votre pansement et vous porte à déjeuner. On va vous réalimenter. Dans quelques jours, ça ne sera plus qu'un mauvais souvenir !

—Si vous le dites !

—Ne vous inquiétez pas, père a obtenu l'autorisation de vous garder à domicile. Je ne sais pas quelles menaces ou faveurs il a promises au directeur, mais bon gré ou mal gré, vous restez chez nous ! Ce qui va exacerber les jalousies à votre encontre. Si j'ai bien compris, vous en êtes au début de votre peine, et ne devriez pas bénéficier des travaux qu'ils appellent de « petite fatigue » avant trois ou quatre ans ! Veinard ! Ça veut bien dire que père vous tient en grande estime !

Nicolas ne répond pas, des souvenirs lui reviennent par bribes. Son travail chez le docteur, sœur Agathe, sa volonté farouche de s'évader. Mais au-delà ? Il cherche. Qui est cet Octave pour lequel il a de l'affection ? Qu'est-ce qui l'a conduit au bagne de Toulon ? C'est le trou noir.

—Mademoiselle, je me rappelle que j'assiste votre père pour ses travaux d'écriture et ses courses. Je dois y aller, il m'attend.

Ce faisant, il pose le pied sur le sol et retient un cri de douleur en se tenant les côtes. Sa tête tourne, il la repose sur l'oreiller.

—Tout doux ! Vous venez juste de reprendre vos esprits. Père me disait encore ce matin que plusieurs jours seraient nécessaires pour vous remettre d'aplomb. Vous allez rester au lit, il vous rendra visite ce soir. Je dois aussi m'occuper de ma mère qui est alitée. Je repasse plus tard. Soyez sage !

—Merci, mademoiselle.

—Bénédicte. Appelez-moi par mon prénom. Sinon, j'aurais l'impression d'être une vieille rombière. Nous devons avoir le même âge !

Elle sort dans un tourbillon de jupons. Image qui lui en rappelle une autre, furtive, dont il ne parvient pas à fixer le souvenir.

31

Bénédicte

— Alors, jeune homme, on se sent comment aujourd'hui ?

—J'ai connu des jours meilleurs. J'ai hâte de retourner au travail.

—Je n'en doute pas. Je vais t'examiner.

Le docteur Dumoulin baisse les draps, remonte la chemise de Nicolas, palpe son abdomen et son thorax à travers le bandage.

—C'est douloureux ? Là ?

—Oui, quand je respire et m'assieds.

—Tu peux renoncer à t'asseoir, mais pas à respirer !

—Je ne peux pas me lever ?

—Tu as une fracture costale. Bien bandé et en économisant tes mouvements, dans une bonne dizaine de jours, ce ne sera plus qu'un mauvais souvenir. En attendant, tu peux reprendre ton travail à mes côtés.

—J'en suis rassuré.

La moue dubitative du médecin le surprend.

—Mais ?

—Mais... Bénédicte m'a parlé de ta perte de mémoire. Je le craignais, car tu es resté deux jours dans le coma avec un traumatisme crânien. Tu te rappelles l'agression ?

—Non, mais j'ai d'autres souvenirs. Un mât qui se balance dangereusement. Octave à mes côtés, je le pousse pour le protéger. Octave ? Je ne revois pas son visage…

—Le mât est à l'origine de ta première hospitalisation. Tu t'es bien conduit en le bloquant. Octave était ton codétenu, plus âgé. Il est décédé.

Nicolas se trouble. Octave, Octave… Il cherche ; un petit homme chétif se dessine. Ils sont enchaînés, la route, la chaîne de forçats, le froid, la faim, la vermine, les malades, les bagarres, les coups, les morts… Octave s'impose à sa mémoire. Ses yeux s'emplissent de larmes, se brouillent.

—C'était mon ami…

—Je comprends. D'autres souvenirs de ta vie d'avant ?

—Non. Je ne sais même pas pourquoi j'ai été condamné…

—Te remettre au travail va stimuler ton cerveau. Bénédicte, ma fille, t'aidera à travailler ta mémoire.

Devant l'air étonné de Nicolas, il enchaîne :

—Ne t'inquiète pas, elle est habituée à procurer des soins avec sa mère souffrante. Son rêve serait d'être médecin, mais elle est née femme et ne sera qu'infirmière. Si ça peut te rassurer, j'ai déjà soigné un amnésique.

—Il a retrouvé la mémoire ?

—Non, il est mort avant.

—Ce n'est pas rassurant !

—Rien à voir, il avait des lésions irréversibles. Ce n'est pas ton cas. Avec lui, j'ai conçu des fiches de travail pour solliciter la mémoire ; j'en ai obtenu de bons résultats. Je t'attends demain à mon cabinet.

—J'y serai.

Le docteur Dumoulin est un brave homme, mais il n'est pas désintéressé. Pour lui, le cas de Nicolas est une bénédiction. Passionné par les méandres du cerveau, tout ce qui vient en perturber l'activité est pour lui une source de curiosité et de recherches. Il avait approfondi ses connaissances avec un précédent patient décédé ; Nicolas est une opportunité, il ne veut pas la rater. C'est une des raisons pour lesquelles il a usé de tout son pouvoir pour le garder chez lui. De plus, il a eu le temps d'apprendre à connaître ce garçon qui montre beaucoup de capacités. Malgré le lourd passé qui doit peser sur ses épaules, il lui fait confiance. Avec l'aide de Bénédicte, il le sortira de ses limbes et confortera sa notoriété auprès des pontes de la médecine. Ceux qui ont trop tendance à mépriser les professionnels comme lui, qui travaillent près des miséreux.

Nicolas attend la visite de Bénédicte, qui passe chaque soir vérifier le pansement à l'arrière de sa tête. Ce matin, elle a retiré celui qui enserrait son cou, révélant les marques violacées laissées par les chaînes. Avec son visage tuméfié, il n'est pas beau à voir.

—Alors, tu retournes au travail demain ?

Bien que surpris par le tutoiement, il n'en montre rien et ne se permet pas de l'utiliser. D'un geste énergique qui le fait sursauter et réajuster sa chemise, elle rabat ses couvertures.

—Pas d'affolement ! Tes chaînes. Père a obtenu l'autorisation de les retirer. Laisse-moi voir.

Tétanisé, il ne trouve rien à dire.

—Elles sont bien serties. Tu ne vas pas retourner au bagne pour les faire enlever, on verra demain avec le maréchal-ferrant. Cependant, tu n'échapperas pas au boulet. Allez, c'est l'heure de dormir.

Elle mouche la chandelle, effleure son front de ses lèvres et quitte la chambre. Sa silhouette se découpe dans la lumière de la porte qu'elle vient d'ouvrir, dévoilant des formes rondes et généreuses. Une autre silhouette se substitue, svelte, virevoltante, éclairée par un halo flamboyant. La porte fermée, l'instant magique disparaît dans l'obscurité.

Troublé par ce qui vient de se passer, Nicolas a du mal à s'endormir. Le lendemain matin, assis sur son lit, vêtu de sa tenue de forçat, sans oublier le bonnet, et entravé par ses chaînes, il attend Bénédicte. Elle fait irruption dans la chambre et le surprend sur son séant ; avec un léger mouvement de balance, il a le regard fixé sur ses chevilles enchaînées. Elle le ramène à la réalité en le secouant par l'épaule :

—Viens, on déjeune à la cuisine et on va voir le maréchal-ferrant.

Une heure après, si ses chevilles ne sont plus reliées entre elles, il traîne un lourd boulet. Il a rejoint le cabinet du docteur, où il s'active pour rattraper le retard accumulé pendant son absence.

Bénédicte est passée plusieurs fois dans la journée, le frôlant sans lui parler. Quand il sort du cabinet, elle l'attend. Il n'a pas vu le docteur.

—On commence à travailler ta mémoire ce soir. Rejoins-moi dans la cuisine, on s'y mettra après le dîner.

—D'accord. Je n'ai pas vu votre père…

—Normal, une chaîne est arrivée ce jour. Beaucoup de forçats sont malades ou blessés. Il craint une épidémie et m'a demandé de m'occuper de toi.

Ils dînent en silence. Nicolas est gêné par les soupirs et les regards appuyés de Bénédicte qui l'observe. Leur repas terminé, elle en pousse les reliefs et la vaisselle.

—La servante rangera demain. Je vais chercher les documents de père et on se met au travail.

Elle étale une pile de papiers devant eux. Il y a des questionnaires, des suites de signes à identifier, des mots à mémoriser, des phrases, des dessins. Bénédicte passe de l'un à l'autre, avec de nombreux retours en arrière pour le forcer à se rappeler ce sur quoi ils ont travaillé. Après ce qui lui paraît être des heures de labeur, Nicolas en a la tête pleine et demande grâce.

—Tu as raison, tu as bien travaillé, mon père sera satisfait. Il a passé du temps pour élaborer ce programme. Il préconise une nuit de sommeil, suivie d'un entretien à bâtons rompus pour faire émerger les souvenirs. Attends-toi à une discussion demain matin. Il est tard, je suis fatiguée.

Ils sortent, et comme la veille, elle cherche à l'embrasser sur le front.

—Tu es trop grand ! Penche-toi que je t'embrasse.

Troublé, Nicolas rougit, paniqué à l'idée de se retrouver en défaut avec la fille de son bienfaiteur – lui, un forçat. Il recule.

—N'aie crainte, bêta ! Un baiser fraternel. J'ai toujours rêvé d'avoir un grand frère. La vie aurait été moins triste, entre un père absent dévoué à ses malades et une mère « en vapeurs » ! Mais ce n'est pas à moi de raconter ma vie.

Rassuré, il tend sa joue et la regarde s'éloigner, encore supplantée par une autre vision dans un halo roux.

Des cauchemars le hantent toute la nuit, des visions fugaces, l'une chassant l'autre. Il a reconstitué des pans de sa mémoire. Le départ de Bicêtre, la chaîne avec la traversée de la France, Octave, l'arrivée au bagne de Toulon, les travaux de grande fatigue, le lancement du *Roland*, les bastonnades, le froid, la faim, la peur, sa première hospitalisation, sa rencontre avec sœur Agathe et le docteur Dumoulin. Mais de sa vie d'avant et des fautes commises ayant entraîné sa condamnation : rien. L'essentiel de sa vie lui est inaccessible. Avant de se réveiller, d'autres images surgissent. Il ramasse des vêtements, des piles de vêtements souillés qu'un détenu stocke pour les brûler. Il en choisit certains en bon état et les cache. Où ? Il l'ignore. Rêve ou réalité ? Dans la vision qu'il en a eue, ses gestes et les précautions prises sont trop précis pour n'être qu'illusion. S'il a dissimulé toutes ces tenues, où sont-elles maintenant ? Il se masse les tempes, sa tête est douloureuse. Il n'a pas pu inventer cet épisode. Il a subtilisé des vêtements civils. Pour en faire quoi, sinon s'en revêtir pour s'enfuir ?

Il va jouer serré avec le docteur et sa fille, faire le tri dans les souvenirs qu'il leur délivrera. Premier objectif : trouver où sont cachés les vêtements. Il n'a pas de doute, il les a volés et n'a pu les dissimuler que chez le docteur.

Bénédicte ne se montre pas ce matin. Il déjeune, pressé de se rendre au travail. La jeune fille est pourtant à son poste. Elle l'observe, masquée par les rideaux qui séparent la cuisine de leur salle de réception, qu'ils utilisent peu.

La consigne de son père est claire, après les exercices et la nuit passée, propice au traitement des données par l'inconscient, le patient amnésique doit être face à lui-même. Seul le praticien a la compétence pour l'aider à stimuler sa conscience et faire remonter les souvenirs. Il ne doute pas que Nicolas y arrive, et surtout, il veut prendre des notes pour étayer ses recherches.

Elle observe ce garçon entré dans leur vie avec ses secrets, un bagnard avec un passé sombre, riche d'aventures exaltantes enfouies dans son esprit. Mystérieux. Qu'il est beau malgré les privations et les sévices subis ! Son père n'a jamais su s'entourer d'assistants dignes d'elle. Des chétifs, souffreteux et effarés à son approche. Ils subissaient ses avances avec la peur que « le docteur » l'apprenne. Terrorisés, ils s'enfuyaient ou se faisaient porter pâles !

Nicolas est différent. S'il n'est plus au bagne, il demeure son prisonnier, et quand il aura retrouvé ses facultés et sa santé, il sera à elle ! Ne pas le brusquer. Elle sait que ses appâts généreux attirent les regards et les convoitises. Elle ne supporte plus de n'être entourée que par des hommes de la génération de son père. Elle a besoin de la compagnie de gens de son âge.

En disant à Nicolas qu'elle avait rêvé d'un frère, elle n'a pas menti. Elle est lasse d'être la fille douce, effacée, dévouée à une mère languissante, avec un père non pas indifférent, mais trop absorbé par son métier. Elle a grandi dans une atmosphère pesante, sans grande tristesse, mais sans joie. Une maison aux volets souvent clos, ou aux rideaux tirés pour masquer la lumière trop agressive pour sa mère. Les rares visites sont celles de confrères. Bénédicte a appris les soins infirmiers en les prodiguant à sa mère. Elle aimerait aller plus loin dans sa connaissance de la médecine, ce qui lui offrirait une ouverture sur le monde extérieur.

Pour s'évader, il y a bien les chevaux de son père. Il aime les monter et faire de grandes chevauchées à la belle saison. Elle l'accompagnait avant que la santé de sa mère ne se dégrade, puis une mauvaise chute l'en a dissuadée. Elle pourrait s'y remettre avec Nicolas, son père lui a dit qu'il aimait les chevaux. Avec l'autorisation paternelle, elle s'imagine chevauchant aux côtés du beau brun quand il aura retrouvé ses forces. Mais que faire du boulet qu'il est condamné à traîner à sa cheville ?

Elle va tâter le terrain et l'entraîner dans les box. Il s'occupait des animaux avant son agression, s'il en retrouve le goût avec la mémoire, une complicité peut s'établir entre eux.

Un bagnard… Quoi de plus exotique pour une jeune fille esseulée qui rêve de sensations fortes ? S'il se conduit bien, avec de bonnes recommandations, il peut être gracié dans trois ans. C'est long et court à la fois. Quoi qu'il advienne, même si son père s'y oppose, cet homme sera sien ; elle est la chance de sa vie, et lui de la sienne.

Convaincue de sa bonne fortune, elle quitte son poste d'observation avant d'être surprise.

32

Dans le foin

Dumoulin est curieux de ce jeune bagnard entré dans sa vie comme par effraction. Étonné par la qualité de ses écrits et sa connaissance des chiffres, il n'avait vu en lui qu'une opportunité pour trouver un aide bon marché. Il ne lui déplaisait pas non plus de provoquer ses pairs en se targuant d'avoir un forçat à son service. Et voilà qu'il lui sert sur un plateau un sujet d'observation pour faire avancer ses recherches qui piétinent, faute de candidat.

Il a eu le temps de l'observer avant l'agression, et a découvert un jeune travailleur respectueux, intelligent pour saisir sa chance. Il l'imagine mal avoir commis un crime, et pourtant, c'est un bagnard. Convaincu qu'il n'y a pas de hasard, il est bien décidé à ne pas le lâcher.

—Bonjour, docteur. Bénéd… euh… votre fille m'a dit que vous souhaitiez me parler.

—Oui, enfin plutôt t'écouter.

—J'ai beaucoup rêvé cette nuit. Tout est encore confus.

—C'est bon signe.

Nicolas, les yeux dans le vide, se plonge dans les arcanes de sa mémoire. Dumoulin l'encourage.

—Assieds-toi, prends ton temps.

Il se masse les tempes. Les mots sortent, hésitants. Il est sur la retenue, il ne doit pas en dire trop. Il parle de Bicêtre, la chaîne, Octave, l'arrivée à Toulon, la pose des chaînes, les châtiments, le vaisseau *Le Roland*… Il hésite, son flot de paroles se tarit. Dumoulin laisse le silence s'installer, pour reprendre :

—Et avant ?

—Rien.

Devant la détresse qu'il lit sur le visage de son patient, Dumoulin le rassure :

—Tu as bien progressé, ne t'inquiète pas. Bénédicte te présentera une nouvelle série d'exercices ce soir, et nous reprendrons demain matin.

—Je n'ai plus les idées claires. Je vais me mettre au travail.

—Penser à autre chose te fera du bien. Ma fille m'a demandé si elle pouvait t'emmener voir nos chevaux. Tu t'en occupais avant… Tu te rappelles ?

—Vaguement.

Le souvenir des chevaux prend forme, lui procure un apaisement, une bouffée de bien-être, mais il les distingue loin, dans une nébuleuse.

—Oui. Je veux les voir !

Il s'est exprimé comme s'il se libérait d'un poids. Son métier d'avant ? Non, il ne le croit pas. Il sent autre chose. Il est las.

—On peut arrêter ?

—Oui. Je suis satisfait de tes progrès, tu es sur la bonne voie.

Nicolas, absorbé par les fiches de patients et les comptes que Dumoulin lui a laissés en toute confiance, est mitigé sur sa progression. S'il a pu garder pour lui l'épisode des vêtements et la vision fugace qui s'est imposée à plusieurs reprises dans le sillage de Bénédicte, il est inquiet de n'avoir aucun souvenir de sa vie d'avant le bagne. Son travail, sa famille, ses amis, ses amours… Et où vivait-il ? La sensation d'une présence féminine autre que celle de Bénédicte le trouble. Et s'il avait laissé une épouse, des enfants derrière lui ? Sa tête n'en peut plus. Il évacue et se plonge dans le travail. Il ira voir les chevaux avec Bénédicte.

Le soir, avant de commencer les exercices censés lui redonner la mémoire, il lui fait part de son souhait d'aller à l'écurie. Bénédicte saute sur l'occasion.

—Super idée ! Mais il fait noir. Si on y allait demain avant que tu partes au travail ?

—Mais votre père souhaite que je ne parle pas le matin avant de faire remonter mes rêves de la nuit.

—Il n'en saura rien, il part très tôt. On restera muets. Ce sera notre secret. D'accord ?

Devant l'enthousiasme presque juvénile de Bénédicte, Nicolas acquiesce, stimulé par une forme d'impatience et une attirance pour les chevaux qui le laissent pensif.

La nuit n'a pas ravivé de souvenirs, Dumoulin va être déçu. Bénédicte a tapé à sa porte dès qu'elle a vu son père sortir. Les faibles lueurs de l'aube ne dissipent pas toutes les ombres de la nuit, mais sont suffisantes pour se diriger.

Arrivé aux abords des écuries, Nicolas s'arrête, le cœur battant, submergé par un flot d'images. Bien sûr, il reconnaît les lieux. Sa fibre équine se réveille. Il se dirige vers le box du bel étalon noir qu'il a bouchonné, nourri. Il a aussi changé sa litière. Sa litière ? Ça lui revient ! Il y a caché les vêtements : sous une petite trappe dissimulée dans le fond du box.

—Dans ton métier, tu t'occupais des chevaux ?

—Je m'en suis occupé, mais je ne crois pas que c'était mon métier…

Il s'arrête au milieu de sa phrase. Devant ses yeux danse le visage d'une femme, aussitôt chassé par des carrosses, des voitures à cheval, des chevaux en liberté, un relais de poste. Il n'est pas seul, il conduit un cabriolet, entre dans Paris. Des hommes maîtrisent le cheval, montent à ses côtés. Il se débat, reçoit des coups et perd connaissance.

Il est en pleine confusion. Était-il cocher ? Qui sont ces hommes ? Des policiers ? Il n'en sait rien. Soudain, un nom s'impose :

—Eugénie !

Il a crié.

—Eugénie ? Ta femme ? Ta mère ?

—Je l'ignore, c'est venu tout seul. En lien avec les chevaux. Je vois une femme plus âgée qui s'est occupée de moi.

—Raconte.

—Rien d'autre. N'oubliez pas que je ne dois parler qu'à votre père.

Frustrée, elle n'a pas le choix.

—Tu devrais y aller, il n'aime pas attendre. Tu monteras à cheval avec moi ?

—Cela m'étonnerait que votre père laisse un bagnard chevaucher à vos côtés !

Dans un mouvement d'humeur masquant sa déception, elle se sauve, le plantant dans le box. Il en profite pour vérifier que ses hardes sont toujours dans leur cachette. D'autres souvenirs sont remontés. Que va-t-il confier à Dumoulin ?

Celui-ci s'impatientait :

—Ah ! te voilà enfin ! Installe-toi.

Pendant que le docteur compulse ses notes prises la veille, Nicolas reprend consciencieusement son travail.

—Nous en étions restés à ton départ de Bicêtre, ce qui nous apprend que tu vivais à Paris. Tu as une affinité avec les chevaux. Penses-tu qu'il y a un rapport avec ton métier ?

— Je ne pense pas, j'aidais plutôt ma… logeuse ? C'est flou.

— Explorons autre chose. Ne m'en veux pas, mais je me demande comment un garçon comme toi, issu sans doute d'un milieu modeste, connaît les lettres et les chiffres. C'est une piste.

Dumoulin fait tomber une pile de documents qui s'éparpillent sur le sol.

— Il ne manquait plus que ça !

— Laissez, je vais les ramasser.

Nicolas se glisse sous le bureau et se fige. Sous sa blouse ouverte, Dumoulin porte une culotte de belle facture, un beau drap jaune rehaussé de touches grises. Une vision l'étourdit, suivie de palpitations. Il sent venir le malaise et se relève trop vite. Le souffle court, il se retient au bureau pour ne pas tomber. Affolé, Dumoulin se précipite et le soutient.

— Viens t'asseoir. Tu es encore faible, pencher la tête n'est pas bon.

— Ce n'est rien…

— Ne bouge pas, je t'apporte une boisson sucrée.

Resté seul, Nicolas retrouve ses esprits. La remontée des souvenirs a été brutale. Il n'a pas encore tous les éléments, mais ce pantalon jaune a ouvert les vannes. Il se rappelle Baptiste, Jean-Baptiste, Louis, le costume jaune. Tailleur ! Il était apprenti tailleur ! Mais toujours rien expliquant ce qui l'a conduit au bagne. Il ne peut pas rester dans l'ignorance, il a besoin de Dumoulin pour retrouver ce qu'était sa vie.

— Tiens, bois.

L'eau sucrée procure le coup de fouet escompté, il reprend des couleurs. Le regard baissé, perdu dans le vide, il parle.

Impressionné, Dumoulin ne l'a pas interrompu et a noirci ses feuillets de notes. Le flot de paroles s'interrompt, laissant les deux hommes sonnés.

— Eh bien… comment as-tu pu en arriver là ?

— J'aimerais bien le savoir.

De fait, tous les souvenirs liés à Mathilde sont gommés de sa mémoire, il n'y a pas accès. Il ne sait pas que son cerveau protecteur garde secret son amour pour elle. Cet amour qui, avec son impétuosité, est à la source de ses déboires.

— Je ne te lâcherai pas tant que la mémoire ne te sera pas revenue. Même si au bagne, ils me harcèlent pour que tu y reprennes ta place le soir. Tu es mon patient tant que tu ne l'auras pas retrouvée.

Nicolas opine. Ces paroles renforcent sa volonté de ne pas tout dire. Il va gagner du temps.

Les jours qui suivent, des bribes lui reviennent, qu'il lâche avec parcimonie. Bénédicte se fait de plus en plus pressante. Les soins reçus ainsi que la qualité de vie inespérée que lui offre son bienfaiteur ont eu vite fait de lui faire prendre du poids et du muscle, en allant chaque jour faire travailler les chevaux. Ses cheveux ont poussé ; oubliée, la coupe bagnard. Inconscient de son charme ténébreux, obsédé par la recherche de son passé avec le docteur Dumoulin, il est insensible aux attraits de Bénédicte.

Elle a obtenu l'autorisation de son père pour chevaucher avec Nicolas, sous réserve d'être discrets, en dehors de la ville.

Si Dumoulin est loin d'avoir fini ses travaux avec Nicolas, il a bien avancé et consolidé ses thèses. Il a appris à connaître l'homme et est consterné devant un tel gâchis, ce qui ne fait qu'aiguiser sa curiosité sur ce qui l'a conduit au bagne. Entre doutes et certitudes, il élabore des théories de complot, vengeance, erreur à l'encontre de son protégé. Pour, à d'autres moments, s'interroger sur une possible duplicité de sa part.

Les occupants de la maisonnée ayant chacun leurs préoccupations, leurs interrogations ou leurs espoirs, se côtoient entre instants légers et apaisés, et d'autres lourds de tension.

—Nicolas !

—Oui, mademoiselle Bénédicte ?

—Je t'ai demandé de ne pas m'appeler mademoiselle !

—Pardon.

—Père sera absent demain et son cabinet sera fermé. Il a donné son autorisation pour que tu m'accompagnes pour une sortie à cheval. Il devrait t'en parler aujourd'hui.

—Comme vous voulez.

—Merci pour ton enthousiasme !

Bénédicte a changé d'attitude. Elle ne cherche plus les bises fraternelles, mais ne perd pas une occasion de le frôler, d'accentuer l'échancrure de son corsage. Ses regards appuyés et ses soupirs sont éloquents. Il craint de rester en tête à tête avec elle, car sa virilité mise en sommeil par les privations et mauvais traitements se réveille. Les appâts de Bénédicte sont attirants. En la regardant, il a toujours une autre image floue qui vient en surimpression, un halo roux. Une autre femme. Qui est-elle ? Qu'est-elle pour lui ? Cette interrogation le ronge. Il doit savoir. Il doit s'enfuir, retourner à Paris. Là où tout a commencé.

Pris au piège, Nicolas n'a pas d'autres choix que de suivre Bénédicte de bon matin.

—Vous m'avez dit être déjà montée à cheval.

—Oui, une mauvaise chute m'en avait éloignée, puis ma mère…

—Approchez, je vous aide à monter. Soyez sans crainte, la jument est douce.

—Avec toi, j'irai où tu voudras.

Elle se frotte à lui sans pudeur, laissant flotter un léger parfum floral et acidulé qu'il n'identifie pas, mais le trouble. Ses sens n'obéissent plus à sa tête et prennent le contrôle de son corps. Il fait un pas en arrière. Ce qui ne trompe pas la sagacité de Bénédicte ; elle laisse échapper un rire. Un rire de gorge, profond, sans retenue, qui martèle la tête de Nicolas. Un rire léger, joyeux et cristallin s'y substitue, le fait vaciller. Alertée, Bénédicte s'inquiète :

—Nicolas ? Tu fais un malaise ?

—Non, ça va aller.

—Hum... je n'avais pas remarqué que je te faisais autant d'effet. Allons-y.

Du haut de sa monture, elle l'attend.

—Que fais-tu ?

—Un détail semble vous avoir échappé.

Il lève sa jambe alourdie par le boulet. Plus lestement qu'il l'aurait imaginé, elle saute à terre et examine la lourde chaîne.

—J'y avais déjà pensé. Elle me semble assez longue pour que tu tiennes le boulet devant toi. Je t'aiderai à monter.

—Et vous ?

—Tu crois que j'ai besoin d'aide ?

—Non. Mais reconnaissez que chevaucher avec un boulet de forçat à la cheville n'est pas la meilleure façon de se tenir à cheval.

Elle continue son examen de la chaîne.

—Il y aurait bien une possibilité...

Elle s'interrompt et plonge son regard noisette dans les yeux de Nicolas. Ses lèvres frémissent et dessinent un léger sourire, accentuant le trouble de son partenaire.

—Regarde, tous les maillons sont soudés. Il est impossible de les dissocier sans les briser.

—Ce que je ne peux pas faire.

—Sauf si tu en remplaces un.

Il réfléchit, suit sa pensée et complète la phrase :

—Par un autre, qui s'ouvre et se ferme...

—C'est une idée...

—Vous pourriez faire ça ?

—Avec la complicité du maréchal-ferrant. Il est tout acquis à mon père, qui a sauvé la vie de sa femme en couches.

— Au premier contrôle au bagne, ils le détecteront. Ils sont experts en la matière. En tapant l'anneau avec un maillet, au son, ils savent si la chaîne a été limée ou forcée. Dès que j'y retournerai, ils me mettront au cachot !

— D'abord, tu n'es pas près d'y retourner ; ça ne dépend que de toi. Ensuite, si l'anneau trafiqué se trouve au plus près du boulet, en veillant à ne pas endommager le reste de la chaîne, ça réduit les risques. Tu ne crois pas ?

Ces quelques mots tournent dans la tête de Nicolas, lui ouvrent une infinité de possibilités. Se pourrait-il qu'il ait trouvé une alliée ? Il n'ignore pas les désirs de la demoiselle. Avec un beau sourire ténébreux, il pose le boulet dans les mains de Bénédicte et se hisse sur sa monture.

Leur sortie prend une tournure qui ne lui déplaît pas. Elle est bien décidée à écourter cette première chevauchée, pour la terminer roulés dans le foin.

33

Le couvent des Augustins

Novembre-décembre 1771

À chacune de leurs étapes, ils ont évité le cœur des cités. Ce soir, il n'a pas le choix ; Gustave lui a dit de se diriger vers la tour carrée. Majestueuse dressée au sud-ouest de la ville, à l'intérieur des remparts, elle se voit de loin.

Il les longe en quête d'une ouverture proche du couvent. Il n'a pas à chercher longtemps, la tour très fréquentée est desservie par une arche qu'il franchit au pas pour s'arrêter devant la guérite. La nuit est tombée, il craint que les gardes soient suspicieux devant deux voyageurs mal en point et leur arrivée tardive. Des voix s'élèvent. Il attend qu'un gardien se manifeste quand, enfin, une tête se penche vers eux tout en jetant des regards furtifs à l'intérieur. L'homme les apostrophe :

—Vous allez où, à cette heure ?

—Au couvent. J'ai un malade.

Une voix leur parvient :

—Presse-toi, c'est ton tour !

—J'arrive. Frappez au portail juste en face.

L'homme s'éclipse aussitôt, laissant Hippolyte soulagé. Il suppose que les hommes disputaient une partie de dés pour se distraire d'une longue nuit de garde, et devaient jouer pour de l'argent. C'est à cet instant précis qu'il se rend compte que les moines vont lui poser des questions. Mathieu va devoir redevenir Mathilde. Pour le reste, il est prêt à broder une histoire.

L'attente est longue. Le lourd portail s'entrouvre enfin sur un moine longiligne au faciès acéré. Il écoute les explications d'Hippolyte, les sourcils froncés. Il tourne autour des chevaux, les mains plongées dans ses manches ; il inspecte sans rien toucher, regarde Mathilde qui geint dans les bras de son père.

—Attendez ici. Je reviens.

Il disparaît derrière la porte qui se referme derrière lui, laissant Hippolyte perplexe et incapable de prendre une décision. Il ne peut qu'obtempérer.

Au bout de ce qui lui semble une éternité, les vantaux s'ouvrent sur une escouade de jeunes moines portant un brancard. Ils se saisissent de Mathilde pour disparaître aussi vite qu'ils sont venus. Celui qui les a reçus quelques instants plus tôt lui fait signe d'avancer. Il entre dans la cour. Le portail se referme derrière lui. Ils sont en sécurité. Il se détend. Tout s'est enchaîné vite. Il est soulagé, Mathilde est prise en charge. Laconique, son hôte le rassure.

—Elle est dans le quartier des sœurs.

Il conduit Hippolyte aux écuries avec ses deux chevaux :

—Installez-vous pour la nuit. Un novice va vous porter un repas. Nous nous verrons demain.

Resté seul, il s'interroge sur cette curieuse communauté : ont-ils fait vœu de silence ? Rassuré sur le sort de Mathilde entre les mains de femmes, son frugal dîner terminé, il s'autorise quelques heures de repos et sombre dans un profond sommeil.

Si les sœurs s'étonnent de la tenue de la jeune fille et de sa coupe de cheveux, elles les mettent sur le compte du long voyage de ce père et de sa fille. Désargentés, ils vont rejoindre le fils aîné, dont l'épouse saura être présente auprès de cette jeune fille désespérée qui vient de perdre sa mère. Et, comble de malchance, ils ont été agressés par des bandits de grand chemin, qui les ont dépouillés du peu de valeurs qu'ils possédaient, blessant Mathilde qui, courageuse, a voulu défendre son père. C'est du moins la version qu'Hippolyte a servie au moine qui l'a reçu.

Réveillé par les matines, il est impatient d'obtenir des nouvelles de sa fille, mais les moines sont retenus par les laudes. Dès qu'il l'aperçoit enfin, il emboîte le pas de celui qui l'a accueilli, et rompt le silence de la communauté en l'interpellant :

—Mon père, comment ma fille va-t-elle ?

—Elle est entre les mains de Dieu.

—Plutôt celles des sœurs.

—Ne blasphémez pas, mon fils. Je crains que vous soyez obligé de rester entre nos murs longtemps.

—C'est donc grave ? Elle ne va pas mourir ?

—Elle a manqué de soins et présente une infection sérieuse.

—Je veux la voir.

—Vous ne pouvez pas accéder au quartier des femmes. Seul notre supérieur en a la possibilité.

—Les sœurs peuvent-elles sortir ?

—Parfois. Elles vont au potager.

Hippolyte ne cache pas son inquiétude devant le moine qui l'observe et semble éprouver de l'empathie pour ce père seul avec sa fille. Il réfléchit avant de proposer :

—Si vous devez rester avec nous, peut-être pourrez-vous apporter votre aide à quelques travaux ?

—Dites-moi ce que je peux faire.

—Que savez-vous faire ?

—Tout ce qui vous sera utile.

—Des travaux de jardinage ?

—De potager ?

—Par exemple. Allez, mon fils, on viendra vous chercher.

L'homme le congédie. Tout compte fait, il n'est pas aussi rigide qu'il en a l'air. Hippolyte commence à penser qu'il peut lui faire confiance, il suffit de respecter les règles. Il se retire, inquiet de la santé de Mathilde, et se rassure en se disant qu'elle est jeune et en bonne santé, qu'elle va s'en sortir. Ils prendront le temps qu'il faudra. S'il savait le faire, là, maintenant, il prierait. Rien ne l'empêche d'adresser une supplique à Celui qui n'a rien fait jusqu'à ce jour pour Mathilde et Nicolas ; il serait temps qu'Il s'occupe d'eux !

Les sœurs infirmières se relaient au chevet de Mathilde. La fièvre ne tombe pas. Dans son délire, un nom revient comme une litanie : Nicolas…

—Nicolas ?

—Peut-être son frère.

—Son père rôde dans le potager, je ne sais que lui dire.

—Tant qu'elle ne va pas mieux, il ne faut pas lui donner de faux espoirs.

—Oui, mais quand même… Le pauvre homme a déjà perdu sa femme.

—Justement ! Il ne doit pas perdre sa fille.

—Alors, on lui dit que ça va ?

—Ma sœur ! Ce serait mentir ! Lui dire qu'on fait notre possible pour la sauver est mieux que de le laisser dans le doute. Vous voulez que je m'en charge ?

—Je préférerais. Je m'occupe de la petite.

Elle se penche sur Mathilde, change une nouvelle fois les pansements de la plaie purulente et violacée, la rafraîchit et lui donne à boire. La jeune fille ne réagit pas.

Hippolyte, courbé dans le potager, retourne la terre à grands coups de pelle. Si on lui avait dit qu'il serait jardinier un jour, il en aurait bien ri. À présent, il n'en a pas envie, et le jardinage lui évite de trop se focaliser sur une seule et unique personne. Une ombre se dessine sur le sillon qu'il travaille. De solides chaussures de cuir marron piétinent la terre, effleurées par une étoffe de gros drap écru. Son regard remonte les plis de la robe. Il se relève d'un bond.

—Ma sœur ! Pardonnez-moi, je ne vous avais pas entendue arriver. J'étais préoccupé.

—Je sais.

—Vous m'apportez des nouvelles ?

—Vous allez devoir être patient.

—Ce qui signifie ?

—Votre fille a attendu trop longtemps avant de recevoir des soins. Ça peut être long.

—Vous allez la sauver ?

—Pour l'instant, l'infection ne progresse pas. Nous avons juste réussi à l'arrêter. Elle peut reprendre. Elle est jeune, elle a de la ressource. Soyez confiant, monsieur Hippolyte, nous faisons le maximum, avec l'aide du Seigneur.

—Celui-là…

—Pardon ?

—Rien, ma sœur. Je me tiens tous les jours dans le potager. Vous viendrez me donner des nouvelles ?

—Chaque jour. Soyez patient.

Elle s'en retourne, émue par la peine de ce pauvre homme que la vie n'a pas épargné.

Hippolyte reste de longues minutes sans réaction, fasciné par un lombric dérangé par sa pelle, qui cherche à retourner dans l'anonymat des profondeurs terrestres pour y poursuivre son travail d'aération. Quand l'invertébré a disparu, il jette sa pelle et tombe à genoux dans un long hurlement, la tête entre les mains.

Chaque jour est un combat ; Mathilde mène le sien. Au huitième, la sœur, qui ne quitte pas son chevet, voit une lueur d'espoir : la fièvre commence à baisser, la plaie ne suinte plus. Elle ne veut pas encore crier victoire, mais le message doit parvenir au père.

Soulagé, Hippolyte ne doute plus que la guérison est au bout du tunnel. Revigoré, il se décide à préparer leur départ. Quand le prieur l'appelle, il sait déjà avoir été trop optimiste, Mathilde n'est pas encore prête à reprendre la route.

—Monsieur Hippolyte. J'ai une proposition à vous faire. C'est donnant-donnant.

—Dites.

—Votre fille va mieux. Il semble que le Seigneur n'ait pas voulu la rappeler à lui. Les sœurs disent que c'est un miracle. Elles ne laisseront pas leur protégée partir avant qu'elle ait repris des forces. Je sais, ce n'est pas encore votre intention de partir, mais ça ne devrait pas tarder. Aussi, je préfère anticiper.

—Il me faudra en parler avec ma fille.

—Dès que possible, elle prendra l'air dans le potager. Enfin, si la météo le permet.

—Et votre donnant-donnant ?

—J'y viens. Vous avez soulagé le travail des sœurs dans le potager, ce qui leur a permis de se consacrer à d'autres tâches. L'approche de l'hiver nécessite de protéger les arbres fruitiers, pailler les plants, ranger et nettoyer le matériel, réparer le poulailler, revoir les abris des poules. Bref une liste interminable de choses qui m'échappent, toutes plus utiles les unes que les autres, du moins selon les dires des sœurs. Enfin, vous avez compris, elles ne veulent pas lâcher votre fille et comptent sur moi pour vous donner de bonnes raisons de rester pour les aider. Cela dit, elles n'ont sans doute pas tort, surtout avec le mauvais temps qui arrive.

—Elles ne veulent quand même pas lui faire prendre le voile ?

Le moine rit sans retenue.

—Alors, c'est d'accord ?

—Nous sommes pressés, mais vous avez raison, je ne vais pas faire prendre de risques à ma fille. Si je peux vous rendre service à mon tour, c'est avec plaisir.

—Monsieur Hippolyte, je suis satisfait de notre accord.

Il se lève, signifiant que l'entretien est terminé.

Hippolyte pense que si Mathilde va mieux, elle va piaffer d'impatience. Un peu de raison ne fera pas de mal à leur projet insensé d'affronter le monde du bagne pour enlever un bagnard. Ils ne peuvent pas se présenter à Toulon affaiblis et sans plan. Ils n'en sont plus qu'à deux jours de cheval, et l'énormité de ce qu'ils s'imaginent accomplir lui saute aux yeux. Mais il a donné sa parole à Mathilde : il ne faillira pas.

Trop faible pour réagir, Mathilde a accepté la décision de différer leur départ comme une fatalité, un mal nécessaire. Les jours s'écoulent au rythme du couvent, elle sent son corps revivre, animée par de nouvelles ardeurs, et surtout, elle prend le temps de réfléchir.

Plus déterminée que jamais à faire évader Nicolas, l'entreprise lui paraît ce qu'elle est : énorme, impossible aux yeux des communs. Face aux difficultés, elle a la rage, renforcée par le lot d'épreuves qui se sont accumulées sur son chemin. Son mariage avec Jean-Baptiste, les viols et la duplicité de Louis, son enfermement à la Salpêtrière, son agression et sa lutte contre la mort, elle a tout surmonté. Victorieuse ! À chaque obstacle, elle a vaincu.

Entre Mathilde et Mathieu, elle cumule les atouts. Les deux lui vont bien. Elle va réussir. Un seul doute : qu'est devenu Nicolas ? Et s'il n'avait pas survécu ? La chaîne de bagnards qu'ils ont croisée en route l'a renseignée sur leurs conditions et leur espérance de vie. Et si une fois libre, il ne voulait pas d'elle ? Elle le comprendrait ; elle ne va pas lui rendre une liberté pour l'en priver aussitôt !

Cette expérience aux portes de la mort n'a pas entamé sa détermination, elle a enrichi sa réflexion : ne pas foncer tête baissée, prendre le temps d'analyser la situation et de préparer l'action. Sur place, ils prendront le temps de découvrir les lieux, de se renseigner sans attirer l'attention. Ils agiront quand ils seront sûrs de leur fait.

Ils ont célébré la naissance du Christ avec leurs nouveaux amis. Sans regret, ils ont clos cette année maudite. Le temps des adieux est enfin venu.

Par un froid matin de janvier, ils passent le portail chaudement vêtus, chargés d'équipement et de victuailles pour la route.

La veille, ils ont pris congé de la communauté, dans l'émotion et la dignité, promettant de revenir.

34

Tout commence

Janvier 1772

Depuis qu'Hippolyte et Mathilde ont quitté Paris, sur ce qu'aujourd'hui ils reconnaissent volontiers être un coup de tête, les épreuves rencontrées au cours de leur folle chevauchée ont renforcé leurs liens. Ces longs jours et nuits passés dans l'angoisse de la perdre ont ancré Hippolyte dans la conviction qu'elle aurait pu être l'enfant qu'il n'a pas eu, avec la nostalgie d'être passé à côté de la paternité. Se présenter comme père et fille ou père et fils selon les circonstances est naturel, même si leur différence d'âge peut prêter à confusion. Ils sont une famille.

Mathilde chevauche en tête, sous un ciel bleu et froid d'hiver que le soleil a du mal à réchauffer. La route caillouteuse sinue entre de grands arbres élancés. Elle les avait aperçus à l'horizon, découpant leurs cimes irrégulières et écrasées ; intriguée, elle s'était hâtée de gagner leur couvert. Elle met pied à terre, ramasse les curieuses épines qui jonchent le sol, quand Hippolyte la rejoint :

—Regarde, ils n'ont pas de feuilles ! On dirait des aiguilles, et leurs troncs brunâtres sont couverts d'écailles et de crevasses !

—Je crois que ce sont des pins.

—Tu as vu comme ils sont grands avec leurs troncs dégarnis et leurs houppettes au sommet ?

—Oui, respire les odeurs.

—Je ne les reconnais pas !

—On approche. Le prieur m'a dit « La végétation va changer. Quand vous verrez de grands arbres avec des senteurs nouvelles, attendez-vous à être éblouis par la mer. » Il m'a aussi parlé de buissons d'épines aux fleurs jaunes qui fleurissent dès le mois de janvier et d'autres avec des petites fleurs mauves.

—Regarde ! Il y en a au loin ! On arrive !

Sans attendre, elle reprend sa monture et part au galop. Hippolyte la retrouve arrêtée quelques kilomètres plus loin. Éblouis, ils dominent la mer, sillonnée de voiles blanches. Elle scintille au soleil. Entre terre et mer, entourée de collines et léchée par des vaguelettes, Toulon s'étale à leurs pieds. Ils admirent la cité qu'ils ont eu tant de mal à atteindre. À lui seul, ce spectacle en est la récompense.

Ils ont mis pied à terre. Hippolyte pose sa main sur l'épaule menue de Mathilde. Leurs yeux embués se croisent, leurs gorges nouées bloquent leurs paroles. Mathilde saisit la main d'Hippolyte et se blottit dans ses bras, libérant leur tension de ses larmes. Des larmes de joie, illuminées par un large sourire :

—Père, nous sommes arrivés !

—Regarde bien, ces bassins et ces fortifications, je pense que c'est là-bas…

—Il semblerait. Allons-y, tout commence…

Dans la continuité de leur long voyage, pour ne pas attirer l'attention, ils ont convenu que les deux cavaliers, qui vont prendre pension chez la logeuse conseillée par les moines, resteraient un père et son fils. Ce qui convient à Mathilde.

Elle apprécie trop la liberté que lui apporte Mathieu ; elle se demande si, un jour, elle aura envie de retrouver Mathilde.

Comme leur a conseillé le moine, ils suivent le chemin des Soliers. Quand les puissantes fortifications qui protègent le port se dressent devant eux. Sur les renseignements du premier passant, habitué à la présence de nombreux étrangers dans la cité portuaire, ils trouvent sans difficulté l'adresse de leur logeuse. Indépendant, leur logis dans une ruelle parallèle à l'arsenal est à moins de dix minutes à pied de la Halle aux poissons et du cœur de la Cité. Une rue de traverse offre une petite vue sur le port et le bagne. Comme à Paris, les rues étroites captent peu le soleil. Leur logement en rez-de-chaussée est sombre, la seule fenêtre, ouverte sur la rue, peine à illuminer une pièce de vie meublée chichement, et encombrée par une grande table centrale. Poussée le long du mur entre le fourneau et un grand meuble de rangement, elle libérerait l'espace. L'idée a germé en même temps dans leurs esprits ; ils se regardent :

—On la pousse ?

—J'y pensais.

Dans le fond, une porte ouvre sur une pièce aveugle. Avec un lit d'angle, une commode surmontée d'une bassine et d'un broc, nul doute, c'est la chambre. Une chandelle est posée sur une chaise. Un objet derrière la porte en réduit l'ouverture ; Mathieu se penche pour voir ce qui bloque. Un drap recouvre ce qui pourrait être un meuble. Il le retire.

—Oh ! Regarde, c'est un second lit ! Un lit pliant ! Je n'en avais jamais vu.

—Bonne idée. Je ne me voyais pas encore subir tes coups de pied et de poing dans le dos. Autant dormir dans le foin avec les chevaux !

—Et moi, je ne supporte plus tes ronflements.

Les murs résonnent de leurs rires, un peu trop cristallins pour un garçon.

—Au fait de chevaux, je vais m'assurer qu'ils sont bien dans l'enclos.

—Non, c'est à moi de m'en occuper. J'y vais. Je te laisse le soin d'organiser notre nid.

Hippolyte évite de justesse l'oreiller que lui lance Mathilde. Il est content ; un peu de légèreté après ce long et pénible voyage libérera leur esprit pour accomplir leur mission. Il n'a pas eu de mal à convaincre le principal du couvent de la nécessité de trouver un logement à Toulon.

Le fils qu'il est censé retrouver ne dispose que d'une pièce avec son épouse, et il ne peut pas accueillir les chevaux. Il a honte d'avoir menti à ce brave homme ; il n'avait pas le choix. Ce qu'ils viennent de découvrir est parfait pour eux. Il a pu régler un mois de loyer d'avance, et leur brave logeuse, flattée par la recommandation des moines pour son modeste logis, leur a proposé de fournir leurs repas pour un prix modique. Pour la suite, il ne doute pas de trouver des combines pour renflouer sa bourse. Une bonne étoile serait-elle décidée à s'allumer ?

Ignorants des conditions de vie et des règles du bagne, ils n'ont pas encore de plan. Ils vont commencer par repérer les lieux et l'environnement. Pour ne pas attirer l'attention, à tour de rôle, ils rôdent autour des murs du bagne. Ils observent les allées et venues, sans arriver à saisir l'ordre qui régit les lieux. Ils voient les bagnards, les approchent à distance, sans parvenir à prendre de contacts. Ces bagnards, avec leurs tenues reconnaissables et leurs bonnets de couleurs différentes, s'ils sont repérables, sont inaccessibles.

Leurs allées et venues commencent à nourrir les commérages. Leur logeuse finit par les alerter avec maladresse en leur portant leurs repas. Elle tourne autour du pot, s'enquérant de leurs journées :

— Vos jours ne sont pas trop longs ?

Hippolyte flaire aussitôt une curiosité dangereuse, il répond sans ciller :

— Si ça continue, ils vont finir par le devenir.

Alertée, Mathilde attend la suite sans intervenir.

— Vous auriez des soucis ?

— Non, mais nous sommes venus chercher du travail pour nous rapprocher de la famille. Hélas, nos proches ont dû partir et nous nous retrouvons seuls.

Mathieu pressent qu'Hippolyte va encore inventer une histoire à sa façon et est tout ouïe.

— Et avec le bagne, on n'ose pas s'approcher du port. Il n'y a pas de place pour nous.

— Vous auriez aimé travailler au port ?

— Oui. Mais le travail y est réservé aux bagnards.

— *Que nenni !* Pas seulement.

— Je ne vois pas.

— Il n'y a pas que les vaisseaux et la Marine du roi ! Il y a aussi les pêcheurs, les commerçants.

— Ce qui nous laisserait une possibilité ?

— Y a pas de doutes.

— Avec tous ces bagnards, ce n'est pas dangereux ? J'ai du mal à comprendre leur fonctionnement. S'ils vont travailler, ils pourraient aussi bien s'échapper. Et leurs bonnets de couleur ? Ils ont un sens ?

— Pour ça, ils risquent pas de s'échapper ! Vous avez vu leurs chaînes ?

— Ils ne les enlèvent jamais ?

— Il paraît que non. Et les couleurs c'est pour les reconnaître : les dangereux en vert et les autres en rouge.

— Ils font tous le même travail ?

— D'abord, ils font les gros travaux, et après les petits. Vous savez, y en a même qui travaillent chez des particuliers, dans des commerces.

— J'avais cru en voir. Qu'est-ce qu'ils ont de spécial ?

— Je sais pas trop. Des privilégiés ! Il paraît que ceux qui savent lire et écrire sont bien vus. S'ils savent tout ça, à mon avis c'est qu'ils sont déjà bien nés ! Toujours des privilèges, je vous dis !

Cette précision interpelle Mathilde, qui ne réagit pas.

— D'après vous, y a pas de danger ?

— Mais non ! Même que si vous voulez, j'en parlerai à mon beau-frère.

— Votre beau-frère ?

— Il est patron pêcheur. Il a toujours des besoins.

— Je ne sais pas si j'ai le pied marin.

— Vous serez pas obligé de monter à bord. Il y a aussi le nettoyage du bateau, du poisson, et la vente aux Halles. Je suis sûre qu'il y aura aussi de la place pour votre jeune freluquet.

— Vous lui en parleriez ?

— Sans problème, dès demain.

— Entendu. Merci à vous.

— C'est comme si c'était fait ! À demain.

Restés seuls, ils exhalent un profond soupir. Hippolyte est surexcité, ils viennent de faire une belle avancée. Si l'affaire se fait, ils circuleront dans l'enceinte du port et de l'arsenal sans attirer l'attention. En travaillant aux Halles, leurs contacts vont s'élargir, toute information glanée sera exploitée, et leur présence deviendra naturelle.

Mathilde écoute. Elle ne peut pas placer un mot et finit par interrompre Hippolyte dans ses longues explications :

— Arrête !

— Quoi ? Tu n'es pas content ?

— Nicolas sait lire, écrire et même compter. C'est maître Baptiste qui lui a enseigné.

— Tu ne pouvais pas le dire plus tôt ?

— Tu ne m'as pas laissé parler !

—J'espère qu'il n'a pas gardé ce savoir pour lui.
—Le connaissant, ce n'est pas impossible !
—Il ne faut pas négliger cette piste. On va surveiller ceux qui sortent.
—Et qui rentrent.

Trop content de trouver une main-d'œuvre qui lui fait toujours défaut, pour quelques sols, le beau-frère a conclu un accord avec les deux hommes. Bien qu'Hippolyte soit persuadé que le salaire proposé, à force jérémiades de leur patron, soit très en dessous de la pratique, il est satisfait. Pour sa part, il sera tout le jour sur les quais, affecté à l'entretien du bateau, au déchargement et au tri du poisson pour préparer les paniers destinés au marché ou aux professionnels. Il n'est pas question qu'il prenne la mer. Son fils, Mathieu, fera les liaisons entre le port et les Halles, où il préparera la marchandise et contribuera à la vente. Ils ne pouvaient pas imaginer de meilleure proposition pour commencer.

Absorbés par l'apprentissage de leurs métiers de pêcheurs, mareyeurs et hommes à tout faire, les premières semaines leur sont peu productives. Quand Mathilde se démoralise, Hippolyte la rassure, arguant du fait qu'ils sont sur la bonne voie. Ils s'intègrent progressivement dans la société toulonnaise, ils gagnent la confiance des villageois et seront acceptés comme faisant partie des leurs. Personne ne s'étonnera de leur présence près de l'arsenal.

Ce en quoi il n'a pas tort. Ce père avec son fils freluquet, venus de nulle part, intriguent encore la communauté.

Hippolyte, qui cherche à s'attirer la bienveillance de ses collègues, ne rate aucune occasion de se montrer serviable. Il a remarqué que le plus âgé d'entre eux ralentit la cadence quand ils charrient les lourdes nasses chargées de la pêche.

Il s'arrange pour travailler à ses côtés, et quand il faiblit, il le seconde. La manœuvre n'a pas échappé à l'un des jeunes, reprochant à l'ancien de freiner la cadence, et par là même de réduire leurs gains. Ils sont payés en fonction du poids et du temps passé à charrier cette marchandise fragile.

—Toi, le nouveau, laisse le vieux se débrouiller.

—Y a pas de mal à aider…

—Tu vois pas qu'il nous retarde ? Il doit laisser sa place à un plus jeune.

Ce qui n'est pas du goût de son voisin, qui le saisit par le col, prêt à en découdre.

—Tu parles de mon père, là !

—Je savais pas…

—Quand bien même. On respecte les anciens.

Il le pousse et le fait tomber sur le sol. Le jeune gars furieux saisit un outil qui traîne à portée de sa main et, tel un ressort, il bondit, menaçant.

La situation est tendue. L'ancien crie :

—Arrête, lâche ça !

—Ta gueule, le vieux ! C'est ta faute.

Le bras levé prêt à frapper, il se retourne vers l'ancien, un adversaire plus fragile. Menaçant, il approche, quand il se retrouve désarmé, le bras tordu dans le dos, bloqué par un genou qui exerce une pression sur sa jambe. Il bafouille :

—Que… qu'est-ce…

Hippolyte murmure à son oreille :

—Imbécile ! Tu n'as pas compris qu'unis, nous sommes plus forts ?

—Mais…

—Il n'y a pas de « mais » ! Du jeune comme toi à l'ancien, tous ont leur place. Tu n'as pas toi aussi un père qui a besoin de quelques sols pour survivre ?

—Il en est mort.

—C'est notre destin à tous. Je te conseille d'y réfléchir, petit. Je saurais être à tes côtés, ou contre toi. À toi de choisir.

L'altercation a fini par attirer le patron qui arrive, la mine renfrognée.

—Il se passe quoi ici ?

Hippolyte, qui se tient toujours auprès de son jeune collègue, s'empresse de le brosser et lui passe la main dans les cheveux.

—Il a glissé. J'ai craint qu'il se soit assommé. Il va mieux. N'est-ce pas, mon petit ? Tout va bien ?

—Tout va bien.

—J'avais cru… Non, rien. Remettez-vous au travail.

Les compagnons ont tous entendu les paroles d'Hippolyte. Ils en apprécient la portée et sont impressionnés par la rapidité de son intervention pour apaiser le conflit et celle avec laquelle il vient de rassurer leur chef.

À la fin de leur journée de travail, la mine encore bougonne, le jeune rebelle l'aborde :

—Tu cherches un bagnard ?

—Où t'as vu ça ?

—C'est pas difficile à comprendre. Tu n'arrêtes pas de les observer, tu sursautes à chaque bruit de chaînes. Sans parler de tes questions.

Interloqué, il ne se croyait pas si lisible.

—Et alors ?

—Il y a un moyen auquel tu n'as pas dû penser.

—Lequel ?

—Lui écrire, tout simplement. Enfin, si tu connais quelqu'un qui écrit !

—Écrire ? Tu en es certain ?

—Tout le monde le sait ! Il y a des bagnards qui lisent et écrivent les lettres pour ceux qui ne savent pas le faire. Moi, je te le dis, après, tu agis comme que tu veux.

—C’est quoi ton petit nom ?

—Martial.

—Martial, t’es pas un mauvais bougre ! À demain.

Les deux hommes se quittent, agités par des pensées diverses.

Martial est content d’avoir rattrapé ses bêtises auprès d’un homme à la forte personnalité, dont il est préférable de s’en faire un allié.

Hippolyte, exalté par l’information, est pressé de la partager avec Mathilde. Il se sermonne de ne pas y avoir pensé plus tôt.

35

La lettre

Janvier 1772

Nicolas est amer, il se sent piégé par lui-même, par son cerveau qui refuse de lui donner la clé. Ses progrès stagnent depuis Noël. Il y a toujours ce trou béant, ce vide, ce pan de sa vie prisonnier de sa mémoire. Il se souvient de sa première arrestation avec son exposition au pilori, du rôle joué par Louis pour l'évincer. Qu'a-t-il fait à Louis pour mériter son ressentiment ? Des ombres, amies ou ennemies, hantent son sommeil.

Son évasion du pilori reste floue. La seule personne dont il se souvient est Eugénie ; qui est-elle dans sa vie ? L'aurait-elle aidé à s'évader ? Est-ce le signe qu'il a sa place dans le cœur de quelques personnes ?

Plus il s'interroge et se fustige de ne pas se rappeler, plus ses souvenirs s'éloignent, creusant le manque, le vide dans son cœur, avec cette obsession, ce halo roux qui le tourmente et le nargue.

Il a célébré la naissance du Christ dans la cathédrale Sainte-Marie. Seul bagnard présent, il était encadré par le docteur et Bénédicte, qui étaient beaucoup plus à l'aise que lui avec son boulet à la cheville. Bénédicte a tenu sa promesse ;

le maréchal-ferrant lui a posé un anneau amovible, mais il ne s'en libère qu'en présence de Bénédicte, à l'abri des regards.

Dumoulin, satisfait du travail accompli, ne doute pas que son patient est sur la bonne voie. Il a hâte de présenter le fruit de ses recherches à sa communauté. Il mise sur le printemps. En attendant, il le presse, car le directeur du bagne commence à montrer des signes d'impatience. Ce bagnard au statut spécial fait jaser, et ce n'est pas bon pour lui. Les commérages le disent faible, incapable de tenir le bagne. Il a hâte de ramener Nicolas dans ses murs pour la nuit.

Nicolas est reconnaissant à Dumoulin d'avoir adouci sa condition de bagnard, même s'il sait qu'il se sert de lui. Chaque jour qui passe le rapproche de celui où il devra réintégrer les murs du bagne pour la nuit. L'idée d'y retourner l'effraie.

Il n'est pas fier, il a cédé aux avances de Bénédicte. Sa tête était loin, mais son corps n'a pas résisté. Il peut se dire qu'elle ne lui a pas laissé le choix, mais ce serait se mentir, car il prend du plaisir dans ses bras. Il n'était pas son premier amant, mais elle se donne à lui avec une chaleur qui ne trompe pas, elle est sincère. Il ne peut pas en dire autant. Le jour où il s'enfuira ne sera pas l'acte courageux dont il a rêvé, il sera lâche. Il trahira ceux qui lui font confiance. Plus il attend, plus ce sera difficile.

Ses cheveux ont poussé. Il possède des vêtements civils toujours cachés dans le box à chevaux, et le plus important : il peut retirer son boulet. Il lui reste au mieux deux mois pour mettre son projet à exécution, sinon il retrouvera son banc de bois pour dormir, enchaîné avec les autres bagnards. Il se demande quelle serait la réaction de Bénédicte si elle ne pouvait plus le rejoindre dans sa couche le soir. Avec son impétuosité, elle ferait des flammes !

Dès que sa fuite sera constatée, les trois coups de canon d'alerte lanceront la chasse au bagnard. Il devra s'enfuir de nuit, profiter d'une indisposition de Bénédicte. Son père ayant le sommeil lourd, ils ne s'apercevront de sa fuite qu'au matin. Il les voit mal le dénoncer, mais ils n'auront pas le choix. Il devra être loin. Loin, mais où ?

Le problème est qu'il n'a aucune idée de l'endroit où aller et des moyens de sortir de la ville. S'il proposait à Bénédicte de s'enfuir avec lui, l'aiderait-elle ? Mais ils seraient obligés de rester ensemble. Il n'aurait rien à offrir à une femme à la vocation de médecin, qui sait que sa condition lui en ferme l'accès. Tous les deux poursuivent le rêve de changer leur condition, mais ce n'est pas le même rêve. En attendant, ils prennent du bon temps et s'apprécient.

Quand le halo roux se glisse dans leurs ébats, il s'accompagne parfois d'un rire cristallin. Une autre femme dans sa vie ? Toujours cette obsession qu'il chasse, convaincu que s'il aimait et l'était en retour, il aurait retrouvé ce pan de mémoire.

Il ne croit pas aux explications de Dumoulin, qui prétend que son cerveau bloque ses souvenirs pour le protéger. Selon le docteur, il suffit de peu de chose, d'un objet, d'un son, d'une odeur pour que tout revienne, comme avec la culotte jaune. Son cerveau lui dira le moment venu. Il l'espère et l'appréhende ; ce jour-là sera la fin des travaux de Dumoulin et de leur collaboration.

S'il arrive, il le gardera pour lui.

Le souffle court, Bénédicte triture une missive que vient de lui remettre un argousin du bagne, dépêché par le directeur.

—Il m'a demandé de vous dire que c'est exceptionnel. Une faveur faite au docteur.

Elle n'en doute pas un instant. Sur le pli, d'une écriture appliquée, qu'elle pressent féminine, dansent les lettres « Pour Nicolas Massard, au bagne de Toulon. »

Elle a eu la présence d'esprit de demander s'il était arrivé par la malle postale.

— Il a été porté par un coursier.
— Un coursier ? À quoi ressemblait-il ?
— Je ne sais pas. C'était en début de mois.

Quinze jours ! Nicolas a des proches qui sont présents à Toulon. Avec fébrilité, elle fait sauter le sceau de cire et déplie la lettre.

Nicolas,
Quelques mots, qui, nous l'espérons, te trouveront en vie. Tu dois savoir que nous ne t'oublions pas. M et H

Bénédicte ne comprend rien. Pourquoi prendre la peine d'écrire pour dire si peu de choses ? Sans donner de nouvelles ni de consignes pour la réponse. Elle est certaine d'une chose : les correspondants sont à Toulon.

Deux signatures ; ce n'est donc pas une compagne comme elle l'avait craint. Pour deux voyageurs, il est aisé de se fondre dans les nombreuses auberges. Toulon, avec son port et sa position, est une plaque tournante très commerciale et militaire. Elle est inquiète. Ce document avec ces initiales M et H est peut-être le déclencheur qu'espère son père pour ouvrir l'esprit de Nicolas. Dans ce cas, elle va le perdre.

Elle transpire en dépit du froid ambiant, son cœur s'emballe. Elle s'effondre sur une méridienne, submergée par des sentiments contradictoires. Jalousie, mauvaise conscience, peur du lendemain ? Une tempête agite ses pensées. Le temps est venu de savoir ce qu'elle veut.

Les exercices fastidieux imposés à Nicolas par son père les ont rapprochés au-delà de leurs parties de jambes en l'air. Ils partagent des instants de complicité et de réflexion. Elle lui a confié l'amertume de sa vie de fille unique, au chevet d'une mère geignarde que son époux, brillant médecin et passionné par ses recherches, fuit en laissant sa fille s'en accommoder. Il n'a pas eu le fils qui lui aurait succédé et ne voit pas en Bénédicte son successeur. Une femme médecin ? Un sacrilège ! Pourtant, elle en est capable, convaincue que le jour viendra où ce sera naturel. Alors, pourquoi pas elle ? Ce père, elle l'admire et le déteste !

Nicolas est le compagnon idéal, il comble son esprit et son corps, mais elle est trop intelligente pour ne pas ignorer que leur liaison ne peut pas durer. Faire l'amour avec un bagnard, c'est franchir un interdit, ajouter du piment et du frisson, mais ça ne la fera en rien échapper de sa prison familiale.

Cette lettre lui offre l'opportunité de faire le point. Elle sait que la présence de Nicolas chez eux ne peut pas s'éterniser. Elle va prendre fin bientôt, c'est inéluctable. Et après ? Elle ne pourra pas reprendre le cours de sa vie, elle doit trouver un moyen pour forcer son père à la laisser étudier. Même si elle ne sera jamais reconnue comme médecin, elle se formera !

Son bagnard, elle a appris à le respecter, à déceler ses forces et ses faiblesses. Elle n'est pas dupe, il aspire à s'évader ; qui ne le ferait pas à sa place ? C'est un garçon honnête, il n'est pas un criminel. En fait, tous les deux cherchent à fuir leur prison. Cette idée la fait bondir.

Quelle sotte elle est ! Bien sûr ! Il faut fuir leur prison. Elle est bien plus prisonnière qu'elle le pensait. Jusqu'à ce jour, elle a suivi le protocole d'exercices de son père. Trop rigide, ce protocole a atteint ses limites. Dans leurs ébats et les mots échangés, elle sent que parfois, Nicolas s'approche de son néant, qu'il faudrait peu de choses pour que sa vérité prenne jour. Et si elle affinait la méthode en y mettant sa touche féminine ? Avec son aide, son père pourrait enfin valider ses recherches ; elle aurait un puissant levier pour qu'il voie en elle son second et la laisse étudier.

Les quelques mots laconiques de la lettre vont être le sésame de sa réussite.

Avec lassitude, Nicolas se prépare pour reprendre leur travail du soir. Il n'en peut plus ; aujourd'hui encore, Dumoulin l'a pressé. Il sent l'énervement poindre chez le patricien. Il connaît ses attentes. Il a mis tous ses espoirs en Nicolas pour valider ses recherches. Ils savent tous les deux que le jour où il devra quitter son statut d'« ouvrier patient » pour redevenir « ouvrier bagnard » n'est pas loin. Il ne sait plus quoi lui livrer. Il garde pour lui le halo roux et le rire cristallin, comme un secret. La séance de ce soir va se terminer une fois de plus dans les bras de Bénédicte. Il en veut à son corps d'être aussi faible, d'en demander encore plus. La pensée des costumes et du petit pécule qu'il s'est constitué avec son travail le hante. Dès ce soir, il pourrait s'évader, mais pour aller où ?

—Tu es bien pensif, Nicolas.

—Un peu fatigué. Je me demande où ces séances me mènent. Je n'y crois plus.

—Moi non plus.

Il scrute son visage. Elle l'a habitué à parler sans détour.

—C'est fini. Je redeviens bagnard à plein temps. Votre père sera déçu.

—Peut-être que oui, ou pas. Ça dépend de toi, ou de nous.

Perplexe, il attend la suite. Assise face à lui, elle se lève et prend place à ses côtés. Son épaule le frôle. Il ne s'en écarte pas. Elle saisit sa main, cherche son regard et, rivée dans ses yeux, lui explique :

—On va changer de méthode. Celle de mon père a trouvé ses limites. Trop rigide, elle ne permet pas à tes émotions de s'exprimer. Tu bloques sur ce qui est la cause de ta condamnation. Ce qui est le nœud émotionnel, comme un secret, une protection pour toi ou quelqu'un d'autre.

—Peut-être…

—Dans notre intimité, quand tu es détendu, assouvi, il t'arrive de prononcer des mots comme « roux », « rire », et d'autres que je ne comprends pas. Jamais de noms. Tu me fais confiance ?

Il hésite, mais au point où il en arrive, il a besoin de savoir. Retourner au bagne sans avoir levé le voile, il ne le supporterait pas. Retrouver la mémoire l'aidera dans sa fuite : à défaut du comment, il saura où aller.

—Je suis prêt.

Le sourire de Bénédicte est un aiguillon. Il veut y croire. Elle le conduit à la méridienne, qui a reçu ses tourments de l'après-midi.

—Allonge-toi. Je pense que la détente est propice aux souvenirs. Respire calmement. Laisse-toi aller.

Elle l'accompagne quelques instants dans une respiration lente et paisible.

—Les lettres M et H te disent-elles quelque chose ? Des prénoms ?

—M… M… Il y a des quantités de prénoms commençant par M : Myriam, Marcel… je ne sais pas. Je bloque.

—Si tu bloques, c'est intéressant.

—Pourquoi ?

—Nigaud ! Tu sais bien, ton cerveau te protège ! Essaie avec H.

—H… difficile. En début de mot, c'est une lettre qui… qui n'existe pas.

—Explique.

—Mon maître me disait « un H muet ».

—Combine avec les voyelles.

—Ha, Ha… He, He… Hi, Hi…

Il se fige.

— Hi?

—Hippolyte ! Hippolyte, c'est lui !!

—Lui, quoi ?

—Mon sauveur ! L'évasion ! Il m'a sorti du pilori. Le bourreau ! Je le vois au sol en sang, mon arrivée chez Eugénie. Mais après ?

Bénédicte est stupéfaite de ce qu'elle vient de faire. C'était donc si simple ? Elle ne voulait pas dévoiler la lettre, mais devant cette avancée spectaculaire, l'euphorie et les possibilités qu'elle entrevoit prennent le dessus. Elle abat ses cartes.

—Hippolyte ne t'a pas oublié. Il est à Toulon. Enfin, je devrais dire, ils sont à Toulon.

Elle lui tend la lettre. Hésitant, il la saisit et la déchiffre.

—Hippolyte, il est venu me chercher… Qu'espère-t-il ?

—Te faire évader.

Ils restent silencieux. Nicolas finit par briser le silence :

—Je connais cette écriture… mais ce « M » ? Non, je ne sais pas.

—C'est la preuve que le nœud de ton problème se cache derrière.

—On en fait quoi ?

—Je ne sais pas encore, mais pas un mot de tout cela à mon père.

—Il va me harceler demain matin.

—Lâche-lui le prénom d'Hippolyte sans en dire plus. Dis-lui que tu cherches. Il sera content et passera une bonne journée.

—Et vous, qu'allez-vous faire ?

—Mener mon enquête.

—Vous… vous allez les dénoncer ?

—Tu m'en crois capable ?

Il se redresse, la domine de sa haute stature, saisit ses épaules :

—Capable ? Peut-être, mais vous n'en ferez rien.

—Tu es bien sûr de toi.

—De moi ? Non. Mais j'ai confiance en vous.

Troublée, elle lui dépose le baiser fraternel des premiers jours.

—Allons dormir, Nicolas.

Ce soir, il n'y aura pas d'ébats, ni les prochains soirs. Elle s'éclipse en lui soufflant un baiser de la main. Ce qui le touche bien plus que leurs corps à corps passionnés. Il a du mal à s'endormir, inquiet par toutes ces perspectives, porteuses d'un nouvel espoir et ternies par la crainte de les voir s'envoler avec de lourdes conséquences.

36

Un jeune vendeur de poissons

— Comment on va savoir s'il a eu notre lettre ? On aurait dû mettre une adresse.

— Rappelle-toi, notre but était de lui faire savoir qu'on est présents à Toulon sans prendre de risque. Le courrier adressé aux bagnards est lu.

— Et s'il ne la reçoit pas ?

— C'est le risque...

Hippolyte cherche à la rassurer, mais il est inquiet. Trois semaines qu'ils ont déposé leur missive, et ils n'ont pas avancé. Il scrute les visages, observe les silhouettes des bagnards au loin ; aucun ne ressemble à Nicolas. Ils n'ont pas pu faire ce voyage pour rien !

Son manège n'échappe pas à Martial, le jeune gars qu'il avait remis à sa place. Depuis, il le suit comme son ombre. Fier de se dire l'ami de celui qui a su s'imposer sans faire de bruit, par son charisme et peut-être par les muscles saillants que la chemise laisse entrevoir. Curieux et cherchant à s'attirer les faveurs de celui qui lui a dit « T'es pas un mauvais bougre », il tâte le terrain :

— T'as des nouvelles ?

—De ?

—Du gars… Tu lui as écrit ?

Hippolyte hésite. Au point où ils en sont, s'il peut trouver une aide, elle sera la bienvenue, et Martial l'a déjà conseillé.

—Oui, j'ai déposé un courrier.

—À la guérite ? Et tu n'as pas de retour ?

—À vrai dire, je n'ai pas laissé d'adresse.

Martial ne cache pas sa surprise. Il ne croyait pas Hippolyte si nigaud.

—Tu m'étonnes !

—C'était stratégique.

—Mais ça ne t'a servi à rien.

Pensifs, les deux hommes continuent leur travail côte à côte. Martial relance.

—À la guérite, c'est mon frère.

Hippolyte accuse le coup.

—Je t'offre à boire à la taverne après le travail.

Attablés au fond du café, leurs fronts rapprochés, les deux hommes se sondent :

—Alors, tu as un frère qui tient la guérite ?

—Comme je te l'ai dit.

—Tu proposes quoi ?

—C'est selon. Tu veux savoir si ta lettre est parvenue ?

—Si le destinataire est en vie et où il se trouve.

—Tu veux le faire évader ?

Surpris par l'attaque qu'il n'avait pas envisagée, Hippolyte marque un recul brutal.

—T'inquiète pas ! Tu serais pas le premier. Sans aide, c'est difficile, voire impossible.

—T'en connais, toi, des gars qui se sont évadés ?

—Évadés ? À vrai dire, non. Mais qui ont essayé, oui.

—Donc, tu ne sais rien.

Martial, bien décidé à rentrer dans les bonnes grâces d'Hippolyte, insiste :

—Si mon frère te renseigne, t'es preneur ?

—Combien ?

—On verra. Son nom ?

Après une brève hésitation, il le lui donne. La proximité des consommateurs qui s'agglutinent met fin à leur discussion.

Hippolyte n'en informe pas Mathilde qui est nerveuse ; l'inaction lui pèse. Il préfère attendre de savoir si Martial est bien en capacité de le renseigner. Ce qui ne tarde pas. Deux jours plus tard, Martial prend son poste à ses côtés. Sans suspendre ses tâches, il lui parle :

—Il est vivant.

—Il a reçu ma lettre ?

—Mon frère ne sait pas. Elle a été portée chez son employeur.

—Son employeur ?

Martial lui explique le cas particulier de certains détenus qui travaillent hors du bagne, selon leur peine ou leur savoir-faire. Il n'en sait pas plus sur Nicolas, excepté qu'il travaille pour le docteur Dumoulin.

Ému, Hippolyte lui tape sur l'épaule.

—T'es pas seulement un bon bougre, t'es aussi un bon gars !

Pas peu fier d'être monté en grade, Martial sourit et continue son travail avec entrain.

Impatient de prévenir Mathilde, Hippolyte imagine une multitude de scénarios, tous plus ou moins loufoques, pour se convaincre que la première démarche est de découvrir le lieu de vie de Nicolas et de comprendre ce qu'il fait chez ce docteur. Quelles sont ses conditions de vie ? Sous quel contrôle ? Il a compris qu'il ne rentrait pas au bagne, mais Martial a été incapable de l'éclairer sur ce statut particulier.

Il ignore qu'il n'est pas le seul à avoir avancé.

Elle a peu d'indices à sa disposition : une lettre écrite par deux individus – deux hommes, ou un homme et une femme ? – l'un des deux se nomme Hippolyte, prénom peu courant, et l'autre se cache derrière un M. C'est maigre. Cependant, ils n'ont pas pu passer inaperçus. Arrivés en diligence avec d'autres voyageurs ? Peu probable, pas assez discret. Plutôt à cheval. Et après ? Où loger sans attirer l'attention ? Ils doivent être présents à Toulon depuis quelque temps. Obligés de se fondre dans la masse, ils ne peuvent pas demeurer longtemps en auberge. Elle va chercher chez les bailleurs qui accueillent des chevaux ; ils ont probablement gardé leurs montures pour fuir. À leur place, elle aurait cherché un logis dans le périmètre du bagne.

Elle n'a pas à enquêter longtemps. Quelques questions bien orientées auprès de patientes de son père en mal de commérages éclairent rapidement sa lanterne.

Elle sait où habitent Hippolyte et Mathieu, son fils. Hippolyte travaille sur le port, et son fils à la Halle aux poissons.

Le matin même où ils ont appris le lieu de vie de Nicolas, Bénédicte a découvert la même chose concernant Hippolyte et Mathieu. Elle a une longueur d'avance, elle n'est pas obligée d'attendre le soir pour se rendre aux Halles.

Munie d'un panier, elle se presse sur les étals. Les cris des vendeurs vantent la fraîcheur des poissons à la peau luisante. Secoués de soubresauts, la gueule grande ouverte, les ouïes rouges palpitantes, ils cherchent désespérément un flot salvateur riche en oxygène et attirent les convoitises.

Habituée du lieu où elle s'approvisionne chaque semaine, elle dévisage les employés, passe d'un étal à l'autre, cherche de nouveaux visages. Ils lui sont tous familiers. Déçue, elle s'apprête à partir, quand une grosse voix pleine de reproches l'arrête :

— Te voilà enfin ! J'ai plus assez de marchandises et j'ai perdu des clients par ta faute ! C'est pas parce que t'es nouveau que t'as des excuses. Amène ton panier et sers mademoiselle.

S'adressant à elle, escomptant faire une vente :

—Mademoiselle Dumoulin nous prendra bien un ou deux poissons frais. Ils arrivent en retard, mais sortent juste de l'eau. Mathieu, présente les plus beaux à Mademoiselle.

Subjuguée par l'éclat de son seul œil à l'incroyable couleur bleu pâle, l'autre est masqué par un bandeau ; elle est tétanisée. Elle a trouvé le « M » : Mathieu ! Que ce jeune garçon est gracile ! Cependant, l'aisance qu'il déploie pour vider son panier devant elle révèle la musculature sous la vareuse. Quand même, il ne semble pas taillé pour faire évader un bagnard !

—Celui-ci. Quel poids ?

Mathieu prend le poisson désigné et lui fait signe, en montrant un doigt. Étonnée, elle insiste :

—C'est quoi comme poisson ? Vous voulez bien aussi me donner son poids et son prix ?

Le patron intervient :

—J'oublie encore ! Il est muet ! Mais, mais… notre savant sait écrire ! Allez, mon gars, montre à la jeune dame.

Docile, Mathieu s'exécute. Bénédicte, éberluée, prend le papier crasseux sur lequel la belle écriture de la lettre qui est dans sa poche lui révèle qu'elle vient d'acquérir un bar d'un kilogramme pour le prix de deux sols.

—C'est un peu cher, non ?

—À cette saison, les bateaux vont plus loin et prennent plus de risques.

Elle n'a pas envie de discuter plus avant. Elle ne pourra pas partager sa découverte avec Nicolas avant ce soir. Son achat emballé, elle rentre pour le mettre au frais. Leur bonne saura quoi en faire.

Le temps va être long en attendant le retour de Nicolas, mais rien ne l'empêche de mener plus avant ses investigations. Elle n'ignore pas que les journées de travail des ouvriers sont coupées par une pause déjeuner écourtée. Avec un peu de chance, elle peut les surprendre ensemble. Sans y prêter attention, elle a souvent aperçu des travailleurs partager un quignon de pain ou des fruits. Mathieu et Hippolyte doivent bien en faire autant.

De retour aux Halles, elle se mêle aux acheteurs toujours nombreux, se faufile entre les marchands qui poussent leurs charrettes, évite deux chiens qui se battent, vite séparés par le violent coup de pied d'un passant, des ânes braient, des poules caquettent, l'ambiance habituelle du quartier lui permet de passer inaperçue. Quand, enfin, elle voit Mathieu descendre vers le port, elle le suit. Sa filature est courte. Il rejoint un homme qui, de loin, lui semble plus petit. Carré d'épaules, planté sur ses jambes, il lui paraît puissant, tout en muscles.

Curieuse, leur manège l'intrigue. La discussion semble très animée. Hippolyte, elle est sûre que c'est bien lui, prend Mathieu par les épaules, comme pour le calmer. Il s'essuie le visage. Des larmes ? Pourquoi ? Soudain, une évidence lui saute aux yeux : dans le feu de l'échange dont elle n'entend pas les paroles, Mathieu parle à son père. Pourquoi se faire passer pour un muet ?

Ces paroles qu'elle n'a pas entendues sont celles que Mathilde se désespérait d'entendre. Non seulement Nicolas est vivant, mais hors des murs du bagne ; il est accessible.

—On va le chercher !

—Je te reconnais bien là. Comme lui, tu fonces tête baissée. Je croyais que tu avais appris à réfléchir.

—Tu dis qu'il travaille chez Dumoulin. C'est le nom de la femme qui est venue acheter du poisson. Ça ne peut pas être une coïncidence. Nous n'avons pas de temps à perdre !

—Peut-être, ou pas. Nous devons rester prudents.

—Tu proposes quoi ?

—Dès ce soir, on ira se promener sous les fenêtres de Dumoulin. Comprendre ce que fait Nicolas, si on peut le joindre. Après, je te promets qu'on ne traînera pas. On trouve un cheval, et on disparaît tous les trois.

Ces dernières paroles rassurantes amènent un sourire :

—Tu crois que ce sera aussi simple ?

—Non.

Le soir venu, Mathilde et Hippolyte errent autour de la maison de Dumoulin, pendant que Bénédicte se promène près de la leur. Elle a simplement dit à Nicolas :

—Ne t'inquiète pas, je serai en retard ce soir. Attends-moi.

Aucune des deux expéditions n'a trouvé de vraies réponses à ses questions, mais tous sont satisfaits. Les avancées sont porteuses d'espoir.

Quand Bénédicte rentre, Nicolas somnole sur la méridienne. Elle le regarde, relève une mèche bouclée qui barre son front, admire son visage redevenu juvénile dans le sommeil. Elle ne peut pas imaginer que ses boucles noires soient sacrifiées par le rasoir, pour la coupe bagnard. Et ce boulet ? Les chaînes ? Non, elle ne laissera pas faire. Pour leur liberté à tous les deux, il doit retrouver la mémoire.

Elle soulève le boulet, pousse ses jambes et s'aménage une place assise à ses côtés. Elle caresse son front, pose ses lèvres dessus puis murmure à son oreille :

—Tu te rappelles ? Un baiser fraternel.

Nicolas bouge sans se réveiller. Il se tourne, plongé dans un sommeil profond. Bénédicte parle. À voix douce, elle chuchote :

—Je les ai vus. Hippolyte et Mathieu, son fils. Ils travaillent pour les pêcheurs, au port et aux Halles. Ils habitent à proximité et ont deux chevaux. Hippolyte est bien tel que tu me l'as décrit. Pour Mathieu, je n'ai pas compris, il se fait passer pour muet. Je ne crois pas que ce soit vrai. Il cache son visage derrière un bandeau qui lui couvre un œil. Mais l'autre ! Je n'en ai jamais vu de semblables. Bleu pâle, il est… impressionnant. Je n'ai pas d'autres mots. Autre chose : ce Mathieu il est assez grand, mais tout fluet. Si ce n'était la force qu'il dégage, je croirais que c'est une fille.

Nicolas s'agite dans son sommeil ; il grogne, émet des sons sourds. Attentive, Bénédicte approche son oreille et entend :

—Il n'a pas d'enfants…

Un ronflement la renseigne ; il a replongé dans le sommeil. Elle continue :

—Pas d'enfants. Pourquoi dire le contraire ? Pour cacher quelque chose ? Pourquoi se prétendre muet avec un visage masqué ? Et si… Et si Mathieu était une fille ? Tu m'entends, Nicolas ? Mathieu est une fille, j'en suis sûre. Je l'avais pressenti.

Convaincue qu'elle a la solution, elle caresse le front moite de Nicolas, et d'une voix monocorde murmure à son oreille :

—Si Hippolyte n'a pas d'enfants, qui est Mathieu, cet elfe qui le suit comme son ombre ?

Elle s'arrête et réfléchit avant de changer de stratégie. Elle psalmodie sur un air lancinant : « Des boucles rousses, des boucles rousses… » Elle berce lentement la tête de Nicolas et reprend : « Des boucles rousses, des yeux bleus, bleus presque blancs, des boucles rousses, des yeux bleus. » Elle continue et de plus en plus lentement murmure : « Rousse, rousse… »

Nicolas geint dans son sommeil et s'agite. Sous ses paupières fermées, elle voit rouler ses yeux. Elle observe ses lèvres qui frémissent et s'entrouvrent. Il reprend la litanie que murmurait Bénédicte : « Rousse, rousse, des yeux bleus, rousse, bleus… »

Il ouvre les yeux, pose son regard sur Bénédicte et tend la main vers son visage. Ses yeux hagards sont vides d'expression, comme s'ils n'étaient pas habités. Il hésite, fronce les sourcils, semble ne pas reconnaître Bénédicte, hésite et se dresse sur son séant en criant :

— Mathilde ! Mathilde.

Et s'écroule en sanglots.

— Chut ! Père va t'entendre.

Elle apaise Nicolas en le caressant de longues minutes avant qu'il parvienne à maîtriser ses émotions.

Bénédicte ne s'était pas trompée ; elle savait qu'en dénouant le nœud que Nicolas protégeait farouchement sans en avoir conscience, sa vérité se libérerait. Mathilde, la femme aimée. Sa proximité la rendait accessible.

Elle avait réussi ; elle allait prouver à son père que sa place était à ses côtés. Il ne pourrait pas lui refuser d'étudier.

Nicolas, enfin sorti des limbes du sommeil et de sa transe, reprend ses esprits. Elle ne lui laisse pas le temps d'être submergé par les souvenirs qui affluent. Elle le presse sur ce qui l'intéresse :

— Nicolas, dis-moi, tu veux bien écrire ce qui te revient en mémoire ? C'est pour prouver à mon père que je suis digne de lui. S'il te plaît.

Il a aussitôt vu ce qu'impliquait le retour de sa mémoire.

— Et après ? Je ne suis plus son patient… Retour à la case départ.

— Non. Je vais t'aider. Avec Hippolyte et ce Mathieu.

— D'accord, mais Mathieu ou Mathilde, quel que soit son nom, je veux la voir.

Il s'émerveille :

— Elle est venue jusqu'à moi !

De leur côté, Hippolyte et Mathilde n'ont pas avancé. Sinon qu'ils ont repéré les lieux et l'écurie avec les chevaux.

37

Complot

Février 1772

Elle sait qu'elle ne devrait pas, mais c'est plus fort qu'elle, elle retourne à la poissonnerie. Maintenant que Nicolas retrouve progressivement la mémoire, pour sa sécurité, il doit fuir au plus tôt. Elle a peur qu'il se trahisse et attend qu'il soit loin pour remettre les conclusions de son travail à son père.

Quand Mathieu s'absente pour déjeuner, elle le suit.

—Mathieu ! Attends, j'ai à te parler.

Il avance plus vite.

—Mathilde !

La foudre n'aurait pas eu plus d'effet. Elle se retourne d'un bond, stupéfaite, en découvrant Bénédicte Dumoulin.

—Tu es bien Mathilde ? N'aie crainte, je veux vous aider.

Désarçonné, c'est Mathieu qui réagit. Fait celui qui ne comprend pas et reprend sa marche sur un rythme nonchalant, trahi pas la tension visible sur ses épaules contractées. Il a hâte de retrouver Hippolyte, qui, en grande discussion avec Martial, le voit arriver. À sa mine défaite, il sait qu'il y a un problème et craint de mettre un nom sur cette fille qui le suit. Il ne connaît pas ses intentions, mais le lieu est mal choisi pour en débattre.

À grandes enjambées, exposé à la curiosité de Martial, il se dirige vers Mathieu. Ils sont aussitôt rejoints par Bénédicte.

La conversation animée s'apaise peu à peu. Ce qui semblait être trois belligérants est plus proche de trois conspirateurs quand la femme s'éloigne.

D'un air qui se veut dégagé, ils rejoignent Martial qui interroge Hippolyte :

—Ça va ?

—Pourquoi ça n'irait pas ?

—Pour rien. C'était pas la fille du docteur Dumoulin ?

—Elle voulait le même poisson acheté à Mathieu hier. Elle pensait que ce serait moins cher. On lui a dit qu'on ne jouait pas à ce jeu-là. Elle est partie.

—Vous avez bien fait. N'oublie pas, Hippolyte, si t'as besoin de quelque chose, n'hésite pas à me demander. Même si tu veux pêcher pour ton compte, mon père a un bateau. Il mouille plus loin dans une petite crique.

—Ton père ? Je le croyais mort.

—Il ne l'est pas. C'est pas un bon père, lui.

—Merci, Martial. Ça ira.

Complices, le père et le fils s'éloignent sous le regard envieux de Martial. Que n'aurait-il pas donné pour avoir un père comme Hippolyte... Persuadé qu'ils mijotent quelque chose, il va les surveiller.

Pourtant, ils lui ont échappé. À la reprise du travail, Hippolyte et Mathieu sont absents. Leur patron pêcheur se met dans une fureur, à laquelle ils sont, hélas, habitués.

—Me lâcher en plein déchargement ! Si je les rattrape, ils s'en souviendront.

Martial ne peut réprimer un rire. Il voit mal son employeur bedonnant donner une correction à Hippolyte, avec sa puissante musculature. Son fils n'est pas mal non plus. Fluet et musclé, il est tout en souplesse et esquives.

—Ça te fait rire toi ! Toujours fourré aux basques du père, tu dois savoir quelque chose.

Il lui botte les fesses, projetant Martial, la tête dans le bac de poissons qu'il triait.

—Tu vois, c'est moi qui ris maintenant.

Sa colère n'en est pas terminée pour autant, il a besoin de s'en prendre à quelqu'un.

—J'aurais jamais dû écouter ma foutue belle-sœur. Elle m'a bien eu, celle-là, avec son baratin. Elle pensait surtout à sa bourse. En donnant du travail à ses locataires, elle s'assurait qu'ils payent leur loyer. Je vais lui dire deux mots.

Malgré le surcroît de travail, il est manifeste que le bonhomme n'a pas envie de se retrousser les manches. Il a trouvé un prétexte.

—Ils ne vont pas s'en sortir comme ça. Pressez-vous, bande de fainéants ! Le travail doit être fait quand même.

Martial est inquiet, il ignore ce qui se trame. Il sait bien que ses deux compagnons de travail ne se seraient pas absentés sans une raison grave.

La belle-sœur habite à côté de ses locataires. S'ils sont chez eux, le patron va les surprendre.

Il se précipite pour arriver avant lui chez Hippolyte. Il espère qu'en faisant un détour, sa rapidité lui permettra de devancer l'homme en colère. En arrivant au coin de la rue, il aperçoit son patron en grande discussion avec sa belle-sœur. Il s'approche en catimini, profitant des ombres et des nombreux objets abandonnés sur la voie pour se dissimuler. Les éclats de voix lui parviennent. La femme crie :

—Tu vois bien qu'ils sont partis ! Sans rien dire. Ils ne m'ont pas payé le terme !

L'homme se dit que lui, au moins, n'a pas versé leur traitement.

—Ils ne se sont pas volatilisés.

—Si tu ne me crois pas, viens voir. Leurs chevaux ne sont plus à l'écurie.

Abasourdi, il se gratte la tête, n'y comprenant rien.

—Des chevaux ! J'ignorais qu'ils en avaient.

—Comment crois-tu qu'ils voyageaient ?

—Oui, et pourquoi venir à Toulon ?

—Je n'ai rien compris à leur histoire, des trucs de famille… C'était pas clair.

—Et du jour au lendemain, ils disparaissent… En plein travail…

—C'est à n'y rien comprendre. Y a un truc bizarre.

—Quoi ?

—La fille Dumoulin, elle les cherchait.

—Celle du docteur ?

—T'en connais une autre ?

Il réfléchit et ne répond pas. Il n'est pas aussi nigaud qu'il y paraît.

—Qu'est-ce qu'il y a de spécial à Toulon à ton avis ?

—Je ne sais pas, moi. Le soleil, la mer, le port.

—Et ?

—L'arsenal ?

—Le bagne ! Oui, c'est ça ! J'aurais dû le deviner, le gars, il s'y intéressait un peu trop.

—Tu te trompes, il en avait peur.

—Peur ? Lui ? Il voulait te berner. J'en suis convaincu, il prépare un coup.

Ses yeux brillent, la Dumoulin ! La rumeur court qu'un bagnard, sous couvert de soins, se la coule douce dans son lit. Persuadé d'avoir tout compris, il sent déjà sonner dans sa bourse les louis qu'il va recevoir s'il empêche une évasion.

Non, tout compte fait, il ne va pas l'empêcher. Il va arrêter l'évadé pour être sûr d'avoir la récompense.

Un plan diabolique vient de mûrir dans sa cervelle. Il s'approche de sa belle-sœur, jette des regards furtifs autour d'eux et lui parle à l'oreille. Martial n'entend pas, mais il est évident qu'il prépare un mauvais coup.

Le seul endroit qui lui vient à l'esprit pour chercher les fugitifs, c'est chez la Dumoulin. Il y sera avant son patron, qui s'attarde avec sa belle-sœur pour peaufiner son complot.

*

Ils n'ont pas perdu de temps. La Dumoulin les a convaincus, il ne faut plus tergiverser.

Ils ont toujours pris la précaution de tenir leurs effets prêts pour un départ précipité. Le plus long est de préparer les chevaux. Avec l'expérience acquise lors de leur longue chevauchée, c'est devenu un jeu d'enfant. Hippolyte s'assure que sa bourse est bien rangée dans sa cache, il est satisfait, leur travail a permis de la remplir. Elle sera bienvenue pour les jours à venir. Ils vont être difficiles. Ils quitteront Toulon, comme ils l'ont fait pour Paris, sans avoir de plan précis. Ce qu'ils ont fait dans un sens, ils peuvent le faire dans l'autre. Une question le taraude ; Nicolas et Mathilde restent des fugitifs, ils ont fui Paris, ils n'y ont plus leur place. Il chasse ces idées, il sera temps d'y penser quand ils auront réussi à extraire leur bagnard.

Tenant leurs montures par les rênes, ils marchent à côté. Difficile d'être discrets en tel équipage, mais c'est une heure calme de la journée. Le vent glacial qui s'engouffre dans les rues invite à rester chez soi.

Bénédicte leur a indiqué le chemin pour rejoindre l'enclos des chevaux en passant par l'arrière. Bien situé, il s'ouvre sur la route par laquelle ils sont arrivés. Après, elle ne pourra plus rien pour eux. Ils doivent se dissimuler derrière l'écurie, elle a promis que Nicolas les y retrouverait.

Nicolas s'est bercé toute la nuit du souvenir de Mathilde. Sa magnifique chevelure rousse, ses étranges yeux bleu délavé, son rire cristallin, son corps souple si frêle pressé sur le sien, leurs rares étreintes. Le vide qui rongeait son cœur est comblé ; en revenant, elle lui a redonné toute sa vigueur.

Petit à petit, il remet en place les pièces du puzzle, impatient d'avoir les réponses à ses interrogations. Mathilde n'est plus l'épouse de Jean-Baptiste ? Elle l'a abandonné ? A abandonné Camille, son neveu ? Pourquoi Hippolyte s'est-il embarqué avec elle dans cette aventure, avec tous les risques qu'elle comporte pour si peu de chances de réussite ?

Il est tout aussi curieux de découvrir le Mathieu décrit par Bénédicte. Mathilde, si fine, si belle, s'est travestie en garçon rien que pour lui. Bénédicte lui a dit :

—Tu as de la chance d'avoir de tels amis ; et une femme qui t'aime avec passion, prête à affronter tous les dangers. Je l'envie. Je n'en serais pas capable.

—Bénédicte ! Avec tout ce que vous faites pour moi, pour nous, vous prenez des risques. Je ne l'oublierai jamais.

—Tu sais que je ne suis pas désintéressée.

—C'est vrai, mais vous auriez pu me renvoyer au bagne quand j'ai retrouvé la mémoire.

—Pas faux. Je n'aurais pas été gagnante, j'aurais perdu l'estime de moi. J'ai un service à te demander.

—Tout ce que vous voudrez.

—Avant de partir, assomme-moi.

—Il n'en est pas question !

—Tu veux que je sois accusée de complicité ?

Ils s'étreignent fraternellement.

—Bonne chance, Nicolas. Nos routes se séparent à jamais.

—Merci, Bénédicte. Vous feriez un fabuleux médecin. Je ne vous oublierai jamais.

Bercée par ces paroles, elle n'a pas le temps de voir venir le coup qui s'abat sur sa nuque. Elle s'écroule. Nicolas s'assure qu'elle respire et s'enfuit.

Dans l'écurie, le bel étalon noir est déjà sellé, équipé d'un nécessaire pour le voyage. Il a mémorisé tous les gestes à accomplir : troquer son costume de bagnard avec ceux cachés dans le box, y laisser le boulet, ne pas oublier sa bourse. Elle lui semble plus lourde. Un rapide coup d'œil le renseigne. Bénédicte l'a pourvue avec générosité.

Il est prêt quand les trois coups de canon tant redoutés déchirent le silence. Renvoyé par la mer et les collines qui cernent Toulon, l'écho n'arrête pas de résonner à ses tympans, à moins que ce soient les battements de son cœur.

Nicolas n'est pas le seul à être tétanisé par l'annonce sinistre de cette canonnade. Hippolyte, Mathilde et Martial savent que la chasse au bagnard est commencée.

Tapi à deux pas de la maison du docteur, Martial a une vue sur le traître, celui qui a dénoncé la manœuvre sans savoir si un bagnard allait s'évader. Il est là, il observe, il attend.

Martial ne s'interroge pas longtemps. Le conciliabule avec la belle-sœur prend sens. Son beau-frère l'a convaincue qu'une évasion était en cours, c'est elle qui a donné l'alerte. Femme stupide ! Il s'est servi d'elle. S'il s'est trompé et qu'il n'y a pas d'évasion, il pourra affirmer qu'il n'y est pour rien. Dans le cas contraire, supposant où se trouve le fugitif, il le maîtrise par surprise et empoche la récompense. Pour s'assurer du gain, il a dû garder pour lui l'endroit où se trouve le bagnard. Avec un peu de chance, il a pu donner une fausse piste.

Martial a trop de haine à son encontre pour le laisser faire.

L'homme n'a pas pensé que le canon allait mettre dehors tous les hommes, femmes, enfants, appâtés par le gain. En peu de temps, les rues grouillent de monde et de cris, les villageois désorganisés s'égaillent dans tous les sens. Martial jubile : bien fait pour le gros ! Il a une petite longueur d'avance sur les chercheurs et ses suppositions se vérifient, aucun garde ni soldat ne sont visibles. Le bruit des chevaux et l'aboiement des chiens dressés se font entendre à l'opposé, drainant dans leur sillage les chasseurs d'homme.

Martial se retrouve face à son employeur. La haine passe dans leurs regards. Le gros, toujours sûr de son fait, se dresse, menaçant :

—Qu'est-ce que tu fous là ? T'es son complice ? J'aurais dû m'en douter.

Il attrape Martial par le col, persuadé qu'il est le maître. Il n'aurait pas dû. Les humiliations accumulées, nourries au fil des ans, libèrent le nœud de hargne qui étouffait Martial. Il se déchaîne, ses poings n'arrêtent plus, il frappe encore et encore. L'homme tombe au sol et demande grâce. Il s'apprête à lui asséner un violent coup de pied, quand une petite voix dans sa tête murmure *T'es pas un mauvais bougre.* Son pied se pose sur le sol. Il se penche sur l'homme.

—T'as de la chance.

Il ignore si le tas de chair qu'il laisse derrière lui voit avec désespoir s'envoler les louis qui ne garniront pas sa bourse, mais il sait qu'il ne travaillera plus pour ce gros tas.

Hippolyte et Mathilde sont statufiés. Que faire ? Où aller ? Un impératif : récupérer Nicolas. Ils sont proches de l'enclos, et les recherches semblent s'orienter d'un autre côté. Ils enfourchent leurs montures, ils ne peuvent pas se tromper, Bénédicte a laissé la barrière ouverte. Entendant le galop effréné, Nicolas se terre ; il ne peut pas fuir.

—Nicolas ! Nicolas ! On est ici. Vite, fuyons !

Ils sont là ! Il sort. Il cherche à reconnaître Mathilde, fasciné par ses yeux. C'est bien elle.

—Les enfants, vous aurez le temps plus tard. Déguerpissez !

Hippolyte en tête, ils sortent de la propriété, mais sont aussitôt alertés par un mouvement. Une silhouette leur barre la route.

—Attendez ! Vous ne pourrez pas passer par les monts.

—Martial ! Que fais-tu ici ?

—Une longue histoire. Je vous expliquerai. C'est le patron qui vous a dénoncés. Pensant arrêter seul votre… ami. Il a lancé les poursuites à l'opposé. Mais je les entends déjà revenir. D'habitude, ils font le tour, ils vous prendront à revers.

—Que proposes-tu ?

—Une idée qui ne va pas vous plaire, mais je n'en ai pas d'autres. Je peux monter avec vous ?

—Monte en croupe derrière Mathieu, il est plus léger.

Nicolas ne dit rien, mais il va surveiller le gaillard.

38

Libres

Ils galopent sans attirer l'attention. La chasse est concentrée sur un homme à la tonsure et en tenue de bagnard, portant des chaînes.

—Restons prudents, ils vont vite comprendre que leur fugitif s'est travesti. N'oublions pas que Nicolas porte toujours l'anneau et la chaîne, peu faciles à dissimuler.

Ils arrivent dans une crique où mouille un voilier ; deux grandes barques sont couchées sur le sol. Hippolyte s'étonne :

—C'est un cul-de-sac ! Tu nous as piégés ?

Martial, blessé, ravale les mots durs qu'il aurait proférés il n'y a pas si longtemps.

—Regarde, le voilier est celui de mon père !

—Tu veux dire qu'on va prendre le bateau ?

—Oui, pour la Corse.

—Impossible ! On ne sait pas naviguer. Et en Corse, ils sont toujours en guerre !

Nicolas en rajoute :

—Au bagne, il y en avait plusieurs. Des violents. Ils n'aiment pas les Français.

—Je sais, je vous avais dit que ça n'allait pas vous plaire.

—Mais là, tu y es allé fort !

—Quel choix avez-vous ? Tout le monde va parler, le gros et sa sœur ne vont pas s'en priver. Vos poursuivants savent déjà que Nicolas a été aidé par deux cavaliers. On vous a vus au port et aux Halles. Vous êtes repérables à des lieues : un père baraqué et son fils aux yeux sans couleur, borgne et muet. On peut difficilement faire pire. L'île est le seul endroit où personne ne pensera à vous chercher.

Mathieu a écouté. Leste, il saute du cheval, retire son bandeau, libère les boucles rousses qui commencent à pousser sous la coiffe et retrouve la parole.

—Et comme ça ? C'est mieux ?

L'étonnement de Martial est tel que le célèbre rire cristallin retentit sans retenue. Mathilde est de retour. S'adressant à ses deux compagnons, elle enchaîne :

—Vous avez raison, mais avons-nous le choix ? Regardez, autour de nous, il n'y a que des collines dans toutes les directions, et une seule route en permet l'accès. Il faudrait se disperser pour passer, mais il n'en est pas question. Nous restons ensemble. De toute manière, Nicolas et moi sommes des fugitifs, bannis de Paris. Il est impossible d'y retourner.

Nicolas s'étonne :

—Tu es une fugitive ? C'est pour ça que tu as fui ?

—Je t'expliquerai. Rassure-toi, même sans avoir été obligée de fuir, je serais venue te chercher. J'ai été longtemps dans l'ignorance de ce qui t'était arrivé.

—Pardonne-moi, c'est beaucoup d'émotions et de questions sans réponse. J'ai le sentiment que nous allons passer de longues soirées à nous raconter !

Martial s'impatiente :

—Alors ?

—Alors, si Mathilde est d'accord, je suis partant. Rien de pire ne peut nous arriver.

—Le problème, c'est la navigation. Martial, vous semblez savoir manœuvrer cet engin, et sans doute connaître l'île. Vous nous accompagneriez ?

—J'allais vous le proposer. Je sais où vous mener. Vous y serez en sécurité, vous avez appris à vous fondre dans le décor. Dans quelques mois, vous pourrez revenir et choisir un autre lieu, ou vous prendrez goût à la vie sauvage. Je vous vois mal dans une chaumière à élever poules et cochons autour d'une ribambelle de gamins !

Hippolyte, resté à l'écart, s'en amuse :

—Voilà qui est bien parlé. J'avais les mêmes réflexions.

Nicolas saute de cheval et enfin, tremblant, serre Mathilde sur son cœur, cherche ses lèvres. Ils échangent leur premier baiser passionné devant Hippolyte et Martial. Pudiques, ils ont détourné le regard.

—Devant témoins, mon amour, je ne te demande pas de m'épouser, car tu es déjà mariée, à moins que tu sois veuve ? Je te demande d'être ma compagne.

—Veuve ? Je ne sais pas, mais je veux bien être ta compagne.

Martial, qui se croyait bien aguerri aux choses de la vie, n'en revient pas. Quelles aventures ! Quelle vie extraordinaire ont eue ces deux compagnons plus jeunes que lui ! Ils méritent bien son aide, et il ne serait pas fâché de faire un bout de route avec eux ou avec Hippolyte. Ce qui était une vague idée prend corps.

—Je vous accompagne et je reviens. Hippolyte, vous m'attendez ?

—Bien sûr, mon gars, je ne vais pas t'abandonner. Je suppose qu'à l'instant où tu nous as apporté ton aide, tu es devenu toi aussi un fugitif.

Le grand sourire qui illumine le visage de Martial est à lui seul une réponse.

—Je ne pense pas que les recherches soient menées dans la crique. Il y a une grotte sur votre droite, derrière la végétation. Vous pouvez y passer la nuit avec les chevaux et vous cacher. Je serai de retour demain en fin de journée, au plus tard après-demain dans la matinée.

Les adieux avec Hippolyte sont empreints d'émotions. Mathilde ne retient pas ses larmes. Nicolas demande, la gorge nouée :

—Que vas-tu faire ?

—Rassure-toi, j'attends Martial. S'il le veut, je l'emmène. Nous rentrons à Paris. Il est temps pour moi de me ranger. J'en connais une bien belle qui n'attend que ça. Je vais laisser parler mon cœur.

—Eugénie ?

—Comment t'as deviné ?

Leur rire franc et sain est salvateur. Ils ne savent pas s'ils se reverront un jour, mais sont unis à jamais.

Martial s'impatiente, il s'adresse aux deux amoureux :

—Ne tardons pas, nous arriverons de nuit. Faites-moi confiance j'ai l'habitude, mais il faudra m'aider.

Leurs bagages sur les épaules, les trois navigateurs retroussent leur culotte et s'engagent dans les flots. Le bateau tangue sous leurs efforts pour se hisser à bord, aucun n'a besoin d'aide. C'est un beau voilier à deux mâts. Mathilde tient la barre. Avec l'aide de Nicolas, Martial a hissé les voiles. Hippolyte est soulagé de les voir se gonfler. Le bateau brise les vagues qui se forment sous l'effet du vent qui a forci ; il semble voler, emportant au loin ceux qui sont devenus sa famille.

Sans se presser, il conduit les chevaux à l'abri dans la grotte, prenant la précaution d'en masquer l'entrée avec les ronces sèches qui envahissent la crique. Il retourne au rivage, scrutant les voiles blanches qui disparaissent à l'horizon.

Concentré sur la mer qui se forme, il est déjà trop tard quand il voit les deux soldats qui empruntent la pente abrupte qui mène à la crique. Il se félicite d'avoir gardé sa tenue de travailleur sur le port.

Nonchalant, il s'accroupit et s'active sur une des deux barques couchées sur la plage. Il lève un regard interrogateur sur le soldat qui s'approche sans descendre de cheval.

—T'as rien vu ?

—Du genre ?

—Du genre, cavaliers pressés.

—Des cavaliers ici ? Dans la crique ? Où voulez-vous qu'ils aillent ? À part vous, j'en ai jamais vu. Et Dieu sait si j'y passe du temps, avec cette foutue barque qui prend l'eau. Regardez, encore une brèche ! J'arrête pas de le dire à la femme. Elle est bonne à changer, mais vous devez le savoir, avec les bonnes femmes, quand on touche au porte-monnaie…

Saoulé par ce verbiage sans fin, celui qui est resté en retrait intervient :

—Je te l'avais dit, on perd notre temps.

—Attends ! Quand on est arrivé, tu regardais le bateau au loin. Je me trompe ?

—Non, je me disais qu'avec le vent qui monte, il fallait être pressé ou fou pour partir si tard. Mais je les comprends. J'ai aperçu sur le pont des belles poulettes, et croyez-moi, elles avaient pas l'air d'avoir froid.

Le rire gras du soldat le rassure pour un court instant.

—T'as au moins raison sur un point : c'est pas raisonnable de partir si tard à cette saison.

Ils font demi-tour ; le soldat rit encore.

—Si tu vois quelqu'un, rasé, avec des chaînes, fais-nous signe.

—Je te l'avais bien dit qu'il n'y avait rien à trouver ici.

—T'avais raison. Il est pas bien malin, le gars.

D'un revers de main, Hippolyte essuie les gouttes de sueur qui perlent à son front. Il s'en est fallu de peu pour que le piège se referme sur eux. S'il était croyant, il penserait que les reproches qu'il a adressés là-haut ont été écoutés et que les étoiles brillent sur la tête de ses protégés. Il est d'accord avec le soldat ; partir ce soir avec le vent qui monte n'était pas prudent.

Le soleil se couche, le soleil se lève, puis se couche par trois fois. Trois longs jours et nuits d'angoisse. Il n'en peut plus d'attendre dans cette crique, avec les chevaux. Martial ne s'est pas trompé dans son choix, personne d'autre n'est venu le déranger.

Rongé d'angoisse, il ne quitte plus la plage. Il s'endort, épuisé. Quand des cris l'éveillent, il ne sait plus s'il rêve ou pas.

—Hippolyte ! Hippolyte !

Le beau voilier qui a pris la mer quelques jours auparavant se dresse devant lui, une voile pendante, la quille endommagée.

—Ils sont arrivés ! Ils vont bien !

Épuisé par toutes ces émotions, Hippolyte tombe à genoux en pleurs. Martial le serre dans ses bras, ému à son tour. Quelle famille ! Il aimerait en faire partie.

—Ils m'ont demandé de t'embrasser le plus fort que je pourrais.

—C'est bien vrai qu'ils sont en sécurité ?

—Dans le cas contraire, je ne serais pas ici. On a essuyé un gros grain en partant. Le bateau a souffert. La crique où ils sont est un peu comme ici, isolée et entourée de rochers. On n'a pas pu accoster ; on a attendu, ballotté par la houle. Tes amis, malades par ce roulis inhabituel, étaient pas gaillards une fois débarqués ! J'ai fait quelques réparations avant de repartir et de m'assurer qu'ils allaient bien. Ils ont vite retrouvé leur vigueur, ça s'entendait ! Ils sont dans ma famille, des grands-parents heureux de partager avec des jeunes. Crois-moi, ils ne risquent rien et sont enchantés par l'endroit. C'est vrai que c'est magnifique. On s'est donné un an. Dans un an, soit ils nous rejoignent ici, soit je vais à eux.

—Un an ! C'est long !

—Le temps de se faire oublier.

—Oui, le temps de retourner à Paris et d'honorer les promesses qui ont jalonné notre route.

Martial ne répond pas. Hippolyte lui jette un œil malicieux.

—Sauf si tu ne veux pas m'accompagner.

Martial lui décoche une bourrade en riant :

—Si, je veux t'accompagner ! Je n'attends que ça !

—J'avais bien compris.

—Je ne vais pas laisser un ancien seul sur les routes !

—Attends de voir ce qu'il va te faire, l'ancien !

—Sérieusement, Hippolyte, tu me raconteras les aventures de tes amis. Mathilde n'est ni ton fils ni ta fille. Nicolas non plus.

—Il faut croire que j'ai besoin d'un fils de substitution ! Oui, je te raconterai et tu ne seras pas déçu ! Je crains même que notre voyage ne soit pas assez long !

Épilogue

Accueillis par les grands-parents de Martial et par son oncle Paulu, Nicolas et Mathilde sont deux étrangers arrivés du royaume de France. Ces Français contre lesquels, il y a seulement trois ans, les Corses ont combattu et subi de lourdes pertes avant de consentir à la reddition.

Le hameau des parents de Martial a perdu de sa vigueur d'antan. La jeune génération a été décimée dans le conflit meurtrier. Mama, la grand-mère, s'attache vite à Mathilde, et Paulu reconnaît en Nicolas « un gars en qui il peut avoir confiance » ; leur parcours mouvementé et leur bannissement de France y sont pour beaucoup. Au fil des mois, le cercle familial se resserre et s'agrandit avec la venue d'un petit Anghjulu.

Ce qui provoque les ires et la jalousie des proches de Paulu et de sa femme Patrizia. De là à déclencher une vendetta, il n'y a qu'un pas.

Sous l'identité de Mathieu, Mathilde a découvert une liberté d'action qui lui était inaccessible du fait de sa condition féminine. Elle se cherche entre ses deux personnalités, quand son passé la rattrape : elle est toujours l'épouse de Jean-Baptiste.

Dans cette Corse aux traditions et croyances bien ancrées, entre rationalisme et pouvoirs occultes, Nicolas et Mathilde vont être confrontés à ce qu'il peut y avoir de pire pour les jeunes parents qu'ils sont devenus.

Hippolyte, ce brigand au grand cœur qui a épousé la belle Eugénie, n'hésite pas un instant. Avec Martial, il reprend la route pour voler au secours de ceux qu'il considère toujours comme ses enfants.

*

Si vous avez tremblé pour Mathilde et Nicolas, si vous avez aimé leur combat face à l'adversité, si Hippolyte vous a ému dans ses contradictions, n'hésitez pas : venez découvrir la suite de leurs aventures, à l'âge adulte, dans cette belle île de Corse qui vient d'être annexée par la France.

Remerciements

La Femme du maître tailleur, est mon deuxième roman, édité par City éditions, éditions Terre d'Histoires après *Le secret des Jeanne*. Merci à Morgane Talbotier qui m'a renouvelé sa confiance. Cette première aventure a été l'occasion de belles rencontres avec des passionnés des mots, qui m'ont offert de leur temps pour relire et corriger *La Femme du maître tailleur*.

Jean-Marie Tricot, le premier d'entre eux devenu un ami proche, qui malgré ses doutes a su *« débroussailler »* le premier jet chassant les lourdeurs, pointant les pléonasmes, n'hésitant pas à souligner ce qui n'allait pas. Il m'a fait retravailler des passages, m'a suggéré des corrections, a relevé des incohérences m'a poussé dans mes retranchements. Nous avons aussi bien ri, lors de nos rendez-vous téléphoniques.

Eliane Lyane, une très belle rencontre grâce à une interview réalisée par Joëlle Marchal dans le Groupe Facebook *Lecteurs-Auteurs, la passion des mots*, le courant est passé, une profonde amitié est née. Eliane, grande chroniqueuse m'a offert une relecture de qualité, pointant les erreurs, soulignant les imperfections, faisant d'excellentes suggestions, débusquant le détail avec son œil de lynx. Vous pouvez retrouver ses belles chroniques sur sa page Facebook *: Les chroniques de Lyane.*

Marie Christ-Voilot chroniqueuse animatrice du groupe Facebook *Lecteurs-Auteurs, la passion des mots*, qui a su vérifier avec justesse orthographe, syntaxe, grammaire, et ponctuation. Vous la trouverez sur sa page Facebook, Babélio, Déjà lu et dans le *Groupe des Lecteurs*

Sonia Robinard que j'ai sollicitée et malgré un emploi du

temps très chargé en chroniques et relectures a accepté de me tendre la main et a validé *La Femme du maître tailleur*. Vous la trouverez sur Instagram sonia_beta_lectrice.

Avec leurs sensibilités différentes ils se complètent. Merci pour leur aide et leurs judicieux conseils. Leurs retours de qualité et leurs encouragements m'ont donné confiance, gommant mes doutes, et me poussant à poursuivre les aventures de Mathilde, Nicolas, Hyppolite… (Ils vont encore avoir du travail !)

Merci aux lectrices et lecteurs qui me font la joie de me suivre, vous pouvez me retrouver sur ma page Facebook Michelle Mazoué – Romancière ou sur Instagram michelle.mazoue. chateigner. C'est grâce à vous et à vos interactions sur les supports (Babélio-Amazon-Fnac-Déjà lu etc…) que nos écrits prennent vie, n'hésitez pas à y laisser vos commentaires.

Achevé d'imprimer en mars 2022
sur les presses de la Nouvelle Imprimerie Laballery
58500 Clamecy
Numéro d'impression : 202536

Imprimé en France

La Nouvelle Imprimerie Laballery est titulaire de la marque Imprim'Vert®